# 카리브 해의 비밀

## A Caribbean Mystery

애거서 크리스티 추리 문학 75

# 카리브 해의 비밀

정성희 옮김

해문

■ 옮긴이 정성희

이화여자대학교 사범대학 영문학과 졸업.
번역서로 《러브 스토리》, 《셰익스피어 이야기》, 《나의 라임 오렌지 나무》,
《폭풍의 언덕》 등.

## 카리브 해의 비밀

| | |
|---|---|
| 초판 발행일 | 1989년 09월 11일 |
| 중판 발행일 | 2009년 03월 25일 |
| 지은이 | 애거서 크리스티 |
| 옮긴이 | 정 성 희 |
| 펴낸이 | 이 경 선 |
| 펴낸곳 | 해문출판사 |
| 주 소 | 서울시 마포구 합정동 392-2 써니힐 202호 |
| TEL/FAX | 325-4721~2 / 325-4725 |
| 홈페이지 | http://www.agathachristie.co.kr |
| 출판등록 | 1978년 1월 28일 (제3-82호) |
| 가격 | 6,000원 |
| ISBN | 978-89-382-0275-8 04840 |
| | 978-89-382-0200-0(세트) |

# • 등 장 인 물 •

**마플 양**— 카리브 해의 작은 섬에 휴양을 간 평범한 노부인. 팰그레이브 소령에게 죽음에 얽힌 기묘한 이야기를 듣게 된다.

**팰그레이브 소령**— 자주색 얼굴에 박제해 놓은 개구리를 닮은 수다스러운 남자.

**몰리 켄들**— 생 토노레에서 골든 팜 호텔을 경영하는 20대의 솔직담백한 성격의 여자. 항상 명랑하고 생기발랄하다.

**팀 켄들**— 몰리 켄들의 남편으로 30대의 여윈 체격에 까무잡잡한 피부를 지닌 남자. 사근사근하고 친절한 성격이다.

**래필 씨**— 매년 서인도제도에 온다는 대단히 부유한 노신사로 반신불수.

**에스터 월터스**— 래필 씨의 비서로 미망인.

**아서 잭슨**— 래필 씨의 시중을 드는 마사지사.

**로버트슨 그레이엄**— 65세가량 된 노의사. 서인도제도에서 오랫동안 개업의로 일해 왔으며, 지금은 거의 은퇴한 상태이다.

**제레미 프레스콧**— 둥글둥글한 체격에 붙임성이 있고 상냥한 성당 참사위원.

**조안 프레스콧 양**— 여윈 몸매에 신경질적인 인상을 한 프레스콧 성당 참사위원의 누이동생.

**그레고리(그레그) 다이슨**— 꼿꼿하고 숱이 많은 잿빛 머리칼을 지닌 커다란 체구의 낙천적인 남자.

**러키 다이슨**— 그레고리 다이슨의 금발 아내.

**에드워드 힐링던**— 체격이 여위고 거무스레한 피부의 조용한 남자. 식물학자로 조류에도 깊은 관심을 갖고 있다.

**이블린 힐링던**— 잘생긴 얼굴이 햇볕에 그을린 식물학자. 에드워드의 아내.

**빅토리아 존슨**— 생 토노레 출신 아가씨로 팰그레이브 소령의 죽음에 대해 뭔가 알고 있는 듯 행동한다.

**드 카스페아로 부인**— 베네수엘라에서 온 말수가 적은 부인.

# 차 례

# 차 례

제1장

팰그레이브 소령의 어떤 회고

"케냐에 대한 이야기만 한번 꺼내보지요."

팰그레이브 소령이 열띤 어조로 강하게 말했다.

"모두 케냐에 대해서는 무엇 하나 제대로 아는 게 없으면서도 꽤 잘 아는 것 같이 떠벌인다니까! 하지만 나로 말할 것 같으면 무려 14년간이나 그곳에서 산 몸이랍니다. 그때가 내 인생에서 제일 좋은 때이기도 했지만……."

마플 양은 고개를 숙였다. 그것은 예의상 보여주는 친절한 몸짓이었다.

하지만 팰그레이브 소령이 별 재미도 없는 회고담을 한없이 늘어놓는 동안 마플 양은 한가로이 자기 생각을 펼치고 있었다. 그런 정도의 수법이야 마플 양으로서는 누워서 떡 먹기였다. 단, 상대가 이야기하는 장소는 시대마다 조금 달랐다. 예전에는 인도가 주무대로 등장했었다.

소령, 대령, 중장—그리고 귀에 익은 단어들인 시믈라(인도 북부의 피서지), 가마꾼, 호랑이, 초타 하즈리(인도에서 이른 아침에 먹는 가벼운 식사), 티핀(점심), 키트마트가(인도에 있는 영국인 가정의 사환) 등등이 줄지어 나오기 마련이었다. 그런데 팰그레이브 소령에게 오니까 얘기가 좀 달라졌다. 사파리, 키쿠유(케냐 서부의 한 지방), 코끼리, 스와힐리어 등등. 하지만 이야기하는 사람들의 방식은 어쩌면 그리도 한결같이 똑같은지! 그 노인들은 대개 행복했던 지난날을 돌이켜 보기 위해 자기 회고담을 들어줄 사람이 필요하기 십상이었다.

등도 곧고, 시력이며 청력 할 것 없이 모두 예리했던 지난날의 이야기를. 그런데 이러한 노인들 중에는 아직도 군인티가 나는 단정한 노인들도 있었지만, 또 몇몇은 보는 사람이 다 민망할 정도로 아주 매력 없는 사람들도 있었다. 이 팰그레이브 소령으로 말하면 다름 아니라 후자에 속했다. 자주색 가지를 연상시키는 얼굴에 의안—전체적으로 보면 박제해 놓은 개구리를 닮은 모습이었다. 하지만 마플 양은 그러한 남자들에게 한결같이 경의로써 대했다.

그녀는 그들의 말에 귀를 기울이고 앉아서 간혹 조용히 고개를 끄덕여 동의를 표하기도 했지만, 실상 알고 보면 자기 생각을 좇으며 즐거운 회상의 나래를 펴는 것이었다. 그런데 이번 경우에는 짙고 푸른 카리브 해가 그녀의 즐거운 회상에 무대가 되어 주었다.

참으로 다정하고 친절한 레이먼드 그녀는 조카에 대한 고마움으로 가슴이 푸근했다. 정말이지 그렇게 자상할 수가 없어……. 그런데 왜 그 아이는 늙어빠진 이 이모를 위해 그렇게 마음을 써주는 것일까? 알다가도 모를 일이었다. 아마 양심의 가책 때문이 아닐까? 혹은 친척간의 정리로? 아니면, 정말 진심으로 나를 좋아해서 그럴는지도 모른다…….

그래, 레이먼드는 대체로 날 좋아하는 것이 확실해. 언제나 그랬지. 어딘지 모르게 은근히 깔보는 것 같아 분통을 터뜨리게 하는 구석은 있지만! 게다가 언제나 나를 변화시키려고 하는 게 탈이다. 우선 읽으라고 책 따위를 보내는 것만 봐도 알 수 있다. 그것도 난해한 현대소설을. 다들 왜 그렇게 까다롭고 어려운지, 모두 우울한 주인공들이 등장해서는 이해가 가지 않는 묘한 짓거리들만 벌이는 내용이다. 더구나 그 주인공들 자신도 자신이 벌이는 짓거리를 즐기고 있지 않으니 더 기가 막히는 것이다.

마플 양이 젊었을 무렵엔 '섹스'라는 말은 입 밖에 내기도 어려웠다. 물론 그렇다고 해서 당시 사람들이 섹스를 즐기지 않았다는 것은 아니다. 단, 그다지 요란하게 입에 올리지 않아도 요즘 사람들보다는 훨씬 즐겁게 섹스를 즐기고 있었다(아니, 이것은 마플 양에게만 그렇게 생각되는 것인지도 모를 일이다). 물론 섹스에는 언제나 죄악이라는 딱지가 붙기 마련이었지만 그래도 마플 양에게는 요즘처럼 섹스가 의무의 일종으로 되어버린 세대에 비하면 예전이 훨씬 낫다는 생각을 누를 수가 없었다. 문득 그녀의 눈길이 무릎 위에 펼쳐져 있는 책으로 떨어졌다. 23페이지—지금까지 읽은 페이지였다. 아니, 읽었다고 생각한 페이지라는 게 더 정확하겠지만!

"그럼, 정말 넌 섹스 경험이 '전혀' 없다는 거야?"

젊은이가 도저히 믿어지지 않는다는 음성으로 물었다.

"19살이나 먹고서도? 이봐, 그건 꼭 경험해야 한다고. 꼭 해야 해!"

처녀는 서글픈 듯이 고개를 숙였다. 기름기가 자르르 도는 곧은 머리가 얼굴 위로 쏟아져 내렸다.

"나도 알아요. 알고 있다고요." 처녀가 중얼거렸다.

젊은이는 그녀의 모습을 훑어보았다. 얼룩 검댕이가 묻은 낡아빠진 저지 옷에 맨발, 때투성이의 지저분한 발톱, 썩은 기름 냄새…… . 그런데도 왜 그녀가 그처럼 미치도록 매력적으로 보이는지 그로서는 도무지 모를 일이었다.

도무지 모를 사람은 마플 양도 마찬가지였다. 도무지 이게 무슨 소리람! 섹스 경험을 마치 무슨 철분이 함유된 강장제처럼 강요하다니! 요즘 젊은이들은 가엾기도 하지…… .

"보세요, 제인 이모님, 왜 머리를 모래 속에 처박고, 그걸로 몸을 다 숨긴 줄 알고 안심하는 타조 흉내를 내십니까? 이 따분한 전원생활에 완전히 푹 빠져버리셨군요. 하지만 진짜로 중요한 것은 진정한 인생입니다. 그것만이 중요하다니까요!"

레이먼드는 이렇게 열변을 토했다. 그러면 제인 이모—즉, 마플 양은 적당히 수줍은 얼굴을 하고는, "맞아, 맞아." 하고 대꾸하곤 했다. 그녀는 자기가 시대에 뒤떨어진 늙은이 취급을 받는 것을 퍽이나 겁냈던 것이다.

하지만 전원생활이 따분하다니 그건 당치도 않은 소리였다. 레이먼드 같은 사람들은 뭘 모르고 하는 소리다. 교구 일을 하는 동안에 마플 양은 전원생활의 참모습에 대해 이것저것 여러 가지를 알게 되었다. 물론 그런 일에 대해 수다를 떨거나 책으로 써내고 싶은 마음이야 추호도 없었지만, 어쨌든 전원생활에 대해서는 훤히 알게 되었다고 해도 과언이 아니다.

전원생활에도 역시 섹스라는 요소가 많이 포함되어 있다. 자연스러운 섹스, 부자연스러운 섹스가 뒤섞인 채—강간, 근친상간, 갖가지 종류의 성도착증(그 중 어떤 것들은 옥스퍼드 출신의 똑똑한 젊은이들이 쓴 책에서도 듣도 보도 못한 것들이었다).

이윽고 마플 양이 상념의 나래를 접고 카리브 해로 되돌아왔다. 그러고는 팰그레이브 소령의 이야기 줄거리를 더듬어 내려갔다……

"정말 흔치 않은 경험이로군요. 흥미진진한 이야기예요!"

마플 양은 어서 더 계속하라는 듯이 입을 열었다.

"그 밖에도 얘깃거리가 아주 많답니다. 그야 개중에는 숙녀분들 앞에서 들려 드릴 수 없는 이야기도 있지만."

마플 양은 오랫동안 익숙해진 탓에 별 어려움 없이 수줍은 듯 눈꺼풀을 내리깔았다. 그러자 팰그레이브 소령은 숙녀 앞에서 말할 수 없다는 부분은 적당히 얼버무린 채 케냐 원주민 부족들의 풍습에 대해 신이 나서 떠버리기 시작했고, 그동안 마플 양은 사랑스러운 조카 레이먼드에 대한 생각을 계속 더듬었다. 레이먼드 웨스트는 명성이 높은 소설가로 수입도 썩 괜찮았다. 그리고 나이 든 이모가 인생을 즐겁게 살도록 진심으로 모든 방법을 찾으며 애쓰고 있었다. 지난겨울, 마플 양은 지독한 폐렴을 앓았었는데 의사 말이 햇볕이 따스한 곳으로 가서 휴양하라는 것이었다.

그러자 레이먼드는 거의 명령조나 다름없이 마플 양에게 서인도제도로 휴양을 가라고 하는 것이었다. 물론 마플 양은 그 말이 썩 내키진 않았다. 비용도 비용이려니와 거리도 그렇고, 여행 중의 온갖 어려움이며, 세인트 메리 미드에 있는 집을 팽개친 채 떠날 수 없다는 등등의 이유였다. 레이먼드는 이모든 문제를 싹 해결해주었다. 그의 친구 중에 역시 소설을 쓰는 사람이 있는데, 마침 시골에 조용한 집을 하나 빌려 글을 쓰고 싶어 한다는 것이었다.

"집안일이라면 그에게 턱 맡기셔도 될 겁니다. 집안일 하기를 퍽 즐기는 사람이니까요. 실은 동성연애자예요. 그러니까 뭣이냐 하면……"

그는 움찔 말을 멈추었다.

하지만 아무리 구닥다리 제인 이모님이라고 해도 동성연애자라는 말 정도는 알고 있겠지. 그쯤 하고서 그는 다음 문제로 넘어갔다.

"오늘날엔 여행이란 별것 아닙니다, 제인 이모님. 비행기로 가실 텐데요, 뭘. 게다가 다이애나 하덕스라는 친구가 트리니다드까지 이모님을 보살피며 동행할 겁니다. 생 토노레에 도착하면 이모님은 샌더슨 부부가 경영하는 골든 팜 호텔에 묵으시면 됩니다. 정말 보기 드문 친절한 부부죠. 그 사람들이 이모님을 잘 보살펴 드릴 겁니다. 내가 즉시 편지를 띄워놓겠어요."

그런데 알고 보니 샌더슨 부부는 호텔 일을 집어치우고 영국으로 돌아간 터였다. 하지만 그들의 뒤를 이어 호텔 경영을 맡은 켄들 부부 역시 아주 친절하고 마음씨 좋은 사람들로, 샌더슨 부부 대신 레이먼드에게 편지를 띄워 이모님에 대해서는 조금도 걱정할 것 없다고 안심시켜 주었다.

그들의 말인즉 섬에는 비상시를 대비해서 훌륭한 의사가 대기하고 있으며, 의사가 아니더라도 자신들이 항상 그의 이모님이 편히 계시는지 눈길을 떼지 않겠다는 것이었다. 과연 그 말대로 켄들 부부는 좋은 사람들이었다. 몰리 켄들은 스무 살이 조금 넘어 보이는 솔직담백한 성격의 여자로 항상 명랑하고 생기발랄했다. 그녀는 마플 양을 따스이 맞이했으며, 마플 양이 불편하지 않도록 최선의 노력을 기울였다. 그녀의 남편인 팀 켄들은 30대가량으로 여윈 체격에 까무잡잡한 피부를 지녔는데, 아내와 마찬가지로 사근사근하고 친절했다.

그러한 경로를 통해 마플 양은 드디어 영국의 스산하고 혹독한 기후를 벗어나 이곳 서인도제도에 무사히 도착하게 된 것이다. 더구나 호텔에 오니 독채로 아늑한 방갈로가 있었고, 서인도제도 아가씨들이 상냥하고 친절한 미소를 지으며 시중을 들어주는 것이 아닌가!

식당으로 내려가면 팀 켄들이 반갑게 맞아주면서 오늘의 요리는 이러 이런 것을 들어보시라고 친절히 권하며 우스갯소리도 서슴지 않았다. 아울러 방갈로에서 조금만 내려가면 해변이 나왔는데, 거기에서 마플 양은 안락의자에 앉아 일광욕하는 사람들을 구경하곤 했다. 더구나 말동무가 될 만한 나이 든 축의 손님들도 꽤 많았다. 래필 씨, 그레이엄 의사, 프레스콧 성당 참사위원과 그 누이동생, 그리고 지금 그녀와 마주앉은 팰그레이브 소령까지.

이만하면 됐지 노부인이 더 이상 바랄 게 뭐가 있겠는가! 그렇지만 마플 양은 유감스럽게도 생각만큼 이곳에서의 생활에 만족하지 않았다. 생활 자체는 안락하고 포근했다. 류머티즘에는 최적의 조건인 셈이다. 또한 경치도 아름다웠다. 하지만 좀……, 그래, 단조롭다고 할 수 있잖을까?

아무리 둘러봐도 종려나무뿐이고 날마다 생활은 똑같이 계속되고 있었다.

즉, 특별한 일이라고는 눈을 씻고 봐도 없었다. 언제나 사건이 터지곤 했던 세인트 메리 미드 마을과는 천지 차이였다. 조카인 레이먼드는 언젠가 세인트 메리 미드에서의 생활을 무겁게 가라앉은 호수 위에 떠 있는 쓰레기라고 혹독한 비유를 서슴지 않았다. 그러자 마플 양은 발끈해서 현미경 아래 슬라이드를 놓고 보면 쓰레기라고 해도 그 안에서 무수한 생명체를 관찰할 수 있지 않으냐고 반박하곤 했다.

사실 그녀의 말대로 세인트 메리 미드에서는 언제나 무슨 일이 터지곤 했다. 마플 양의 머릿속으로 세인트 메리 미드에서 일어났던 사건들이 깜박이며 지나갔다. 리넷 노부인의 감기약이 잘못 조제되었던 일이며, 폴게이트라는 청년의 수상한 행동이며, 조지 우드의 어머니라는 여자가 그를 만나러 왔던 일(정말 그 여자가 어머니였을까?), 그리고 조 아든과 그의 부인 사이에 말다툼이 벌어진 진짜 원인 등등.

인간사의 흥미 있는 여러 가지 문제들이 끊임없이 일어나 즐거운 사색의 기회를 제공해주곤 했었다. 정말 이곳에서도 역시, 뭐라고 할까, 내가 한번 달려들어 생각할 만한 일이 있었으면 오죽 좋으랴!

그러다가 말고 마플 양은 갑자기 팰그레이브 소령의 회고담이 케냐로부터 영국령 인도 북서부 지방으로 옮겨져, 중위 시절에 겪은 이야기를 풀어나가고 있음을 깨달았다. 게다가 더욱 운 나쁜 것은 소령이 그야말로 열띤 어조로 그녀의 의견을 묻고 있는 것이 아닌가!

"어떠세요, 그렇게 생각하시지 않습니까?"

하지만 백전의 노장답게 역시 마플 양은 그러한 난관도 척 받아넘겼다.

"글쎄요, 나로서는 그다지 경험이 없어서 판단하기가 쉽지 않군요. 사실 그동안 복잡한 세상과는 떨어진 생활을 해오다 보니……."

"그야 그러시겠지요, 부인. 물론 그러실 겁니다."

팰그레이브 소령이 자못 너그러운 태도로 떠벌였다.

"하지만 소령님은 아주 다양한 인생 체험을 해 오신 것 같군요."

마플 양은 조금 전까지 즐겁게 딴청을 피웠던 일을 보상해주려고 너스레를 떨었다.

"그다지 나쁘지는 않은 세월이었죠."

팰그레이브 소령이 자족하듯 웃음을 띠었다.

"예. 그다지 나쁘진 않았습니다."

그러고 나서 그는 감정이라도 하는 눈길로 주위를 둘러보았다.

"여기도 퍽 괜찮은 곳입니다그려."

"정말 그래요." 마플 양은 이렇게 대꾸하고는 참지 못해 묻고 말았다.

"여기서도 무슨 사건 같은 것이 일어날까요?"

팰그레이브 소령은 잠시 멍하니 그녀를 바라보다가 대답했다.

"아, 예, 그야 그렇지요. 스캔들도 많고말고요. 그런 말씀이시요? 우선 내가 아는 것만 해도……."

하지만 마플 양이 원하는 것은 스캔들 같은 게 아니었다. 요즘 와서는 스캔들다운 스캔들이라고는 찾아볼 수도 없으니까. 요즘엔 남녀가 서로 상대를 바꾸면서 쉬쉬하며 부끄러워하기는커녕 오히려 보란 듯이 사람들의 눈길을 끌려고 하기가 다반사였다.

"2년 전에 이곳에서도 살인사건이 있었지요. 해리 웨스턴이라는 남자였는데, 신문에서도 떠들썩했으니까 아마 기억이 나실 겁니다."

마플 양은 별 흥미 없다는 듯이 고개를 끄덕였다.

그 사건은 그녀의 구미를 돋울 만한 살인사건이 아니었다. 그 사건이 신문에 떠들썩하게 났던 것은 그 사건에 관련된 사람들이 모두 아주 부유한 사람들이었기 때문이다. 해리 웨스턴이라는 남자가 아내의 정부인 드 페라리 백작을 총으로 쏘아죽였는데, 그의 절묘한 알리바이라는 것이 알고 보니 모두 돈으로 매수한 것이었다. 사건 관계자가 모두 술에 취해 있었으며, 더구나 마약 중독자도 많이 끼어 있었으니까.

그런 사람들 따위가 흥미 있을 게 뭐야. 마플 양은 속으로 뇌까렸다. 물론 틀림없이 외모가 꽤 번지르르하고 구경감으로는 썩 괜찮은 사람들이겠지만. 하지만 결코 그녀의 구미에 맞는 사람들은 아니었다.

"하지만 당신이니까 말씀드리는 건데, 당시 살인사건은 그것뿐만이 아니었답니다."

소령은 고개를 끄덕거리며 윙크까지(!) 했다.

"내가 의심나는 일이 몇 가지 있긴 있었는데, 어이쿠, 저런!"

마플 양이 짜고 있던 털실 뭉치를 떨어뜨리자 소령은 얼른 허리를 굽혀 주워들었다.

"살인 얘기가 나와서 말인데, 언젠가 한번은 아주 묘한 사건을 본 적이 있습니다. 물론 내가 직접 관련된 사건은 아닙니다만."

마플 양은 어서 계속하라는 듯이 미소를 지었다.

"어느 날이었지요. 클럽에서 여러 사람이 빙 둘러앉아 잡담을 나누고 있었는데, 그중 한 사람이 이런 이야기를 들려주는 겁니다. 병원을 하는 친구인데, 그 이야기는 그 사람의 환자 이야기였죠. 어느 날 젊은 남자가 한밤중에 들이닥치더니 그를 깨우더랍니다. 자기 아내가 목을 매어 자살했다는 거지요. 집에 전화가 없어서 그 사람은 우선 목을 맨 끈을 끊고 적당한 응급조치를 취한 뒤에 차를 타고 쏜살같이 의사를 찾으러 왔다는 겁니다. 그 아내란 사람은 죽지는 않았지만 중태였죠. 결국, 가까스로 살아난 모양입니다. 그 젊은 사람은 그야말로 아내에게 헌신적이었던 모양입니다. 아내가 살아난 걸 알고는 어린애처럼 울더라는 거예요. 그런데 그 사람 말이, 아내가 얼마 전부터 묘하게 우울증에 빠지곤 해서 이상하다고 생각했었답니다. 일은 거기서 끝나고 모든 일이 다 일단락되는 듯싶었지요. 그러나 오산이었습니다. 한 달 뒤에 그 아내는 수면제 과용으로 결국 죽고 말았답니다. 정말 슬픈 이야기지요."

팰그레이브 소령은 말을 멈추고는 저 혼자 고개를 끄덕거렸다. 그 모양새로 봐서 다른 이야기가 나올 성싶어 마플 양은 참을성 있게 기다렸다.

"사실 그 사건만 봐서는 아무것도 아니라고 할 수도 있지요. 신경쇠약에 걸린 여자가 자살한 이야기야 쌔고 쌨으니까요. 그런데 한 1년쯤 뒤, 그 의사가 동료 의사와 이것저것 이야기를 나누고 있는데 한 의사가 투신자살을 한 여자 이야기를 꺼냈답니다. 그 여자 역시 남편이 물에서 끄집어내 의사를 불러 살려냈다지요. 그런데 몇 주일도 안 되어서 그 여자는 가스를 마시고 자살했더랍니다. 정말 묘한 우연의 일치라고 생각되지 않으세요? 이야기가 너무 똑같이 돌아가니 말입니다. 그래서 내 친구인 의사가 말했답니다.

'나도 그것과 비슷한 일을 겪은 적이 있네. 존스라는 사람이었는데(아니, 그 이름이 아닌지도 모르지만), 그런데 자네가 본 그 남편의 이름은 뭐지?'

'잘 생각나지 않아. 로빈슨이라고 생각되네만. 하지만 분명히 존스는 아니었어.' 말을 마치고 난 두 의사는 서로 바라보며 참으로 기묘한 일이 아니냐고 했다는 겁니다. 그러자 내 의사 친구가 스냅 사진을 한 장 꺼냈습니다.

그러고는 다른 의사에게 보여주며, '자, 이 사람이야.'라고 했다는 거예요.

'나는 사고가 난 다음 날 자세한 것을 알아보러 그 집에 갔었지. 그랬더니 현관 바로 옆에 이 지방에서는 본 적이 없는 멋진 히비스커스가 흐드러지게 피어 있더군. 마침 카메라가 자동차 안에 있길래 꺼내서 사진을 찍었지. 그런데 내가 막 셔터를 누르는 순간 그 남편 되는 사람이 현관에서 나오는 바람에 그 사람도 같이 찍힌 거야. 하지만 그 사람은 자신이 사진에 찍힌 걸 몰랐던 듯싶어. 난 그 사람에게 히비스커스가 어떤 종류냐고 물었지. 그런데 웬일인지 얘기해주지 않더군.'

그런데 상대 의사는 그 사진을 들여다본 뒤 이렇게 말했다더군요.

'초점이 좀 빗나갔군그래. 하지만 하늘에 대고 맹세할 수 있네만 같은 사람이라고 단언할 수 있어!'

그 두 사람이 그 사건을 더 이상 추적해보았는지 어쩐지는 나도 아는 바가 없습니다. 하지만 추적해보았자 소득은 없었을 겁니다. 존스인지 로빈슨인지 하는 그 사람이 감쪽같이 자취를 감추었을 테니까요. 하지만 정말 묘한 얘기 아닙니까? 도저히 있을 법하지 않은 일이지요."

"아니, 그렇지 않아요. 있을 법한 일이에요. 거의 날마다 일어나는 일인걸요." 마플 양이 침착하게 대꾸했다.

"아니, 저런! 그건 너무 지나친 상상의 비약이십니다."

"어떤 방법으로 효과를 본 범인은 그 뒤에도 그런 방법을 버리지 못하고 계속 써먹게 된답니다."

"목욕탕 욕조에서 신부를 연속으로 살해한 사나이같이 말입니까?"

"그래요, 바로 그런 예이지요."

"그런데 그 이야기를 해준 의사는 이상한 일이라고 하면서 나한테 그 사진을 주었답니다."

팰그레이브 소령은 이렇게 말하고 뭔가 잔뜩 들어 있는 지갑을 뒤적뒤적하면서 혼잣말을 하듯이 중얼거렸다.

"아이고, 이게 다 뭐람. 대체 뭣 때문에 이런 것들을 여태까지 지니고 다니는지 알 수가 없다니까……."

마플 양은 그 이유를 알 성싶었다. 그것들은 소령의 장사 밑천의 일부였던 것이다. 즉, 그의 회고담을 장식해주는 삽화라고나 할까. 그리고 그가 방금 이야기한 것도 원래는 그런 것이 아니었는데, 자꾸만 되풀이하다 보니까 많이 각색이 되었을 것이다. 아니, 적어도 마플 양의 생각에는 그랬다.

소령은 여전히 지갑을 뒤적이며 중얼거리고 있었다.

"그 사건을 깜빡 잊고 있었군. 아주 잘생긴 여자라고 합니다만, 그런데 이걸 대체 어디서……, 아하, 이제야 생각나는군. 정말 굉장한 어금니였어! 꼭 좀 보여 드려야 하는데……."

그러다가 말고 그는 갑자기 작은 사진 한 장을 찾아내어 뚫어지게 들여다보았다.

"살인자의 사진을 한번 보시렵니까?"

막 사진을 건네려는 순간, 소령은 온몸이 얼어붙은 듯이 손끝을 딱 멈추고 말았다. 팰그레이브 소령은 여느 때보다 유독 박제된 개구리 같아 보이는 얼굴로 마플 양의 오른쪽 어깨너머 그 무엇을 꼼짝 않고 응시하고 있었다.

조금 뒤 그쪽에서 사람들의 발소리와 목소리가 들려왔다.

"이거 참 죽을 지경이군. 아니, 그게……."

그는 더듬거리면서 얼른 지갑 안에다 이것저것 내용물을 쑤셔넣은 다음 지갑을 주머니에 찔러넣었다. 원래도 자줏빛이었던 그 얼굴이 한층 더 검붉어졌다. 이윽고 소령은 어색하게 꾸민 목소리로 소리쳤다.

"내가 말씀드렸죠. 정말 그 코끼리 어금니를 꼭 보여 드리고 싶습니다. 그런 큰 코끼리는 처음 쏘아 잡았답니다. 아, 안녕하시오?"

그의 목소리는 억지로 짜낸 듯했지만 친절한 목소리였다.

"아이고, 이런! 선남선녀 네 분이 웬일이신가요? 그래, 오늘은 뭐 좋은 것 좀 찾으셨나요?"

다가오는 말소리의 주인공은 마플 양도 이미 얼굴로 눈에 익은 호텔 손님 네 사람이었다. 각각 결혼한 두 쌍의 부부였는데, 마플 양은 아직 성까지는 모르지만 꼿꼿하고 숱이 많은 잿빛 머리칼을 지닌 커다란 체구의 남자는 그레그라는 이름이며 그의 금발 아내는 러키라는 이름이란 것을 알고 있었다.

그리고 나머지 한 쌍의 부부는 체격이 여위고 거무스레한 남편 에드워드와 잘생긴 얼굴이 햇볕에 그은 아내 이블린이었다. 마플 양이 듣기로는 그들은 식물학자로 조류에도 깊은 관심이 있다고 했다.

"신통한 게 하나도 없었어요." 그레그라는 남자가 대꾸했다.

"적어도 우리가 찾고 있는 것에 한해서는 말입니다."

"혹시 마플 양하고는 안면이 있으신지? 여긴 힐링던 대령과 부인, 그리고 그레그 다이슨과 러키 다이슨 부부입니다."

그들이 유쾌한 목소리로 인사를 나누자 러키는 조갈증이 나서 얼른 뭐라도 마시지 않으면 죽을 지경이라고 호들갑을 떨었다.

그레그는 조금 떨어진 곳에서 아내와 함께 회계장부를 들여다보는 팀 켄들을 손짓해 불렀다.

"이봐, 팀! 마실 것 좀 가져다주게."

그러고 나서 그는 다른 사람들에게 물었다.

"플랜터스 펀치로 하시겠습니까?"

그들은 모두 고개를 끄덕였다.

"마플 양께서도 같은 걸로?"

마플 양은 고맙다고 말은 했지만, 실은 신선한 라임 주스를 더 마시고 싶었다. 그러자 팀 켄들이 나섰다.

"마플 양은 신선한 라임 주스시죠? 그리고 플랜터스 펀치 다섯."

"같이 들겠소, 팀?"

"그랬으면 좋겠지만 이 회계장부를 끝내야 하거든요. 몰리한테 이 숫자를 다 처리하라고 떠맡길 수는 없잖습니까? 그런데 오늘 저녁에는 스틸 밴드(카리브 해 연안 고유의 드럼을 여러 가지 높이로 잘라 만든 악기를 연주하는 밴드) 공연이 있답니다."

"어머, 멋져요!"라고 말하다 말고 러키가 얼굴을 찡그렸다.

"아이, 이것 좀 봐! 온통 가시에 찔린 상처투성이잖아요. 아이, 아파! 에드워드는 일부러 날 가시덤불 속으로 밀어 넣은 거라고요!"

"예쁜 핑크빛 꽃송이들이었는데 뭘 그러오." 힐링던이 대꾸했다.

"예쁘고 긴 가시에다 말이죠? 당신은 사디스트에다 악당이에요, 에드워드."

"나하고는 딴판이라니까." 그레그가 싱글싱글 웃으며 나섰다.

"나야 아름답고 따뜻한 인간미가 넘쳐나는 사람이니까!"

마플 양의 옆에 앉은 이블린 힐링던은 가볍고 쾌활한 음성으로 이것저것 수다를 늘어놓기 시작했다. 마플 양은 털실 짜던 것을 무릎 위에 내려놓았다. 그러고는 목의 류머티즘 때문에 얼굴을 찡그리며 천천히 오른쪽 어깨너머 뒤를 바라다보았다.

조금 떨어진 저쪽에 래필이라고 하는 부유한 신사가 묵고 있는 큰 방갈로가 있었다. 하지만 지금은 인기척이라고는 없었다. 마플 양은 이블린의 수다에 적당히 대꾸를 하고는 있었지만(말이 났으니 말이지 정말 친절하게 대해 주는 사람들 아닌가!), 그녀의 눈은 두 남자의 얼굴을 빈틈없이 바라보고 있었다.

에드워드 힐링던은 무척 근사해 보였다. 조용하지만 구석구석에서 매력이 번져 나오는 인물⋯⋯. 그리고 그레그는 체격이 크고 수다스러우며 느긋하고 낙천적인 남자다.

그와 러키 부부는 캐나다 사람 아니면 미국인일 테지.

마플 양은 속으로 중얼거렸다. 이번에는 그녀의 눈길이 팰그레이브 소령을 향했다. 그는 여전히 '보노미'(불어로 온후, 쾌활한 사람이라는 뜻) 역을 맡아 과장된 연기를 해대고 있었다.

흥미 있는 일이야⋯⋯. 마플 양은 속으로 되뇌었다.

마플 양, 사람들을 비교하다

1

그날 밤, 골든 팜 호텔은 시종 유쾌한 분위기였다. 마플 양은 한구석의 테이블에 앉아 흥미로운 눈길로 주위를 구석구석 둘러보았다.

식당은 삼면이 탁 트인 커다란 방이었는데, 트인 곳으로 서인도제도의 부드럽고 향긋한 미풍이 실려왔다. 테이블 위에는 각각 은은하게 불이 밝혀진 램프가 놓여 있었다. 여자들은 대개 이브닝드레스를 입고 있었는데, 햇볕에 청동빛으로 그을린 어깨며 팔을 드러낸 가벼운 면 프린트지로 된 드레스였다.

사실 마플 양도 조카며느리 되는 조안으로부터 옷을 사입으라고 얼마 안 되는 수표지만 성의로 받아주시라며 상냥한 음성으로 거의 떠맡기다시피 한 수표를 받았다.

"왜냐하면, 이모님, 그곳은 아주 덥거든요. 하지만 이모님은 얇은 옷이라고는 갖고 계신 게 없잖아요."

마플 양은 거듭 고맙다고 말하고는 수표를 받아들었다. 그녀는 나이 든 사람이 젊은 사람들을 부양하며 금전적인 후원을 해주는 것을 당연하게 여겨지는 세대에서 자라난 사람이다. 또한 그 세대는 중년의 사람이 노인을 돌보는 것 또한 당연하고 자연스러운 일로 여기던 세대였다. 하지만 마플 양으로서는 암만 그래도 그 얇은 옷가지를 선뜻 살 수가 없었다. 그녀만 한 나이에는 제아무리 뜨겁게 삶아대는 날씨라 할지라도 못 견딜 정도로 더위를 느끼는 일이 드물었다. 게다가 생 토노레의 기후도 소위 열대성 고온이라고 할 만큼 뜨거운 것은 아니었다. 그래서 오늘 밤도 역시 그녀는 영국의 시골에 사는 숙녀로서 전통적인 의상으로 몸을 감싸고 있었다. 즉, 잿빛 레이스 말이다.

앉아 있는 손님 중에는 그녀 말고도 노인이 여럿 있었다. 테이블마다 각 연령을 대표하는 인물들이 둘러앉아 있었으니까, 개중에는 나이 든 경제계의 거물이 세 번째 아니면 네 번째나 될 법한 나이 어린 아내를 거느리고 앉은 모습도 보였다. 영국 북부에서 온 중년 부부가 몇 쌍, 그리고 아이들이 여럿인 카라카스에서 온 떠들썩하고 명랑한 가족도 하나 있었다.

그 밖에 남미 여러 나라에서도 빠짐없이 참석해 있었는데, 모두 스페인어나 포르투갈어를 요란하게 떠들어대고 있었다. 영국에서도 역시 목사가 둘, 의사가 하나, 은퇴한 판사 하나가 대표로 버티고 있었다. 심지어 중국에서 온 가족들 모습까지 보였다.

식당의 음식 시중은 주로 아가씨들이 맡아 했는데, 키가 큰 흑인 여자들이 바스락 소리가 날 정도로 풀이 빳빳한 제복을 입고 당당한 체구로 식당 안을 누비고 다녔다. 하지만 그 외에도 노련한 이탈리아인 수석 웨이터와 술 서비스를 맡고 있는 프랑스 웨이터 하나가 장내를 돌보고 있었다. 더구나 팀 켄들도 어디 미비한 데가 없나 하는 세심한 눈길로 살펴보면서 테이블에 앉은 손님들과 몇 마디 사교적인 인사를 나누려고 멈춰 서기도 했다.

그의 아내 역시 부지런히 남편을 돕고 있었다. 그녀는 대단한 미인이었다. 타고난 금발에 사람 좋아 보이는 큰 입을 벌리고 잘 웃어댔다. 몰리 켄들이 성을 내는 것은 좀처럼 보기 드문 일이었다. 호텔 직원들은 성심성의껏 그녀를 위해 봉사해주고 있었고, 또 그녀 역시 각양각색의 손님들의 구미에 맞추어 대접하려고 애쓰는 기미가 역력하게 나타났다. 상대가 나이 지긋한 노인이라면 웃음과 더불어 적당한 애교로 구슬렸고, 젊은 여자들이면 입고 있는 옷을 극구 칭찬해주었다.

"어머나, 오늘 밤 입으신 옷이 이렇게 근사하실 수가 없군요, 다이슨 부인! 너무 샘이 나 찢어서 벗겨버리고 싶을 정도예요."

하지만 그렇게 말하는 그녀 역시 근사한 드레스를 입고 있었다. 아니, 적어도 마플 양에겐 그렇게 보였다. 눈처럼 하얀 시스(위아래가 폭이 같은 드레스)에, 어깨 위에 우아하게 걸친 수를 놓은 연초록색 비단 숄.

"정말 아름다운 색깔이네요! 나도 하나 갖고 싶어요."

러키가 그 숄을 만지작거리며 말했다.

"호텔 매점에서 팔고 있는 걸요."

몰리는 상냥하게 대답하고는 다음 테이블로 건너갔다. 하지만 그녀는 마플 양이 앉은 테이블에서는 멈춰 서지 않고 그냥 지나갔다. 그녀는 나이 든 부인네들은 남편한테 위임하기로 철칙을 세워두고 있었던 것이다.

"나이 든 부인들은 남자가 상대해주는 것을 훨씬 더 좋아하거든요."

그녀는 입버릇처럼 이렇게 말하곤 했다.

이윽고 팀 켄들이 다가와서 마플 양에게 허리를 굽히며 물었다.

"뭐 필요한 건 없으신가요, 마플 양? 말씀만 하십시오. 즉각 주방장한테 얘기해서 요리를 특별히 만들어 드리도록 하지요. 호텔 음식이란, 게다가 반쯤 열대풍의 음식이란 가정에서 드시는 음식과 아주 달라서 입에 잘 맞지 않으시지요?"

마플 양은 생긋이 웃으며 그래도 그것이 외국여행의 즐거움 중 하나가 아니겠느냐고 대꾸했다.

"예, 그러시다면야 천만다행이고요. 하지만 그래도 뭔가 원하시는 게 있으시다면……."

"예를 들어서 어떤……?"

"글쎄요……." 팀 켄들은 자신 없어 하는 얼굴이 되었다.

"버터 바른 빵이나 푸딩은 어떠세요?"

마플 양은 다시 한 번 생긋 웃고는 당분간은 버터 바른 빵이나 푸딩 없이도 그럭저럭 버틸 것 같다고 대답했다.

팀 켄들이 물러가자 그녀는 스푼을 들어 자기가 좋아하는 시계초 과일로 만든 아이스크림 선데이를 즐겁게 먹기 시작했다. 바로 그때 스틸 밴드가 연주를 시작했다. 카리브 해 연안의 섬에서는 이 스틸 밴드가 눈길을 끄는 명물 중 하나였다. 하지만 솔직히 말하라면 마플 양으로서는 오히려 밴드가 없는 편이 훨씬 나았다.

그녀의 귀에는 그들의 음악 소리란 것이 쓸데없이 요란한 소음으로밖에 들리지 않았기 때문이다. 하지만 모두들 퍽이나 흥거워하는 것 같았으므로 아직도 젊음의 정신을 잃지 않는 마플 양은 '저 사람들이 저렇게 즐거워하니 나도 어떻게든 좋아하도록 힘써야겠다.'라고 마음먹게 되었다.

팀 켄들을 불러서 제발 '푸른 도나우' 같은 우아하고 조용한 왈츠를 듣게 좀 해달라고 할 엄두도 애당초 나지 않았다. 게다가 더 묘한 것은 요즘 사람들의 춤 추는 모습이었다. 이리저리 뛰어다니며 몸을 비비 꼬는 듯한 모습으로 추는 그 꼴이라니. 하지만 젊은이들은 어디까지나 즐거워겠지.

그때 그녀의 상념의 나래가 문득 딱 멈추어버렸다. 이제 와서 생각해보니 좌중에 있는 사람들 중에 젊은이들이라고는 몇 되지 않았던 것이다. 춤, 조명, 그리고 밴드의 음악(스틸 밴드건 뭐건 말이다)—이 모두는 두말할 나위도 없이 젊은이들을 위한 것이다. 그런데 젊은이들은 도대체 어디에 있단 말인가!

아마 대학 도서관에서 책만 들이 파고 있거나 1년에 고작 해야 2주 정도 휴가를 주는 직장에서 밤낮 일하고 있을 것이다. 그리고 이러한 장소는 젊은이들이 오기에는 너무 멀고 또 비용이 많이 든다. 그 덕분에 이러한 유쾌하고 걱정근심 없는 생활은 모두 30대나 40대, 그리고 젊은 아내의 비위를 맞추려고 애쓰는 노인네들만이 누리기 십상이다.

그렇다면 그건 좀 유감스러운 일이 아닌가? 마플 양은 속으로 되뇌었다. 이어 그녀는 젊은이들을 아쉬워하며 한숨을 쉬었다. 물론 켄들 부인이 있기는 있다. 아마 고작 해야 23~24세를 넘지 않았을 것이다. 그리고 꽤 즐거운 듯이 보이기는 하지만, 아무리 그렇다 한들 그녀가 하는 일은 직업상 일일 뿐이다.

가까이 있는 테이블에는 프레스콧 성당 참사위원과 그의 누이동생이 앉아 있었다. 그들은 함께 커피를 마시자며 마플 양에게 손짓했고, 마플 양도 그들의 권유를 받아들였다. 프레스콧 양은 여윈 몸매에 신경질적인 인상을 한 여자인 반면, 프레스콧은 둥글둥글한 체격에 붙임성이 있고 상냥한 사람이었다.

이윽고 커피를 가져오자 모두들 테이블에서 의자를 조금씩 뒤로 뺐다.

프레스콧 양은 뜨개질 가방을 열고 가장자리를 감치고 있는 테이블보를 꺼냈는데, 솔직히 말해서 형편없는 솜씨의 테이블보였다. 그녀는 마플 양에게 그날 있었던 일들을 늘어놓기 시작했다.

그들 두 남매는 그날 아침, 이 고장에 새로 생긴 여학교를 찾아갔다고 했다. 그리고 점심을 먹고 나서는 사탕수수 농장을 걸어서 자기들의 친지들이 머무는 하숙식의 호텔에서 차를 마셨다고 했다.

프레스콧 남매는 마플 양보다 골든 팜 호텔에 오래 묵은 처지라 호텔 손님들에 대해 그녀에게 여러 가지를 가르쳐줄 수 있었다. 우선 저 나이 든 래필 씨—그는 매년 이곳에 온다고 하는데 상상을 초월할 만큼 부자라는 것이었다! 듣자 하니 영국 북부에 거대한 슈퍼마켓을 경영하고 있다고 한다. 그리고 그의 옆에 앉아 있는 젊은 여자는 그의 비서인 에스터 월터스라고 하는데, 미망인이었다(물론 생각만큼 야릇한 관계는 아니라는 정보였다. 그럴 법도 한 것이 래필 씨의 나이는 거의 80세에 가까웠으니까).

마플 양은 두 사람의 관계를 승인이나 하듯이 고개를 끄덕였다. 그러자 프레스콧이 말했다.

"아주 몸가짐이 훌륭한 부인이지요. 듣기로는 어머니가 치체스터에 살고 있는 미망인이랍니다. 래필 씨는 하인도 한 사람 대동하고 왔지요. 아니, 시중드는 간호사라고 하는 게 나을 듯싶군요. 자격증까지 가진 마사지사랍니다. 잭슨이라는 사람인데, 가엾게도 래필 씨는 몸이 거의 말을 듣지 않는답니다. 슬픈 일이지요. 돈이 그렇게 많으면 뭐하겠습니까. 그래서인지 남한테 아주 돈을 잘 쓴다고 해요."

프레스콧 성당 참사위원은 호감이 잔뜩 배인 목소리로 말했다.

이윽고 사람들이 여기저기 무리를 지어 앉았다. 개중에는 스틸 밴드의 음악을 더 잘 들으려고 가까이 가는 사람들도 있었고, 멀리 떨어져 가는 사람들도 있었다. 언뜻 보니 팰그레이브 소령은 힐링던 부부와 다이슨 부부 사이에 끼어 앉아 있었다.

"저 사람들 좀 보세요."

프레스콧 양이 귀청 때리는 스틸 밴드의 연주 때문에 말소리를 낮출 필요가 없는데도 굳이 목소리를 낮추어 속삭였다.

"예, 안 그래도 저 사람들에 대해 물어보려고 생각하고 있었어요."

"작년에도 이곳에 왔답니다. 매년 석 달씩 서인도제도에 와 이 섬 저 섬에서 묵고 간답니다. 저기 키가 크고 체격이 여윈 사람은 힐링던 대령이고, 피부가 검게 그은 여자는 그 아내예요. 둘 다 식물학자랍니다. 그리고 다른 두 사람은 그레고리 다이슨 부부인데 미국인이에요. 그레고리 다이슨은 나비에 관한 책을 쓰고 있다는군요. 네 사람 모두 조류에 무척 관심이 있나 봐요."

프레스콧이 후덕한 웃음을 지으며 말했다.

"야외로 나가 취미활동을 하는 건 무척 좋은 일이지."

"저 사람들은 오라버니가 자기네 일을 취미라고 하면 달가워하지 않을걸요, 제레미? 저 사람들이 쓴 논문이 '내셔널 지오그래픽(국립지리학회지)'과 '로열 호티컬처럴 저널(왕립원예학회지)'에 실려 있어요. 저 사람들은 자신들을 대단한 권위자로 여기고 있는 걸요."

그들이 바라보는 테이블에서 왁자지껄한 웃음이 터져 나왔다. 그 요란한 소리에 스틸 밴드의 음악도 삼켜지는 듯싶었다. 그레고리 다이슨이 의자 뒤에 기대고 앉아 테이블을 쾅쾅 내리치자 그의 아내는 어쩔 줄 몰라 하며 남편을 말리려고 기를 쓰고 있었다. 팰그레이브 소령은 잔을 죽 비우고서 박수갈채를 보내는 모양이었다. 그들의 모습은 자신들을 대단한 권위자로 여기는 사람들의 모습하고는 동떨어진 것이었다.

"팰그레이브 소령님은 과음하시면 안 돼요!"

프레스콧 양이 단호하게 잘라 말했다.

"혈압이 높으시거든요."

그때 테이블로 신선한 플랜터스 펀치가 날라져 왔다.

"어떤 사람이 어떤 사람인지 죄다 일러주시니 퍽 편리하군요."

마플 양이 말했다.

"오늘 오후에 만났을 때만 해도 누가 부부인지 몰랐거든요."

잠시 테이블 위에 정적이 흘렀다.

프레스콧 양은 헛기침을 하더니 입을 열었다.

"그게……, 저, 그게 말씀인데……."

"조안!" 프레스콧이 따끔하게 일렀다.

"더 이상은 얘기하지 않는 게 좋잖겠니?"

"제레미, 난 무슨 말을 하려는 게 아니었어요. 단지 작년에 무슨 이유 때문인지(정말 그 이유는 알다가도 모를 일이라니까요) 모두 다이슨 부인이 힐링던 부인인 줄 알았었잖아요. 누군가가 그게 아니라고 가르쳐 줘서 그때야 비로소 알게 되었지만."

"사람의 인상이라는 건 정말 이상하지요?"

마플 양이 아무것도 모른다는 듯이 순진한 얼굴로 물었다.

그녀의 눈길이 잠깐 허공에서 프레스콧 양의 눈길과 얽혀들었다. 두 사람 사이에 여자 특유의 육감이 불꽃을 튀겼다. 프레스콧 성당 참사위원보다 조금만 더 기지가 있는 남자라면 자신이 이 자리에서 '드 트로(불어로 '방해물'이라는 뜻)'임을 알아차렸을 것이다.

이윽고 여인들 사이에 또 다른 신호가 오갔다. 그것은 말보다 한층 또렷하고 분명한 메시지였다. 그 메시지는, '언젠가 다른 때를 봐서……'라는 것이었다.

"다이슨 씨는 자기 아내를 러키라고 부르더군요. 그게 본명일까요, 아니면 별명일까요?"

마플 양이 물었다.

"본명일 리가 없어요, 적어도 내 생각으로는."

"안 그래도 제가 물어보았답니다." 프레스콧 성당 참사위원이 말했다.

"그랬더니 그 사람 대답이 아내가 자기에게 행운을 가져다주기 때문이라나요. 아내를 잃는 경우엔 자기 행운도 사라져 버리고 말 거랍니다. 꽤 근사한 말 아닙니까?"

"아마 농담을 무척 좋아하는 모양이죠."

프레스콧 양이 가차없이 내쏘았다.

그러자 참사위원은 의아한 얼굴로 누이동생을 바라보았다. 그때 스틸 밴드가 다시 한 번 요란스러운 불협화음을 터뜨리기 시작하자 한 떼의 사람들이 플로어로 쏟아져 나와 춤을 추기 시작했다.

마플 양을 비롯한 모두 의자를 돌려 그들을 바라보기 시작했다. 마플 양으로서는 춤추는 것을 보는 게 음악 듣는 것보다는 훨씬 나았다. 발을 끄는 듯한 짧은 스텝이며, 리듬감 있게 몸을 흔드는 모습이 퍽이나 보기 좋았다.

저거야말로 진짜 춤이야. 은근한 표현만이 가지는 일종의 강렬한 힘이 배어 나오고 있으니까. 그녀는 속으로 중얼거렸다.

그렇게 생각하자 오늘 밤에서야 비로소 그녀는 새로운 환경에 적응된 양 편한 기분이 되었다. 사실 그때까지 그녀는 자신이 예전에 알던 사람들과 처음 만나는 사람들 사이의 유사한 점을 쉽게 발견하지 못해 애타는 심정이었다. 아마 이곳 사람들의 요란한 빛깔의 옷과 온갖 이국적인 색채에 눈이 부셔 잠시 어지러웠던 모양이다.

　하지만 곧 그녀는 예전처럼 사람들을 놓고 재미있는 비교를 할 수 있었다. 예를 들어 몰리 켄들은 이름은 기억나지 않지만 마켓 베이징 버스의 안내양과 아주 흡사했다. 그 안내양은 손님이 차를 탈 수 있도록 친절히 도와준 뒤에도 손님이 제자리에 안전하게 앉았는지 확인하지 않고서는 절대로 버스를 출발시키는 벨을 누르지 않았다. 한편 팀 켄들은 어딘가 모르게 메드체스터에 있는 로열 조지 호텔의 수석 웨이터와 비슷한 구석이 있었다.

　자신만만해 보이면서도 왠지 걱정이 있어 보이는 얼굴(로열 조지 호텔의 웨이터가 궤양을 앓고 있었던 것이 기억이 난다). 팰그레이브 소령에 대해 말하자면 르로이 장군이나 플레밍 대위, 위클로 제독, 리처드슨 해군 중령 등의 사람들과 전혀 구별을 할 수 없을 만큼 닮은 사람이다.

　마플 양은 좀더 흥미로운 비교 대상을 찾기 위해 머리를 바삐 움직였다. 예를 들어 그레그는 어떨까? 미국인이라 좀 비교하기가 어려운 대상이다. 군이 예를 들라면 민방위대 모임 때면 언제나 한바탕 농담을 풀어놓는 조지 트롤로프 경이나 아니면, 정육점 주인 머도크 씨와 비교해볼까?

　머도크 씨는 평판이 별로 좋지 않은 인물이었다. 하지만 또 그런 것은 그저 시답지 않은 소문에 불과하다고 하는 사람들도 있었다. 더구나 그 사람들 말로는 머도크 씨가 오히려 그런 소문을 부추긴다는 이야기가 아닌가!

　이번엔 러키 차례지. 그거야 쉽지. 그녀는 스리 크라운스 여관의 말린을 꼭 빼다박았으니까. 이블린 힐링던은? 그녀는 좀 어디다 갖다 대기가 어려웠다. 외모만으로 볼 때는 그녀와 비교할 만한 사람들이 많다. 키가 크고 여윈 체격에 햇볕에 그은 가무잡잡한 피부의 영국 여자들은 쌔고 쌨으니까.

　피터 울프의 첫 아내이며 자살해버린 캐롤라인 울프하고 비슷하다고 해볼까? 아니면 레슬리 제임스―언제나 말이 없는 조용한 여인인데, 기분 같은 것을 내색하지 않는 여인. 어느 날 갑자기 집을 팔아치우고는 온다간다 말도 없이 사라져 버리고 말았지.

힐링던 대령은? 금방 떠오르는 사람이 없다. 우선 사람이 어떤가를 좀 알아본 뒤에야 비교하고 자시고 할 테지. 예절 바른 조용한 신사 타입이라는 것은 확실하다. 속으로 무슨 생각을 하는지 도무지 알 수가 없고……. 그런데 그런 사람들이 간혹 사람을 깜짝 놀라게 하는 일을 벌이는 경우가 많다. 그녀의 기억 속에 어느 날 쥐도 새도 모르게 자기 목을 베어 자살한 하퍼 소령이 떠올랐다. 그 이유는 그 누구도 짐작하지 못했다. 마플 양만은 그 이유를 안다고 스스로 생각했지만 그렇다고 꼭 확신이 선 것은 결코 아니었다.

그녀의 눈길이 래필 씨의 테이블에 가서 멎었다. 래필 씨에 대해 알고 있는 것이라곤 그가 대단한 부자라는 것, 그리고 매년 서인도제도에 온다는 것, 아울러 반신불수에 주름이 쭈글쭈글한 늙고 사나운 새 같은 모양새를 하고 있다는 것이 고작이었다. 그 쭈글쭈글하게 줄어든 몸 위로 옷이 헐렁하게 늘어져 있었다. 나이는 70~80대, 혹은 90대일지는 모른다! 눈매는 날카롭고 종종 오만불손한 태도를 보였으나, 아무도 그에게 대들거나 하지 않았다.

그 이유는 그가 막대한 부자라는 이유도 있겠지만, 사람을 위압하는 듯한 그의 분위기가 보는 사람으로 하여금, 래필 씨는 맘 내키기만 하면 얼마든지 오만불손할 권리가 있다고 생각되게끔 최면을 거는 효과가 있었기 때문이다.

그와 함께 앉아 있는 사람은 월터스 부인이었다. 그녀는 구릿빛 머릿결에 명랑한 얼굴을 하고 있었다. 래필 씨는 그녀에게 매우 난폭하고 거칠게 굴기 일쑤였지만, 그녀는 별로 개의치 않는 듯싶었다. 비굴해서라기보다는 그만큼 잘 잊는 성격이었다. 그녀의 행동은 마치 잘 훈련된 병원의 간호사 같았다. 아니, 정말로 간호사였을는지 모르지. 마플 양은 속으로 중얼거렸다.

문득 흰 재킷을 입은 키가 크고 잘생긴 한 젊은이가 다가와 래필 씨의 의자 옆에 섰다. 래필 씨는 그를 올려다보더니 고개를 끄덕이고는 앉으라는 표현으로 의자를 가리켰다. 그러자 젊은이는 고분고분 의자에 앉았다.

"잭슨 씨겠지, 아마도. 래필 씨를 보살피는 사람."

마플 양은 흥미로운 눈길로 그를 살펴보기 시작했다.

2

    바에서는 몰리 켄들이 피곤한 듯 등을 쭉 펴고는 하이힐을 팽개치듯이 벗어던졌다. 그때 남편 팀이 테라스에서 들어와 그녀 옆으로 다가왔다. 바에는 그들밖에 아무도 없었다.

    "피곤하오?" 팀이 물었다.

    "조금요. 오늘 밤에는 웬일인지 발이 아프군요."

    "심하게 아픈 건 아닐 테지? 일이 너무 힘든 건 아냐? 고된 일이란 건 알고 있지만."

    그는 아내를 조심스러운 얼굴로 들여다보았다.

    그녀는 웃음을 터뜨렸다.

    "아이 참, 팀, 바보 같은 소리는 꺼내지도 마요. 난 이곳이 좋아요. 매혹적이잖아요! 내가 언제나 꾸던 꿈이 실현된 거라고요."

    "그래, 그야 멋지고 매혹적이지. 이곳에 손님으로 온 거라면. 하지만 이곳을 경영한다는 건 직업이고 일이야."

    "하지만 노력의 대가 없이는 아무것도 얻을 수 없잖아요, 안 그래요?"

    몰리 켄들이 딱 부러지게 말했다.

    팀 켄들은 이마를 찡그렸다.

    "당신은 이곳 일이 잘될 거라고 생각하오? 성공할 거라고? 정말 우리가 바라는 대로 될까?"

    "그야 물론이죠, 되고말고요."

    "사람들이 '샌더슨 부부가 경영할 때와는 다른데?'라고 말하는 것 같진 않소?"

    "물론 그렇게 말하는 사람도 있겠죠. 사람들 중에는 언제나 그런 축이 있게 마련이니까. 하지만 그건 옛날 일에나 미련을 갖는 나이 든 사람들뿐이에요. 난 우리가 샌더슨 부부보다 훨씬 잘 해나가고 있다고 믿어요. 샌더슨 부부보다는 우리가 훨씬 매력적이니까요. 당신은 나이 든 부인들을 매혹시키고는, 사랑에 굶주린 40~50대 여자들과도 사랑을 나누고 싶다는 얼굴을 하잖아요. 그리고 난 노신사들에게 추파를 보내 그들이 발정한 개 같은 느낌이 들게 해주고요. 아니면 조금 감상적인 노인들이 '나도 저런 딸이 있었으면' 하는 마음이 들 만큼 싹싹하고 귀여운 딸 노릇도 하고요. 그래요, 우린 모든 것을 완벽하고 훌륭하게 해내고 있어요."

팀의 찌푸렸던 얼굴이 활짝 갰다.

"당신이 그렇게 생각한다면야 다행이군. 사실 난 겁이 나. 이 사업을 성공시키는 일에 모든 것을 걸었잖소. 내 일자리까지 팽개치고……."

"그건 옳은 판단이었어요!" 몰리가 재빨리 그의 말을 잘랐다.

"그 일은 사람의 피를 마르게 하는 것이었잖아요."

그는 웃음을 터뜨리더니 몰리의 콧잔등에 키스했다.

"정말이에요, 우린 잘해냈다고요!" 몰리는 거듭 강조했다.

"당신은 왜 언제나 그렇게 걱정만 하는 거예요?"

"원래 천성이 그렇게 생긴 모양이지, 뭐. 하지만 난 늘 불안해. 무슨 일이 생길까 봐."

"무슨 일?"

"글쎄, 잘 모르겠어. 언제 누가 바다에 빠져 죽을지도 모르는 거고."

"그럴 리가 없어요. 여긴 세상 어느 곳보다 안전한 해변이잖아요. 게다가 근육질 스웨덴인을 늘 경비로 세워두고 있고 말이에요."

"내가 공연한 걱정인가?"

팀 켄들은 이렇게 대꾸하고는 잠시 망설이는가 싶더니 입을 열었다.

"요즘엔 그 꿈을 꾸지 않소, 여보?"

"그건 조개였어요." 몰리는 말하고 나서 웃음을 터뜨렸다.

제3장

호텔에서의 죽음

마플 양은 언제나처럼 침대에서 아침식사를 들었다. 홍차, 삶은 계란, 그리고 얇게 썰어놓은 포포 열매. 이 섬의 과일은 쓸 만한 게 하나도 없어!

그녀는 속으로 투덜거렸다. 그저 매일 상에 오르는 건 포포 열매뿐이라니까! 맛좋은 사과라도 하나 먹었으면 얼마나 좋으랴. 하지만 이곳에는 사과란 애당초 알려져 있지도 않은 모양이었다. 섬에 온 지 이제 일주일.

마플 양은 아침에 일어나면 날씨가 어떠냐고 묻던 버릇을 싹 고쳤다. 이곳 날씨야 언제나 그게 그것이었고, 흥미 있는 변화라고는 애초에 있질 않았다.

"영국 날씨에 무한한 영광 있으라!"

그녀는 속으로 중얼거리고는 그것이 어느 책에서 인용한 말인지, 혹은 자신이 만들어 낸 말인지 궁금했다. 물론 이 섬에도 허리케인이 불곤 한다고 들었다. 하지만 마플 양의 날씨에 대한 지식에 견주어보면 허리케인은 날씨라기보다는 일종의 하나님이 내린 재앙에 가까웠다. 그리고 5분가량 무섭게 내리퍼붓다가 딱 그치는 소나기 종류도 있었다. 하지만 그 뒤 5분이 지나고 나면 언제 비가 왔는가 싶게 대지가 바싹 마르게 마련이었다.

서인도제도 출신의 흑인 아가씨는 마플 양의 무릎 위에 아침 쟁반을 내려놓으며 생긋 미소를 짓고는 아침 인사를 건넸다. 희고 쪽 고른 아름다운 치아, 그리고 행복하게 미소 짓는 얼굴. 이곳 아가씨들은 모두 천성적으로 마음씨가 착했는데, 다만 한 가지 결혼을 싫어하는 것이 유감이었다.

프레스콧 성당 참사위원이 퍽이나 우려하는 것도 바로 그 점이었다.

"세례식은 많지요." 그는 자신을 위로하듯이 말했다.

"하지만 결혼식이라고는 전혀 없답니다."

마플 양은 아침을 들면서 오늘 하루를 어떻게 보낼 것인가 마음속으로 계획을 세웠다. 하지만 별로 망설일 것도 없었다. 우선 여유 있게 자리에서 일어난다. 그러고는 천천히 돌아다닌다. 날씨는 덥고 손가락도 예전처럼 마음대로 움직여지지 않으니까 그럴 수밖에 없다. 그런 다음에 뜨개질하던 것을 집어들고 천천히 호텔 쪽으로 걸어가며 어디에 자리 잡고 앉을지를 정한다.

바다가 눈 아래로 내려다보이는 테라스는 어떨까? 아니면, 해수욕장으로 내려가 일광욕을 즐기는 사람들이나 어린아이들을 구경할까? 보통 때 같으면 언제나 후자를 택하기 마련이었다. 그리고 점심식사 후 오후가 되면 차를 몰고 드라이브를 즐긴다. 그야 아무래도 좋겠군. 오늘 역시 딴 날이나 별로 다를 것이 없겠군. 그녀는 따분하게 중얼거렸다. 그런데, 그것이 그렇지 않았다.

마플 양이 계획했던 대로 일정을 끝낸 뒤 천천히 오솔길을 걸어 호텔로 향하고 있으려니까 몰리 켄들이 허겁지겁 걸어오는 것이 보였다. 언제나 태양처럼 환하던 그녀가 지금은 조금도 웃지 않고 있었다. 게다가 그 우울한 분위기가 너무도 그녀답지 않은 일이라 마플 양은 다짜고짜 물었다.

"켄들 부인, 무슨 일이라도 있나요?"

몰리는 고개를 천천히 끄덕이고는 잠시 주저하다가 입을 열었다.

"예, 어차피 아시게 될 일이니까. 그래요, 모두들 아셔야지요. 팰그레이브 소령님이……, 돌아가셨어요."

"돌아가셨다고요?"

"예, 간밤에 돌아가셨어요."

"아니, 맙소사, 그럴 수가!"

"이곳에서 죽는 사람이 생기다니 정말 끔찍한 일이에요. 모두들 낙심천만일 거예요. 물론, 소령님은 연세가 꽤 높으시긴 했지만."

"하지만 어제까지만 해도 아주 기분이 쾌활하고 활발하셨는데……."

마플 양이 중얼거렸다.

하지만 그녀의 내심은 나이 든 노인이란 언제 어느 때고 갑작스레 죽을지 모른다는 몰리의 차가운 선입견 때문에 못내 언짢은 기분이었다.

"게다가 건강도 그럴 수 없이 좋아 보이셨는데……."

"하지만 원체 혈압이 높으셨어요." 몰리가 대꾸했다.

"요즘은 혈압에 잘 듣는 약이 있다던데, 알약 같은 것 말이에요. 과학의 힘이란 놀라우니까."

"예, 그야 물론 있지요. 하지만 소령님은 간밤에 그 약을 잡수시는 것을 잊으신 모양이에요. 아니면 너무 많이 드셨거나. 인슐린처럼 말이에요."

마플 양은 당뇨병과 고혈압이 같은 종류의 병이라고는 절대 생각지 않았다. 그래서 그녀는 더 캐물었다.

"의사는 뭐라고 하던가요?"

"아, 예. 지금은 반쯤 은퇴하신 그레이엄 선생님이 호텔에 묵고 계시는데, 그분이 소령님을 진찰하셨어요. 그리고 이곳 관할서에서도 사람이 와서 사망진단서를 뗐고요. 하지만 별 의혹은 없는 듯했어요. 사실 고혈압 환자가 술을 과음했을 경우 이런 일은 흔히 있거든요. 팰그레이브 소령님은 술이라면 아주 고집불통이셨어요. 어젯밤만 해도……."

"예, 나도 보았죠."

"아마 소령님은 그 뒤에 알약 드시는 걸 잊으셨나 봐요. 그 노인께는 운수 나쁜 일이지만, 그렇다고 사람이 언제까지나 살 수는 없는 것 아니겠어요? 그건 그렇고 정말 걱정스러워요. 저하고 팀한테는 큰 걱정거리지 뭡니까, 사람들이 음식에 뭔가 잘못이 있다고 떠들어댈지도 모르니까요."

"하지만 식중독에서 나타나는 증상과 고혈압에서 나타나는 증상은 전혀 다르잖아요?"

"그야 그렇죠. 하지만 사람 입이란 가벼운 거 아니겠어요? 만일 사람들이 이곳 음식이 나쁘다고 단정하고는 여기서 나가거나 친구 분들에게 이야기라도 하면……."

"그건 별로 걱정할 게 못 돼요." 마플 양이 차분히 달래듯이 말했다.

"당신 말대로 팰그레이브 소령님처럼 나이가 많으신 분들은(아마 70은 훨씬 넘으셨을 테지요) 사실 언제 돌아가실지 모르는 일이랍니다. 그리고 사람들도 대개 예사로운 일이라고 생각하기 마련이고요. 물론 슬픈 일이긴 하지만 있을 법하지 않은 일은 아니라고 생각하는 거죠."

"그렇지만 이렇게 갑작스러운 경우에는……."

몰리의 얼굴이 근심으로 잿빛이 되었다.

그래, 너무 갑작스러워. 마플 양은 다시 천천히 호텔을 향해 발걸음을 옮기며 속으로 중얼거렸다. 어젯밤만 해도 소령은 근래에 없이 쾌활한 모습으로 힐링던, 다이슨 부부와 떠들썩하게 웃으며 즐거워했는데 말이다!

힐링던, 다이슨 부부……

마플 양의 걸음이 더욱 느려졌다……. 그러다가 마침내 딱 멈춰 서고 말았다. 그녀는 해수욕장으로 가는 대신 테라스의 그늘진 구석에 자리를 잡았다. 자리를 잡은 뒤 가방에서 뜨개질하던 것과 바늘을 꺼낸 그녀는 급속도로 회전하는 생각을 따라잡으려는 듯이 잽싸게 바늘을 놀렸다.

이 사건은 왠지 마음에 들지 않아. 그녀의 생각이 바쁘게 돌아갔다. 그래, 조금도 마음에 들지 않아. 얘기가 너무나 꼭 맞아떨어져. 다음 순간 그녀는 머릿속에서 어제 있었던 일을 영사기 필름 돌리듯이 돌려보았다.

팰그레이브 소령과 그가 꺼낸 이야기들……, 흔히 그렇듯이 별로 귀담아들을 것도 없는 이야기였지……. 하지만 지금 생각하니 좀더 자세히 귀담아들을 걸 그랬다. 케냐, 그렇지! 케냐에 대해 얘기했었어. 그러고 나서는 인도 이야기며 영국령 인도 북서부 이야기도 나왔고, 그런 다음에는 어떤 경위인진 몰라도 어쨌든 이야기가 살인으로 넘어갔는데, 하지만 그때도 역시 귀담아듣지 않았다……. 이 고장에서 일어난 무슨 유명한 사건 이야기를 했었어―신문에도 크게 났다던가.

그런 다음에 소령이 그녀의 털실을 주워 올리고 어떤 스냅 사진 얘기를 꺼냈었다―살인자의 사진이라고 하면서. 마플 양은 질끈 눈을 감고 소령이 한 이야기가 어떤 내용인가를 기억해 내려 애를 썼다.

그것은 조금 복잡한 이야기였다. 소령이 다니는 클럽에서 들은 이야기인데, 아니, 다른 사람의 클럽에서일지도 모른다. 어쨌든 소령은 의사에게서 그 이야기를 들었다. 그 의사는 또 다른 의사한테서 들었다면서 얘기를 꺼냈다고 했다. 그런데 그 어느 쪽 의사인지가 현관에서 나오는 사람의 사진을 찍었다고 했다―살인자임이 분명한 사람의 사진을.

그래, 바로 그거야! 이제야 마플 양의 머릿속에 자세한 전말이 되살아났다.

그런 다음에 소령은 내게 스냅 사진을 보여주려고 했지. 지갑을 꺼내서는 안에 들어 있는 복잡한 내용물을 뒤적거리면서, 그동안에도 계속 입으로 뭔가를 중얼거렸다. 그러다가 소령은 여전히 이야기를 계속하던 중에 문득 고개를 쳐들고 바라보았다—내가 아니라 등 뒤에 있는 뭔가를. 정확히 말하면 오른쪽 어깨너머 그 무엇을.

그러다가 그는 얼굴이 자줏빛으로 물들며 입을 다물고 말았고, 허겁지겁 떨리는 손길로 지갑 안에서 꺼낸 것을 다시 쑤셔넣고는, 코끼리 어금니니 뭐니 하면서 깜짝 놀랄 만큼 요란한 소리로 떠들어댔었지! 그러고는 잠시 뒤 힐링던 부부와 다이슨 부부가 그들이 있는 테이블에 와서 합석했다……

그때야 마플 양은 오른쪽 어깨너머로 고개를 돌려 바라보았다.

하지만 거기는 아무것도……, 그리고 아무도 없었다. 왼쪽으로 호텔 방향에는 조금 떨어진 곳에 팀 켄들과 그의 아내가 있었다. 그리고 그 부부 너머에는 베네수엘라에서 온 가족이 자리 잡고 있었다.

하지만 팰그레이브 소령은 그 방향으로는 눈길도 주지 않았었다.

마플 양은 점심시간이 될 때까지 줄곧 그 자리에 앉아 생각을 더듬어 보았다. 그리고 점심 뒤 드라이브는 취소하고, 대신 그녀는 기분이 몹시 좋지 않아서 그레이엄 의사에게 진찰을 받고 싶다고 호텔 측에 연락했다.

제4장

마플 양, 진찰받다

그레이엄 의사는 65세가량 되어 보이는 친절한 노인이었다. 그는 서인도제도에서 오랫동안 개업의로 일해 왔는데, 지금은 거의 은퇴한 상태로 일의 대부분을 동업자인 서인도제도 의사들에게 넘겨놓았다. 마플 양이 들어서자 그는 쾌활한 목소리로 인사를 건네고는 어디가 불편해서 왔느냐고 물었다.

다행히 마플 양만 한 나이가 되면 환자 쪽에서 조금은 엄살을 섞어 과장하며 통증을 호소할 수 있는 병이 몇 가지씩은 꼭 생기기 마련이다. 이번에도 마플 양은 어깨로 할까 무릎으로 할까 망설이다가 마침내 무릎으로 낙찰을 보았다. 마플 양의 무릎은(그녀라면 이렇게 말할 것이 틀림없는데), '언제나 그녀의 편이 되어주었던' 것이다. 그레이엄 의사는 정말 친절한 사람이었지만 그녀 나이가 되면 그 정도의 통증이야 흔히 있는 것이라는 사실을 솔직히 말하고 싶은 충동을 꾹 눌러 참았다. 그러고는 그럴 때 으레 처방을 쓰기 마련인 즉효 알약 종류 하나를 주었다. 그는 경험상 나이 든 사람들이 처음 생 토노레에 오면 외로움을 느끼기 마련이라는 것을 알고 있었기 때문에 처방하고 나서도 잠시 앉아 이것저것 이야기를 해주었다.

'정말 친절하고 좋은 사람이야.' 마플 양은 속으로 되뇌었다.

'거짓말을 해야 한다니 양심에 가책이 되는걸. 하지만 달리 방법이 없잖아.'

마플 양은 진실만이 옳은 것이므로 진실에는 경의를 표해야 한다는 교육을 받으며 성장했고, 또한 천성적으로 아주 진실한 사람이었다. 하지만 간혹 그녀는 그렇게 하는 것만이 의무라고 여겨질 때면 놀라울 정도로 태연히 거짓말을 할 수도 있었다. 그녀는 우선 헛기침을 하고는 미안하다는 사과의 말을 중얼거리며 노부인답게 안절부절못하는 태도로 입을 열었다.

"그런데, 그레이엄 선생님, 실은 꼭 청할 일이 있답니다. 정말 이런 이야기는 꺼내고 싶지 않지만, 하지만 달리 어떻게 해야 할지 몰라서요—물론 대단한 일은 아닙니다만. 하지만 내게는 정말이지 대단히 중요한 일이랍니다. 그래서 부탁하는 건데, 부디 양해하시고 내 부탁을 귀찮게 여기시거나 받아들일 수 없다고 하지 말아 주세요."

이 거창한 도전장의 서두에 그레이엄 의사는 즉시 친절하게 대답을 했다.

"무슨 걱정스러운 일이라도 있으십니까? 제게 맡기시지요."

"팰그레이브 소령님에 관계된 일이에요. 그분이 돌아가셔서 정말이지 얼마나 슬픈지 모른답니다. 오늘 아침에 그 이야기를 듣고는 굉장히 놀랐어요."

"그렇지요, 너무나 천만뜻밖의 일이었지요. 어제만 해도 그렇게 건강이 좋아 보이셨는데."

그는 상냥한 투로 말했지만 의례적인 말뿐이었다. 의사인 그가 봤을 때 팰그레이브 소령의 죽음은 하나도 이상할 것이 없는 일이었기 때문이다.

마플 양은 그러한 의사의 태도를 보며 문득 자기가 아무것도 아닌 일에 수선을 떠는 것이 아닌가 하는 의아심이 들었다. 이젠 걸핏하면 의심부터 하고 보는 버릇이 내게 박혀버린 것일까? 이젠 내 판단도 더 이상 믿을 수 없을 때가 되었는지도 몰라. 물론 이것은 판단이 아니라 의심에 지나지 않지만. 하지만 일단 의심이 든 걸 어쩌겠는가! 죽으나 사나 밀고 나갈 수밖에.

"소령님하고 나는 어제 같이 앉아 이야기를 나누었답니다."

그녀는 말을 계속했다.

"소령님은 꽤 다채롭고 흥미 있는 자신의 인생경험담을 들려주셨지요. 지구 이곳저곳으로 온갖 기묘한 곳을 돌아다니셨다더군요."

"예, 그랬다지요."

이미 소령의 회고담 때문에 따분했었던 경험이 많았던 그레이엄 의사가 마지못해 대꾸했다.

"그리고 그분은 자기 가족 이야기며 소년 시절 이야기도 해주시더군요. 그래서 나도 내 조카들 이야기를 들려 드렸더니 아주 재미있다는 듯이 들어주셨어요. 그래서 난 갖고 다니던 조카 사진 하나를 보여 드렸지요. 아주 귀여운 아이랍니다. 뭐 지금은 아이라고 할 수는 없지만, 그래도 나한테는 지금도 아이나 마찬가지인걸요. 이해하시겠지만."

"이해하고말고요."

그레이엄 의사는 맞장구치면서도 대체 언제나 이 노부인이 본론으로 들어갈지 못내 궁금해했다.

"그 사진을 보여 드렸더니 소령님은 그 사진을 자세히 들여다보시더군요. 그런데 그때 갑자기 그 사람들이(아주 좋은 분들이더군요) 꽃하고 나비 채집을 하는 분들인데 힐링던 대령 부부라고 하던가⋯⋯?"

"아, 예, 힐링던 부부와 다이슨 부부 말씀이시군요."

"예, 맞아요. 그분들이 갑자기 떠들썩하게 웃으며 온 거예요. 그러고는 모두 둘러앉아 마실 것을 시키고 이야기를 나누었죠. 무척 유쾌한 시간이었답니다. 하지만 그러느라고 팰그레이브 소령님이 무의식중에 내 스냅 사진을 지갑에 넣어 주머니에 넣으신 것 같아요. 나도 당시에는 그 사진에 대해 잊고 있었지만 나중에 생각이 나는 바람에 다짐했지요. '잊지 말고 나중에 소령님에게 덴질의 사진을 돌려달라고 해야지.' 하고 말이에요. 그리고 어젯밤 스틸 밴드에 맞춰 사람들이 춤을 출 때 그 생각이 났지만 소령님이 즐겁게 노시는 걸 방해하고 싶지 않았어요. 그래서 '내일 아침에는 꼭 잊지 말고 돌려주시라고 해야지.' 하고 다시 다짐을 했었지요. 그런데 그게 글쎄 오늘 아침이 되니까⋯⋯."

마플 양은 더 이상 말을 잇기가 벅찬 듯이 입을 다물었다.

"예, 예, 무슨 말씀이신지 잘 알았습니다."

그레이엄 의사는 그제야 알아차렸다.

"그래서 부인은 그 사진을 돌려받으시고 싶어 오신 거로군요?"

마플 양은 힘차게 고개를 끄덕였다.

"예, 바로 그렇답니다. 그 애 사진은 그것밖에 없고 원판도 없거든요. 게다가 그 가엾은 덴질은 5~6년 전에 죽었고, 특히나 내가 사랑하던 조카이기 때문에 그 사진은 정말 잃고 싶지 않답니다. 그 애 모습을 돌이켜볼 사진은 오직 그것 한 장뿐이거든요. 그래서 이렇게, 이런 말씀 부탁하기는 어려운 일인 줄 알면서도, 혹시 선생님께서 나 대신 그 사진을 좀 찾아다 주실 수 있는지요? 선생님 말고는 달리 부탁을 해볼 분도 계시지 않고 해서. 소령님의 소지품을 누가 참관하여 보관하실지 그것도 모르겠고, 모두가 쉽지 않은 일이거든 요. 경찰 측 사람들이야 이런 부탁을 하면 그저 성가시게만 생각하고 말 테지 요. 아시겠지만 그 사람들이 나이 든 사람 심정을 알아주나요? 그 사진이 내 게 얼마나 소중한 사진인지는 정말 아무도 모를 거예요."

"물론이죠, 물론이고말고요. 저는 잘 이해할 수 있습니다. 부인 입장에서 보면 지극히 당연한 마음이지요. 사실 안 그래도 조금 있다가 이곳 관할 경찰서 사람 들과 만나기로 되어 있습니다. 장례식이 내일이라 행정 당국에서 누군가가 소령 님의 서류며 소지품을 조사하러 올 겁니다. 그다음에는 가장 가까운 친척에게 연락을 하게 되고요. 그럼, 그 사진이 어떤 사진인지 말씀해주시면 제가……."

"현관 앞에서 찍은 사진이에요." 마플 양은 설명을 시작했다.

"그리고 누군가(예, 덴질 말씀이에요) 현관에서 막 나오고 있지요. 그 사진 은 꽃 전시회라면 사족을 못 쓰는 다른 조카가 찍은 것인데, 마침 히비스커스 를 찍고 있었던 듯싶어요. 아니면 그 아름다운 백합을('안티파스토'라나 하는 걸) 찍고 있었던 건지도 모르지만. 그런데 바로 그 순간 덴질이 현관 밖으로 나오다 사진에 찍힌 거랍니다. 초점이 맞지 않아 그리 잘된 스냅은 아닙니다 만, 나는 그 사진이 유독 마음에 들어 언제나 간직하고 있었지요."

"예, 그 정도라면 어떤 사진인지 충분히 알겠군요. 사진을 되돌려 드리는 것 은 그다지 어렵지 않습니다, 부인."

이윽고 그는 자리에서 일어났다. 마플 양은 한껏 상냥한 미소를 띠며 그를 올려다보았다.

"정말 자상하시군요, 그레이엄 선생님, 내 마음을 그토록 이해해주시다니."

"아, 그야 이해하고말고요." 그레이엄 의사는 따스하고 커다란 손으로 그녀 의 손을 쥐고 악수하며 대답했다.

"자, 이제 걱정을 접어두시고 매일 무릎을 조금씩 움직이십시오. 그렇다고 너무 심하게 움직이지는 마시고요. 약은 곧 보내드리도록 하지요. 하루에 세 번, 한 알씩 드시도록 하십시오."

제5장

마플 양, 결단을 내리다

다음 날 고(故) 팰그레이브 소령의 유해를 앞에 두고 장례식이 거행되었다.

마플 양은 프레스콧 양과 함께 장례식에 참가했다. 장례식은 프레스콧 성당 참사위원이 집례하여 기도문을 읽었고, 그 뒤로 골든 팜 호텔의 생활은 평상 시로 되돌아갔다.

팰그레이브 소령의 죽음은 이미 하나의 평범한 죽음으로 사람들의 뇌리에서 잊혀 가고 있었다. 좀 언짢기는 해도 곧 쉽게 잊힐 운명에 있는 사건이었다. 이곳 생활은 태양과 바다, 그리고 사교생활의 즐거움이 주를 이루고 있었다. 그런데 달갑지 않은 우울한 사건이 이러한 활동을 멈추게 하고 잠시 그림자를 던졌던 것이다. 하지만 그 그림자도 금방 걷히고 말았다.

우선 고인과 특별히 친했던 사람이 없었던 것도 그 이유 중의 하나였다. 그는 클럽에서도 다소 귀찮은 존재로 여겨지는 노인, 즉, 별 흥미도 없는 자기 신상의 회고담이나 잔뜩 늘어놓기 일쑤인 성가신 존재로 여겨졌었다.

그는 이 세상에서 자신의 닻을 내릴 장소를 찾지 못하고 있었다. 아내는 벌써 오래전에 세상을 떴다. 외로운 삶을 살아온 그는 죽음까지도 외롭게 맞이했다. 하지만 그 외로움은 사람들 속에 섞여서 그럭저럭 유쾌하게 시간을 때우노라면 해소되기도 하는 외로움이었다. 팰그레이브 소령은 외로운 사람이었는지는 몰라도 명랑하고 쾌활한 사람인 것도 분명했다. 그는 나름대로 수단껏 자신의 생활을 즐겨왔다. 그리고 이제 죽어 무덤에 묻혔지만 아무도 크게 애도하는 사람도 없었고, 1주일만 지나면 그 누구도 그를 기억하거나 그를 생각하려 금쪽같은 시간을 할애할 사람도 없을 것이다.

하지만, 유일하게 소령을 아쉬워하고 있다고 해도 좋을 사람이 있었으니 그 사람은 바로 마플 양이었다. 마플 양이 유달리 팰그레이브 소령에게 개인적으로 관심이 있다거나 해서 그런 것은 아니었다. 그것은 팰그레이브 소령이야말로 마플 양도 잘 아는 생활양식을 대표하고 있었던 사람이었기 때문이다.

마플 양이 자신을 돌아다보며 생각하건대 사람이란 나이를 먹을수록 남들의 이야기를 듣는 버릇을 들이게 된다는 것이 그녀의 지론이었다. 특별히 대단한 관심을 기울여 듣는 것은 아니었지만 그래도 그녀와 소령은 나이 든 사람들답게 따스한 정을 주고받았다. 그 정이란 소박하고도 지극히 인간미 있는 것이었다. 때문에 마플 양은 그에 대해 애도까지는 하지 않을망정 그가 없어진 것에 대해 진정으로 아쉬워하는 마음은 있었다.

장례식이 있던 날 오후, 그녀가 평소 늘 앉던 자리에 앉아 뜨개질을 계속하고 있으려니까 그레이엄 의사가 그녀 앞에 와서 앉았다. 그녀는 바늘을 내려놓고는 그에게 따스한 미소로 인사를 건넸다.

그러자 의사는 겸연쩍은 미소를 지으며 불쑥 본론부터 꺼내놓았다.

"마플 양, 유감스럽게도 당신을 실망시켜 드려야 할 소식을 갖고 왔습니다."

"저런, 그렇다면 내……."

"예, 부인의 귀중한 사진을 찾지 못하고 말았습니다. 정말 대단히 실망이 되시겠지요?"

"예……, 예, 정말 실망이로군요. 하지만 뭐 그렇게 대단진 않아요. 그게 다 쓸데없는 감상 때문이었는걸요. 이제야 그걸 깨달았어요. 그러니까 사진이 팰그레이브 소령님의 지갑에 들어 있지 않았다는 말씀이죠?"

"예, 그렇습니다. 다른 소지품 속에서도 마찬가지였습니다. 편지 몇 통과 신문지 오린 조각들, 그리고 그밖에 잡동사니며 낡은 사진이 몇 장 나왔습니다만, 부인이 말씀하신 그런 사진은 전혀 보이지 않더군요."

"오오, 저런……." 마플 양이 혀를 찼다.

"하지만 뭐 어쩔 수 없는 일 아니겠어요? 어쨌든 대단히 감사합니다, 그레이엄 선생님. 나 때문에 괜히 신경 쓰신 것 같아서……."

"천만에요, 신경 썼다고까지 할 것도 없습니다. 하지만 저는 경험으로 미루어 가족이며 친척과 관계된 게 사람들에게 얼마나 중요한 의미가 있는지 잘 알고 있답니다. 특히 사람이 자꾸 나이를 먹어갈수록 더욱 그렇지요."

이 노부인은 정말 잘 참아내고 있구나. 그는 속으로 중얼거렸다. 아마 팰그레이브 소령은 지갑에서 무엇인가를 꺼내다가 그 사진을 발견하고는 왜 그런 것이 굴러들어왔는지 의아해하며 아무렇지 않게 찢어버렸는지도 모른다. 하지만 그 사진은 이 나이 든 부인에게는 상당히 중요한 사진일 텐데, 그런데도 이 노부인은 명랑한 얼굴로 잘 참아내고 있을 뿐만 아니라, 현명하고도 빠르게 단념할 줄도 안다.

하지만 알고 보면 마플 양의 마음속은 명랑하거나 현명한 것하고는 거리가 멀어도 한참 먼 상태였다. 그녀는 사태를 보다 명석하게 생각해볼 시간이 필요했다. 하지만 그와 아울러 그녀는 지금 닥친 이 기회를 최대한 효과적으로 이용할 결심을 굳히고 있었다.

그에 따라 그녀는 굳이 숨기지도 않고 그야말로 열심히 그레이엄 의사를 이야기에 끌어들이려고 애썼다. 친절하기 그지없는 의사는 그녀가 봇물처럼 쏟아내는 수다를 나이 든 부인이 흔히 느끼는 외로움 때문이라고 지레짐작을 해버렸다. 그래서 그는 이 노부인이 사진을 잃은 것을 잊게 하려고 가볍고 쾌활한 음성으로 생 토노레의 생활이며 마플 양이 가보고 싶을 만한 재미있는 장소에 대해 이야기를 늘어놓았다. 그런데 이야기를 하다 보니 어느새 팰그레이브 소령의 죽음에 대한 이야기로 되돌아오고 말았다.

"정말 슬픈 일이지 뭐예요." 마플 양이 탄식조로 말했다.

"생각해보세요, 고향에서 이렇게 멀리 떨어진 곳에서 외로이 혼자 눈을 감아야 했던 걸 말이에요. 하긴 그분 말씀으로 미루어 봐서 고향에도 별달리 가족 분들이 계신 것 같진 않았지만. 아마 런던에서 혼자 사셨던 모양이에요."

"여기저기 여행을 많이 하면서 지내셨다죠." 그레이엄 의사가 대답했다.

"게다가 겨울에는 특히 더 여행을 했답니다. 영국 날씨가 싫었던 거지요. 무리도 아니지만."

"예, 정말 그래요. 그리고 혹시 그분이 겨울을 외국에서 나셔야 할 폐의 이상이나 그런 것은 없었나요?"

"아뇨, 절대 그렇지 않습니다."

"하지만 고혈압이셨다죠? 요즘엔 왜 그렇게 고혈압이 많은지 서글픈 일이라니까요."

"그 사람이 부인께 직접 그런 말을 했습니까?"

"오, 아니에요. 그런 말은 입에 올리신 적도 없었어요. 단지 누가 전해 주기에……."

"그러셨군요"

"상황이 그러니 그분의 죽음은 충분히 예상되었던 것 아닌가요?"

마플 양이 퉁겨보았다.

"꼭 그렇지는 않습니다. 요즘은 고혈압을 치료할 수 있는 약이 많이 시판되고 있으니까요."

"그분의 죽음이 너무 갑작스러운 것이긴 했지만, 아마도 선생님께는 그다지 갑작스러운 일도 아니었겠지요?"

"예, 그야 그분 나이도 나이니만큼 그다지 갑작스러운 일은 아니라고 생각했지요. 하지만 뜻밖인 것은 분명했습니다. 솔직히 말씀드리면 그분은 대단히 건강해 보였으니까요. 물론 그분을 의사로서 자세히 진찰해본 것은 아닙니다만—혈압 같은 것을 재본 일이 없거든요."

"혹시 고혈압 환자는 보기만 해도(당신 같은 의사 선생님은 말이에요) 고혈압 환자라는 것을 금방 알 수 있나요?"

마플 양은 일부러 천진스러운 표정을 떠올리며 물었다.

"보기만 해서야 모르지요."

의사는 그녀의 천진스러운 얼굴에 미소를 지으며 대답했다.

"일단 진찰을 거쳐야지요."

"아, 예, 알겠어요. 고무 밴드를 팔에 두르고 바람을 불어넣는 그 끔찍한 것 말씀이죠? 난 딱 질색이랍니다. 하지만 내 주치의 말이 내 혈압은 나이치고는 아주 괜찮은 편이라고 하더군요."

"저런, 그 말씀을 들으니 정말 반갑군요."

"그런데 소령님은 플랜터스 펀치를 좋아하셨지요."

마플 양이 심각한 어조로 중얼거렸다.

"예, 알코올은 혈압에 최고의 적이지요."

"고혈압 환자들은 알약 같은 것을 먹는다지요?"

"예, 그렇습니다. 시판되는 것이 몇 종류 있지요. 소령의 방에도 그런 약이 한 병 있었습니다. 세레나이트라는 약이더군요."

"정말 현대과학의 진보는 놀라워요!" 마플 양이 감탄스럽다는 듯이 말했다.

"의사 선생님들은 아주 많은 일을 할 수 있으시지요?"

"우리 의사들에게는 굉장한 적이 하나 있답니다. 자연이 바로 그 적이지요. 그래서인지 간혹 옛날 사람들이 하던 민간요법이라는 것이 현대의학에 되살아나기도 한답니다."

"칼로 벤 상처에 거미줄을 붙인다거나 하는 것 말인가요? 어렸을 땐 늘 그렇게 했었지요."

"아주 현명한 일이죠."

"그리고 기침이 심할 때는 가슴에다가 아마인유를 덮고 장뇌유를 문질렀지요."

"모르는 게 없으시군요!"

그레이엄 의사는 너털웃음을 터뜨리고는 자리에서 일어났다.

"무릎은 어떠세요? 괴롭지는 않으십니까?"

"아뇨, 많이 좋아진 것 같아요."

"그렇다면 그게 자연의 치유 덕인지, 제가 조제해 드린 알약 덕분인지 잘라 말할 수는 없겠군요. 어쨌든 제가 큰 도움을 드리지 못해 유감입니다."

"오, 아니에요, 정말 자상하게 도와주셨는걸요. 제가 괜스레 선생님 시간만 잡아먹어 죄송하게 생각하고 있답니다. 그러니까, 팰그레이브 소령님의 지갑엔 사진이라곤 한 장도 없다고 하셨던가요?"

"아니, 그렇진 않습니다. 폴로 경기용 망아지를 탄 소령의 젊었을 적의 낡은 사진이 한 장 있더군요. 그리고 죽은 호랑이 위에 한 발을 걸쳐놓고 찍은 사진도 있었고. 다들 그런 사진이었습니다. 젊은 시절의 추억을 담은 사진 말입니다. 하지만 꼼꼼하게 뒤져봐도 부인이 말씀하신 조카 사진은 분명히 없었습니다."

"아, 예, 그야 물론 꼼꼼하게 살펴보셨겠지요. 내가 여쭤본 것은 그게 아니라, 그저 흥미가 좀 있어서. 사람은 모두 별것도 아닌 것을 소중하게 간직하는 버릇이 있거든요."

"그 별것 아닌 것이 과거의 소중한 유물일 수도 있는 거지요"

의사는 싱긋 웃으며 대꾸하고는 인사말을 한 뒤에 가버렸다.

마플 양은 그 자리에 계속 앉아 종려나무와 바다를 바라보면서 깊은 상념에 젖어 있었다. 얼마 동안은 털실 짜던 것에도 손대지 않았다. 이제 한 가지 사실은 분명해진 것이다. 그렇다면 그 사실이 뜻하는 바를 깊이 생각해볼 필요가 있다.

소령이 지갑에서 꺼냈다가 다시 황급히 집어넣은 그 스냅 사진, 그 사진은 '그가 죽은 뒤에는 지갑 속에 없었다.' 하지만 그것은 소령이 버리거나 할 사진이 결코 아니다. 그가 분명히 그 사진을 지갑 속에 넣었으니, 그가 죽은 뒤에도 그 사진은 지갑 속에 있어야 한다. 물론 누군가가 지갑을 뒤졌다 해도 돈 정도야 훔쳐갈 수 있겠지만 그런 스냅 사진을 훔칠 사람은 세상 어디에도 없을 것이다. 물론, 그럴 만한 이유가 있는 사람이라면 모르지만……

마플 양의 얼굴이 딱딱해졌다. 이제 결단을 내려야 한다. 팰그레이브 소령으로 하여금 그 차가운 땅속에서 영원히 안식의 잠을 자도록 할 것인가, 말 것인가? 아니, 그를 그렇게 평안히 잠들도록 내버려두는 편이 낫지 않을까?

그녀는 입속에서 가만히 읊조렸다.

"이제 던컨은 죽었도다. 인생의 변덕스러운 열병에서 벗어나 평안히 잠들어 있나니(셰익스피어의 '맥베스' 중 한 대사)!"

이제 팰그레이브 소령을 괴롭힐 것은 하나도 없다. 그는 어떤 위험도 손을 뻗을 수 없는 안전한 곳으로 가버린 것이다. 그런데, 그가 하필이면 그날 밤에 죽은 것은 단순한 우연의 일치였을까? 혹시 우연의 일치가 아닐지도 모르는 일이다. 의사들이란 나이 든 노인의 죽음이라면 아무렇지도 않게 받아들이는 경향이 있다. 특히 죽은 노인의 방에 고혈압 환자들이 매일 복용하는 약병이 있었을 경우에는 더욱 그렇다. 하지만, 누군가가 소령의 지갑에서 그 스냅 사진을 빼냈다면 바로 그 동일인물이 역시 소령의 방에 약병을 놓아두었을 공산이 크다.

게다가 마플 양은 소령이 알약을 먹는 것을 본 기억이 전혀 없다. 아울러 소령도 자기 혈압에 대해 마플 양에게 이렇다저렇다 언급한 적이 전혀 없었다. 그가 자기 건강에 대해 말한 것은 오직 한 번뿐, 그것도 '그야 옛날처럼 젊지는 않지요.' 하던 말뿐이었다.

가끔 숨이 차고 천식의 기미가 조금 있긴 했어도 그밖에는 아무 데도 이상이 없었다. 그런데 누가 팰그레이브 소령의 혈압이 높다고 했더라—몰리였던가? 아니면 프레스콧 양이? 마플 양은 정확히 기억해 낼 수가 없었다.

마플 양은 한숨을 내쉬며 입 밖에는 내지 않았지만 자기 자신에게 타이르듯이 물었다.

'이봐, 제인, 대체 무슨 꿍꿍이속이지? 혹시 별것 아닌 일을 공상해서 꾸며 대는 것 아니냐고. 정말 그런 엉뚱한 일을 생각할 근거가 있는 거야?'

그녀는 머릿속으로 자신과 소령이 그 살인사건과 살인자에 대해 나누었던 이야기를 가능한 한 정확하게 되짚어보려고 애를 썼다.

그러다가 말고 그녀는 문득 탄식처럼 중얼거렸다.

"아아, 이런, 만일 그렇다고 해도 나한테 별달리 방법이 있는 것도 아니잖아!"

하지만 그녀는 자신이 일단은 노력해 보리라는 사실을 뻔히 꿰뚫어보고 있었다.

## 제6장

자정에서 새벽까지

1

마플 양은 일찍 잠을 깼다. 나이 든 사람들이 그렇듯이 그녀도 선잠만 자기 일쑤였다. 그리고 깨어서 자리에 누워 있는 그 나머지 시간에 그녀는 다음 날 혹은 앞으로 며칠 동안 행동할 계획을 구상하는 것이었다. 물론 그녀의 행동 계획이란 것은 마플 양 자신 말고는 다른 사람에겐 그다지 관심거리가 못 되는 개인적인 일이나 집안일이기가 일쑤였지만.

그러나 오늘 아침은 달랐다. 마플 양은 자리에 누운 채 신중한 태도로 살인과 그녀의 의심이 정확하다면 앞으로 어떤 행동을 취할 것인가에 대해 생각을 거듭하고 있었다. 물론 쉬운 일은 절대 아닐 것이다.

그녀가 가진 무기는 오직 하나, 대화라는 이름의 무기였다. 나이 많은 노부인이란 으레 이것저것 두서없이 대화를 해도 당연하게 여기곤 한다. 사람들은 그런 이야기들에 진저리를 내곤 하지만 그 이면에 어떤 동기가 있으리라고는 대개 의심할 줄을 모른다.

우선 할 일은 단도직입적으로 묻는 일은 피해야 한다는 것이다(물론 솔직히 말하면 마플 양 자신도 사람들에게 어떤 질문을 어떻게 해야 할지 갈피를 못 잡고 있지만). 그러므로 일단은 몇몇 사람들에 대해 좀더 많이 알아내는 것이 관건이다. 그녀는 그 몇몇 사람들에 대해 속으로 짚어보았다. 우선 팰그레이브 소령에 대해 몇 가지 더 알아낼 수 있으리라. 하지만 그것이 별 도움이 될 수 있을는지, 그녀는 심히 회의적이었다.

팰그레이브 소령이 살해된 것이 확실하다고 해도 그 이유가 그의 일신상의 비밀 때문이거나, 아니면 그의 유산을 물려받기 위한 것, 아니면 복수 때문이 아님은 명백한 일이다. 물론 이 사건의 피해자는 그 자신이다. 하지만 이것은 피해자에 대해 더 캐본들 그것이 사건 해결에 도움이 된다거나 혹은 범인을 찾는 일에 보탬이 되지 못하는 드문 사건 중 하나인 것이다.

해결의 요점은, 그녀가 생각하기엔 오직 하나였다. 즉, 팰그레이브 소령이 지나치게 수다스러웠다는 사실이었다!

마플 양은 그레이엄 의사로부터 일단은 흥미 있는 사실을 하나 전해 들었다. 소령의 지갑 속에 여러 가지 사진이 많았다는 사실이다. 하나는 소령이 폴로 경기용 망아지를 탄 사진이고, 하나는 죽은 호랑이를 배경으로 찍은 사진이다. 그리고 그런 종류의 사진이 그 밖에도 한두 장 더 있었다고 한다.

그런데 왜 소령은 그 사진들을 그처럼 소중히 모시고 다녔을까! 그거야 분명한 일이지. 마플 양은 속으로 생각했다.

많은 늙은 제독이며, 준장, 그리고 소령들을 상대해본 경험이 많은 마플 양으로서는(소령들은 그다지 많이 상대해 보진 않았지만) 소령이 그 사진들을 지니고 다니는 것은 그 사진들과 더불어 거기에 얽힌 회고담을 사람들에게 들려주는 걸 즐겼기 때문이라는 것을 잘 알고 있었다.

그 회고담이란 으레, '내가 예전에 인도에서 이 호랑이를 쏘아 잡았을 때 참으로 괴상한 사건이 하나 있었지요.' 하는 식으로 서두를 열기 마련이리라. 혹은 폴로 경기용 망아지를 탄 사진을 내보이며 이야기를 꺼낼 수도 있다. 그러므로 그가 의심을 품은 살인사건에 대해 이야기를 하면서도 그는 예의 그 스냅 사진을 지갑에서 꺼내 들었을 것이다.

그가 마플 양과 살인자 이야기를 나누었을 때도 그는 역시 똑같은 절차를 밟았다. 우선 살인에 대한 화제로 변죽을 울린 다음 자기 경험담으로 초점을 옮기고는, 다른 때와 마찬가지로 그 스냅 사진을 꺼내 보이며 이렇게 말하려 했을 것이다. '어떻습니까, 마플 양. 이 사내가 살인자라고 생각되지 않습니까?'라고.

문제는 그러한 일이 소령의 습관으로 박혀 있었다는 점이다. 그 살인자 이야기는 그가 즐겨 내놓은 레퍼토리였을 것이다. 누가 살인에 대해 한마디라도 꺼내기라도 하면 소령은 곧장 흥분해서 그 살인자 이야기를 떠벌렸을 것이 분명한 일이다.

그렇다면(마플 양은 신중히 검토해보았다), 그렇다면 그가 이미 자기 말고 다른 사람에게도 그런 이야기를 했을 거라는 사실도 충분히 짐작이 가는 일이다. 게다가 혹시 그런 이야기를 한 상대가 한 사람만이 아닐지도 모른다. 만일 그렇다면 마플 양은 그중 한 사람으로부터 그 살인사건 이야기의 보다 자세한 전말이며 사진 속의 인물이 어떻게 생겼는지까지 캐낼 수도 있을 것이다.

이윽고 마플 양은 적이 만족한 듯이 고개를 끄덕였다.

출발은 거기서부터 하는 거야. 그리고 그녀의 마음속에서 이미 '용의자 네 사람'이라고 점찍은 사람들도 있었다. 하긴 따지고 보면 팰그레이브 소령이 이야기하던 인물이 남자임을 고려할 때 용의자는 넷이 아니라 둘로 좁혀지지만 ―힐링던 대령과 다이슨 씨, 그 어느 쪽도 살인자처럼 보이지는 않는다. 하지만 살인자란 원래 전혀 살인자답지 않게 생긴 뜻밖의 인물이게 마련이다. 그들 말고는 달리 용의자가 있을 수 있겠는가?

그때 그녀가 고개를 돌려 어깨 뒤를 돌아보았을 때 사람이라고는 아무도 없었으니까. 물론 래필 씨의 방갈로 한 채가 분명히 있었다. 그럼, 누군가가 방갈로에서 나와 그녀가 바라보기 전에 다시 들어간 것은 아닐까? 만일 그렇다면 그럴 만한 사람은 래필 씨의 시중을 드는 사람일 수밖에 없다.

그 사람 이름이 뭐였더라? 아, 그래, 잭슨이었지. 방갈로에서 나온 사람은 잭슨이었을까? 그렇다면 그 장면은 스냅 사진의 구도와 똑같은 구도가 된다. '어떤 남자가 문에서 걸어 나오는', 그 구도에서 소령은 문득 번개처럼 무슨 사실을 알아차렸을지도 모른다.

그때까지 소령은 래필 소령의 시중꾼인 아서 잭슨에 대해 별로 관심 있게 보지 않았다. 아서 잭슨이 침착하지 못한 채 연방 주위를 둘러보는 눈은 본질적으로 속물의 눈이었다. 즉, 아서 잭슨이라는 인물은 절대로 '퍼카 사히브(인도어로 진짜 신사라는 뜻)'가 아니었던 것이다.

그래서 팰그레이브 소령은 두 번 다시 그를 거들떠도 보지 않았을 것이다. 하지만 그것은 그가 스냅 사진을 손에 들고 마플 양의 오른쪽 어깨너머로 어떤 남자가 문밖으로 걸어 나오는 것을 보기 전의 일이 아니었을지……?

마플 양은 베개 위에서 몸을 뒤챘다. 이제 내일의 행동 계획은(아니, 실상은 오늘이라고 해야 옳겠지만) 힐링던 부부, 다이슨 부부, 아서 잭슨에 대해 자세히 알아보는 일로 결론이 난 셈이다.

2

의사인 그레이엄 역시 일찍 잠이 깼다. 다른 때라면 몸을 뒤척거리면서 다시 잠을 청해 볼 터였다. 하지만 오늘만은 이상하게도 못내 마음이 불편해서 잠을 이룰 수가 없었다. 다시 잠들지도 못할 만큼 마음을 괴롭히는 이런 불안감은 실로 오랜만에 겪는 일이었다.

대체 이 불안한 마음은 어디서부터 오는 것일까? 하지만 아무리 생각해도 알 수가 없었다. 그는 자리에 누운 채로 자꾸만 생각을 곱씹어보았다.

어떤 일과 연관이 있는 일이었는데, 그 어떤 일이란……, 그래, 팰그레이브 소령이었어! 그럼, 이 불안은 팰그레이브 소령의 죽음과 관련이 있는 것일까? 하지만 그는 팰그레이브 소령의 죽음이 왜 자신을 불안하게 만드는지 전혀 알 수가 없었다. 그 수다스러운 노부인의 말 때문일까?

그 사진 일은 참으로 안된 일이었다. 그런데도 그 노부인은 훌륭하게 참아냈다. 하지만 대체 그녀의 어떤 말이 이처럼 나에게 불안한 마음을 가지게 하는 것일까? 단연코 소령의 죽음에는 이상한 점이 없었다. 단연코—아니, 적어도 나는 그렇게 생각했다. 소령의 건강상태에 대해서도 역시 단연코

그때 그의 생각을 딱 가로막는 것이 있었다. 나는 정말로 팰그레이브 소령의 건강상태에 대해 잘 알고 있었던가? 모두들 소령이 고혈압으로 고생했다고들 한다. 하지만 나 자신이 소령과 그런 이야기를 나눈 적은 한 번도 없었다. 그렇다고 해서 소령과 딴 이야기를 많이 나눈 것도 아니다.

팰그레이브 소령은 성가신 노인이었고, 원래 난 성가신 노인은 딱 질색이었으니까. 그런데도 왜 나는 갑자기 모든 일이 석연치 않게 생각되는 것일까? 그 노부인 때문에? 하지만 그 노부인은 별다른 이야기를 하지 않았다. 게다가 다시 생각해보면 이 일은 내가 관여할 일도 아니다. 이 도시의 행정 당국에서는 그의 죽음에 대해 지극히 당연한 것으로 여기고 있었다.

방 안에 세레나이트 알약이 든 약병이 있었고, 소령은 평소 자기 혈압에 대해 아무한테나 거리낌 없이 털어놓았으니까……

이윽고 그레이엄 의사는 침대에서 뒤척이다가 금세 잠이 들어버렸다.

3

호텔 건물 밖, 부근의 오두막집 가운데 한 채에서는 빅토리아 존슨이라고 하는 아가씨가 몸을 뒤척거리다가 침대에 일어나 앉았다.

생 토노레 출신인 이 아가씨는 조각가라면 누구나 군침을 흘릴 만큼 매혹적인 검은 대리석 같은 상반신을 지니고 있었다. 그녀는 손가락으로 탄력 있는 웨이브가 진 검은 머리를 쓸어 올렸다. 그러고는 한쪽 발로 옆에 누워 있는 사내의 옆구리를 쿡쿡 찔러댔다.

"이봐요, 일어나 봐요."

사내는 불평 어린 신음을 토하며 돌아누웠다.

"왜 그래? 아직 아침도 아닌데."

"일어나요, 글쎄. 할 이야기가 있어요."

사내는 일어나 앉아 기지개를 켰다. 커다란 입과 고른 이빨이 내다보였다.

"무슨 일인데 그래?"

"죽은 그 소령 말이에요. 좀 석연치 않은 점이 있어요. 아무래도 좀 이상한 듯싶어요."

"그게 뭐가 어쨌다고 그래? 그 사람은 노인이었잖아. 그리고 이미 죽어버렸고 말이야."

"그게 아니라 그 약병 때문이에요. 의사가 내게 물었던 알약 말이에요."

"그게 왜? 아마 약을 너무 많이 집어삼킨 모양이지."

"그렇지가 않아요! 내 얘기 좀 들어봐요."

그녀는 열띤 어조로 말하며 사내의 위쪽으로 몸을 굽혔다. 하지만 사내는 하품을 하며 이내 다시 자리에 누워버렸다.

"아무것도 신경 쓸 것 없어. 대체 무슨 이야기를 하려고 그래?"

"그렇지만 아무래도 아침에 캔들 부인에게 그 이야기를 해야겠어요. 뭔가 분명히 개운치 않다는 생각이 들어요."

"신경 쓸 것 없어."

결혼식은 올리지 않았지만 그녀가 현재의 남편으로 여기는 사내가 퉁명스럽게 내쏘았다.

"괜히 말썽거리를 만들지 말라고."

말을 마친 그는 다시 하품을 하며 등을 돌리고 누웠다.

제7장

해변의 아침

1

오전의 반쯤 지났을 무렵 호텔 아래 바닷가에서였다.

이블린 힐링던은 바닷물에서 뛰어나와 따스한 황금빛 모래밭에 몸을 던졌다. 그녀는 수영 모자를 벗고는 검은 머리채를 힘차게 흔들었다. 해변은 그다지 넓지는 않았다. 아침에 사람들이 그곳에 몰려오기 시작하면 11시 30분경에는 언제나 사교적인 만남이 재현되고는 했다.

이블린의 왼편으로는 이국적인 취향이 배어 나오는 아주 현대적 모양의 등의자에 베네수엘라에서 온 드 카스페아로 부인이 앉아 있었다. 그 옆으로는 현재로서는 골든 팜 호텔에 가장 오래 묵고 있는 래필 씨가 막대한 부를 지닌 노인만이 누릴 수 있는 세도를 부리며 앉아 있었다. 그리고 그 옆에는 에스터 월터스 부인이 그의 시중을 들며 앉아 있었다. 그녀는 래필 씨가 즉시 연락해야 할 사업상의 전보 문안이라도 떠올릴 때를 대비해서 손에 항상 속기용 노트와 연필을 들고 있었다.

수영복을 입은 래필 씨는 삐쩍 마른 몸매 때문에 뼈에 마른 가죽을 뒤집어씌운 듯한 모습이었다. 이제 금방이라도 죽어 관 속에 넣을 사람 같은 모양이긴 해도, 그는 이곳에 오기 전인 8년 전과 거의 달라진 데가 없었다—자신보다는 섬사람들이 그렇게 말하고 있다는 것이 더 정확할 것이다. 주름투성이의 쭈글쭈글한 뺨 사이로 날카로운 파란 눈이 내다보이고 있었는데, 그가 살면서 제일 큰 낙으로 삼고 있는 게 있다면 남들이 말하는 것은 뭐든지 부인하고 나서는 일이었다.

마플 양 역시 그곳에 나와 있었다. 언제나처럼 그녀는 뜨개질하며 자리에 앉아 사람들의 대화에 귀를 기울이다가는 종종 참견하고 나서곤 했다. 그럴 때면 사람들은 그때까지 그녀가 거기 있다는 것조차 잊어버리고 있다가 화들짝 놀라기 일쑤였다. 그중에서 이블린 힐링턴은 그녀를 상냥하게 바라보며 마음씨 좋은 할머니 같다고 내심 중얼거리고 있었다.

드 카스페아로 부인은 늘씬하게 뻗은 그녀의 아름다운 다리에 오일을 조금 더 바르고는 혼잣소리로 노래를 흥얼거리고 있었다. 그녀는 원래 말수가 적은 여인이었다. 이윽고 그녀는 햇빛방지용 오일 병을 언짢다는 듯이 바라보았다.

"이 오일은 프란지파니오만큼 좋질 않아요." 사뭇 비감한 어조였다.

"하지만 이 마을에서는 프란지파니오를 손에 넣을 수 없으니 유감이에요."

말을 마치자 그녀는 다시금 눈을 내리깔았다.

"수영하러 가지 않으시겠어요, 래필 씨?" 에스터 월터스가 물었다.

"내키면 들어가도록 하지."

래필 씨가 퉁명스럽게 쏘았다.

"벌써 11시 30분인걸요." 월터스 부인이 다시 말했다.

"그래서 어쨌다는 거지? 내가 시간에 꼭 묶여서 사는 사람 같아? 이 시간에는 이런 일을 하고 20분 뒤에는 저것, 또 20분 뒤에는……. 쳇, 그만둬!"

월터스 부인은 하도 오랫동안 노인의 시중을 들었던 터라 그를 다루는 법을 터득하고 있었다. 그가 수영의 피로를 회복할 만큼 충분한 시간 여유를 두는 걸 좋아한다는 것을 알고 있었기 때문에 그녀는 미리 시간을 알려줘서 그가 그녀의 충고대로 하는 것을 거절할 시간 여유를 주었다. 그런 다음에야 그가 그녀의 말에 따라 순순히 수영하러 나서는 인상을 주지 않고 당당히 나설 수 있게끔 배려하는 것이다.

"난 이놈의 샌들이 맘에 들지 않아."

래필 씨는 한 발을 들어 올리고는 바라보았다.

"멍텅구리 잭슨한테 이야기를 해두었는데도, 그 작자는 내가 하는 말에 귀를 기울이는 법이 없다니까."

"그럼, 뭐 다른 샌들을 찾아다 드릴까요, 래필 씨?"

"안 돼, 그건. 그냥 입 다물고 가만히 앉아만 있어. 난 시끄러운 암탉처럼 떠들면서 여기저기 돌아다니는 건 딱 질색이니까."

이블린이 따스한 모래밭에서 조금 일어나 앉더니 팔을 쭉 폈다.

마플 양은 열심히 뜨개질하던 중(사람들 보기엔 적어도 그렇게 보였다) 발을 펴다가 황급히 사과를 했다.

"저런, 정말 미안해요, 힐링던 부인. 내가 발로 차지나 않았는지 모르겠군요."

"아뇨, 조금도 신경 쓰지 마세요. 워낙 바닷가에 사람들이 많으니까요."

"오, 저런, 움직이지 마요. 내 의자를 뒤로 조금 밀어야겠어요. 그래야 다시 못 찰 테니까."

마플 양은 의자를 밀고 다시 자리를 잡자 자못 어린아이처럼 천진스러운 얼굴로 이야기를 시작했다.

"그래도 정말 근사한 곳이지 뭐예요! 난 서인도제도는 처음이에요. 이런 곳에 올 수 있게 되리라고는 꿈에도 생각지 못했는데 이렇게 와 있군요. 모두가 내 사랑하는 조카 덕분이지요. 힐링던 부인은 이곳에 대해 잘 알고 계실 테지요?"

"이 섬에는 전에 한두 번 와보았어요. 물론 다른 섬도 대부분 가보았고요."

"아, 예, 그러시군요. 나비 채집하고 야생꽃 채집 때문이겠지요? 당신하고 그 친구 분들 말씀이에요. 아니면 혹시 친척 되시나요?"

"우린 친구랍니다. 다른 관계는 없어요."

"그럼, 네 분은 취미가 같아서 자주 함께 다니시는 모양이군요?"

"예, 벌써 몇 년째 같이 여행하고 있답니다."

"때때로 아주 흥미진진한 모험거리도 생겼겠어요?"

"뭐, 꼭 그렇지도 않아요." 이블린이 대꾸했다.

억양이 없는 그 목소리에는 은근히 따분하다는 투가 배어 있었다.

"모험 같은 건 다른 사람들하고나 인연이 있나 봐요."

말을 마치고 나서 그녀는 하품을 했다.

"독사라든지 야생동물, 또는 난폭한 원주민들하고 맞닥뜨리는 위험한 일은 없었나요?"(내 말이 얼마나 우스꽝스러울까?)

"벌레가 물 정도지 별다른 건 없었어요." 이블린이 대꾸했다.

그때 마플 양이 얼토당토않은 새빨간 거짓말을 던졌다.

"가엾은 팰그레이브 소령님은 언젠가 뱀에 물린 적이 있었다더군요."

"어머, 그런가요?"

"소령님이 그런 말씀 안 하시던가요?"

"하셨을지도 모르지만, 기억은 안 나는군요."

"그분을 잘 아시는 줄 알았는데, 그렇지 않나요?"

"팰그레이브 소령님 말씀인가요? 아뇨, 잘 몰라요."

"그분은 언제나 흥미진진한 이야기를 많이 아시는 것 같더군요."

래필 씨가 나섰다.

"따분하기 이를 데 없는 양반이었소. 어리석기도 했고. 자기 몸을 제대로 돌봤더라면 아마 죽지는 않았을 거요."

"저런, 그런 소리 마세요, 래필 씨."

월터스 부인이 들고났다.

"내가 뭐 못할 소릴 했나? 사람은 건강을 제대로 보살피기만 한다면 어디에 내놓아도 걱정이 없소. 나를 봐. 의사들은 벌써 오래전에 나를 포기했잖소. 그때 내가 말했지. '좋소, 난 나름대로 건강에 대한 원칙이 있으니 그대로 준수하겠소!' 하고. 그런데 지금 나를 봐요, 여전히 이렇게 멀쩡하잖아."

말을 마친 그는 의기양양한 수탉처럼 주위를 둘러보았다. 하지만 그가 거기에 그렇게 건재해 있는 것은 오히려 뭔가가 잘못되어 그런 것 같은 느낌이었다.

"가엾은 팰그레이브 소령님은 혈압이 높았어요."

월터스 부인이 다시 입을 열었다.

"얼빠진 소리!"

"아니에요, 정말이었어요."

이블린 힐링던이 말했다. 뜻밖에도 단호한 위엄이 담겨 있었다.

"누가 그런 소리를 했소? 소령 자신이 당신에게 말했소?"

"아뇨, 누군가가 그러는 것을 들었어요."

"그러고 보니 정말 얼굴이 항상 불그스름했던 것 같아요."

마플 양이 거들었다.

"그런 것만 갖고 단정 지을 수는 없소. 그리고 소령은 고혈압 같은 건 없었소. 자기 입으로 나한테 그랬으니까."

"그분 입으로 그러셨다니 그게 무슨 말씀이세요?"

월터스 부인이 의아해하며 물었다.

"제 말뜻은 사람들한테 굳이, '난 혈압이 높지 않소.' 하고 미리 말하는 사람은 없지 않겠느냐는 거예요."

"하지만 그럴 수도 있지. 언젠가 플랜터스 펀치를 들이키면서 과식을 하는 것을 보고 내가 그랬지. '식사와 술을 좀 유의해야겠소. 당신 나이가 되면 혈압을 생각해야지.' 그랬더니 그 사람 말이 자기는 그런 점에는 걱정 없다는 거요. 자기는 나이치고 혈압이 정상이라고 하면서……."

"하지만 듣기로는 혈압을 조절하는 약을 드셨다던데요."

마플 양이 대화에 끼어들었다.

"그 뭐라던가……, 아, 생각이 나는군요. 세레나이트라고 하던가요?"

그러자 이블린 힐링던이 대꾸했다.

"제 의견을 말한다면, 그분은 자기한테 이상이 있다는 것을 인정하고 싶지 않으셨던 게 아닌가 해요. 자기한테 병이 생길 수도 있다는 것도 인정하고 싶지 않았고요. 제가 보기엔 그분은 병이라는 것에 대한 두려움 때문에 애초에 자기한테는 이상 같은 것이 있을 리 만무하다고 생각하는 그런 사람 중 한 분이었던 듯싶군요."

그녀로서는 드물게 말을 오래 한 셈이었다. 마플 양은 날카롭게 그녀의 검은 머리 정수리 부분을 내려다보았다.

래필 씨는 거만스럽게 말했다.

"문제는 사람들이 모두 다른 사람의 병을 캐내길 좋아하는 데 있소. 그런 사람들은 50세가 넘은 사람이라면 으레 고혈압이니 관상동맥혈전증이니 뭐니 그런 병으로 죽게 마련이라고 생각하기 일쑤거든. 쳇, 얼토당토않은 생각들이지! 누가 자기 몸에 이상이 없다고 하면 난 그걸로 그만이라고 생각하오. 사람이란 자기 몸의 건강에 대해서는 자기가 가장 잘 아는 법이니까. 참, 지금 몇 시요? 12시 15분 전이라고? 저런, 진작 수영을 해야 했는데, 왜 진즉에 일러주지 않았소, 에스터?"

월터스 부인은 전혀 항의의 말을 하지 않았다. 그러고는 자리에서 일어나 능숙한 솜씨로 래필 씨가 일어나는 것을 거들었다. 이어 여전히 조심스럽게 노인의 몸을 부축하며 바닷가로 내려가 함께 바닷물 속으로 들어갔다.

드 카스페아로 부인은 눈을 휘둥그레 뜨더니 중얼거렸다.

"노인들이란 정말 추악해요! 아아, 저런 추악한 꼴을! 사람이란 40세가 되면 모두 죽어야 해요. 아니, 35세 이전에 죽는 게 더 나을지도 모르죠, 안 그래요?"

그때 에드워드 힐링던과 그레고리 다이슨이 모래밭을 서걱거리며 다가왔다.

"바닷물이 좀 어떻소, 이블린?"

"언제나 늘 그렇죠."

"여긴 통 변화라고는 없군. 러키는 어디 있나요?"

"글쎄, 모르겠어요."

마플 양은 다시 한 번 날카로운 눈길로 검은 머리 정수리를 내려다보았다.

"자, 그렇다면 어디 고래 흉내를 내볼까?"

그레고리 다이슨은 이렇게 말하며 요란한 무늬의 버뮤다 셔츠를 벗어버리고 바다로 달려가 첨벙 몸을 담갔다. 그러고는 숨을 헐떡거리며 빠른 크롤형으로 바다 저쪽을 향해 헤엄쳐 나가기 시작했다.

에드워드 힐링던은 모래밭에서 아내 곁에 그냥 앉아 있었다. 하지만 곧이어 아내에게 묻는 소리가 들려왔다.

"다시 헤엄치러 갈까?"

이블린은 싱긋 미소를 짓고는 수영 모자를 쓴 다음, 별로 요란스럽지 않은 모습으로 남편과 함께 물속으로 들어갔다.

드 카스페아로 부인이 다시 눈을 커다랗게 떴다.

"난 처음에 저 남편이 부인에게 너무 상냥하게 잘 해주기에 신혼여행 중인 줄로만 알았어요. 그런데 듣자 하니 결혼한 지 벌써 8년, 아니, 9년이 되었다는군요. 정말 믿을 수 없는 일 아니에요?"

"그런데 다이슨 부인은 어디에?" 마플 양이 물었다.

"러키라는 여자 말인가요? 뭐, 뻔하죠. 남자하고 같이 있을 거예요."

"정말, 그렇게 생각해요?"

"그럼요, 뻔하잖아요. 그 여자는 그런 여자예요. 하지만 이젠 그녀도 더 이상 젊지만은 않아요. 남편도 벌써 여기저기 바람피울 데가 없나 하고 딴전을 피우는걸요. 난 알고 있어요."

"물론 부인이라면 아시겠지요."

드 카스페아로 부인은 놀란 얼굴로 노부인을 올려다보았다. 그녀가 그런 소리를 할 줄은 꿈에도 몰랐다는 표정이 역력했다.

하지만 마플 양의 눈길은 천진스럽게 파도를 향해 있었다.

2

"켄들 부인, 말씀드릴 게 있는데요."

"그래, 들어와요." 몰리는 사무실 책상에 앉아 대답했다.

큰 키에 서걱거리는 소리가 날 정도로 빳빳한 흰 제복을 입은 빅토리아 존슨은 활발해 보이는 모습으로 사무실에 들어오더니 그녀답지 않게 꺼리며 문을 닫았다.

"말씀드릴 것이 좀 있어서요, 켄들 부인."

"무슨 일이지, 뭐가 잘못되었나요?"

"글쎄, 모르겠어요. 저도 확신은 못하고 있어놔서. 지난번에 돌아가신 그 노신사분에 대한 거예요. 소령이라고 하시던, 주무시는 도중에 돌아가신 분 말이에요."

"그래, 알아. 그게 어쨌기에?"

"그분 방에 알약이 든 병이 하나 있었지요? 의사 선생님이 제게 그 약병에 대해 물어보시더군요."

"그래서?"

"의사 선생님은 '욕실 선반에 뭐가 있는지 좀 봐야겠다.'면서 들여다보시더군요. 그랬더니 치약하고 소화제 몇 알, 그리고 아스피린하고 카스카라 알약이 있었어요. 세레나이트라고 하는 그 약병하고요."

"그래서?" 몰리가 다시 재촉하듯 말했다.

"선생님은 그 알약을 발견하시고는 그러면 그렇지 하는 얼굴로 고개를 끄덕였어요. 하지만 저는 그 뒤 아무리 생각해봐도 그 약병이 전에는 거기 없었던 듯싶어요. 다른 약들은 분명히 있었지만—치약하고 아스피린, 그리고 애프터셰이브 로션이니 뭐니 하는 것들 말이에요. 하지만 그 알약은, 세레나이트라나 하는 그 알약은 전엔 한 번도 본 적이 없어요."

"아니, 그럼……."

몰리는 당혹스러운 표정을 지었다.

"대체 어떻게 생각해야 할지 모르겠어요. 하지만 아무래도 이상한 일 같아 부인께 말씀드리는 편이 좋을 거라고 생각한 거예요. 부인께서 의사 선생님께 말씀해주시겠죠? 무슨 중대한 뜻이 있을지도 모르니까요. 혹시, 누군가가 거기다 약병을 놓아서 소령님이 그것을 잡수시고 돌아가시게 한 건지도 몰라서."

"저런, 그럴 리가……." 몰리가 대꾸했다.

빅토리아는 검은 머리를 좌우로 내저었다.

"그거야 모르는 일이랍니다. 사람들은 얼마든지 나쁜 짓도 하니까요."

몰리는 창밖을 내다보았다.

그곳은 영락없이 소박한 낙원 같았다. 태양과 바다, 산호초, 음악과 춤—이 모든 것이 어우러진 그곳이야말로 에덴동산이었다. 하지만 에덴동산에도 불길한 그림자는 분명히 있었다. 뱀이라는 불길한 그림자. '사람들이란 얼마든지 나쁜 짓도 하니까요.' 이 얼마나 듣기 두려운 말인가.

이윽고 그녀는 날카로운 음성으로 대꾸했다.

"내가 알아보기로 하지, 빅토리아. 그러니 걱정하지 마요. 그리고 괜히 쓸데없는 소문을 퍼뜨리거나 하지 말고"

빅토리아가 머뭇거리면서 석연치 않은 얼굴로 막 방을 나서려는데 팀 켄들이 들어왔다.

"무슨 일이 있소, 몰리?"

몰리는 말할까 말까 잠시 망설였다. 하지만 말하지 않으면 빅토리아가 또 그에게 가서 말할지도 모른다. 그래서 그녀는 방금 빅토리아가 한 말을 옮기기로 했다.

"난 무슨 소린지 모르겠군. 그 알약이라는 게 대체 뭐요?"

"그건 나도 모르겠어요, 팀. 로버트슨 의사 선생님이 말씀하시길 무슨 혈압에 듣는 약이라던데."

"그럼 됐지 뭘 그러오? 그러니까 소령은 고혈압이었고, 그래서 그 약을 좀 먹었을 것 아니오? 흔히들 그러니까. 나도 그 약을 자주 본 적이 있는데."

"그렇겠죠. 하지만 빅토리아는 소령님이 그 알약 중 하나를 먹고 돌아가신 거라고 생각하나 봐요."

"저런! 그런 멜로드라마 같은 소리는 꺼내지도 마! 그러니까 당신은 지금 누군가가 소령의 혈압약을 다른 걸로 바꿔치기했는데, 소령이 그 약을 먹고 독살되었다는 거 아니오?"

"당신이 그렇게 얘기하니까 정말 우습게 들리는군요. 하지만 빅토리아는 그렇게 생각하나 봐요."

"바보 같은 계집애 같으니. 그럼, 그레이엄 의사 선생한테 물어봐야겠군. 그 사람이라면 알고 있을 테니까 말이요. 하지만 그런 얼토당토않은 소리를 갖고 그 양반을 번거롭게 해서야 쓰나?"

"나도 동감이에요."

"대체 그 계집애는 왜 누군가가 그 약을 바꿔치기했다고 생각하게 된 걸까? 즉, 그 혈압약병 속에 다른 약을 넣었다는 거 아니오?"

"나도 모르겠어요." 몰리는 어쩔 줄 모르겠다는 표정이었다.

"그리고 빅토리아는 세레나이트 약병이 거기 있는 것을 본 건 처음이라는 거였어요."

"또 당치도 않은 말을! 소령은 혈압을 낮추려면 항시 그 약을 먹어야 했는데."

말을 마친 그는 메트르 도테르(불어로 '호텔 지배인'이라는 뜻)인 페르난도와 얘기를 나누기 위해 성큼성큼 방을 나섰다. 하지만 몰리는 그 문제를 그다지 간단하게 넘겨버릴 수가 없었다.

점심을 치르느라 정신없이 바쁜 한때가 지나자 그녀는 남편에게 말했다.

"팀, 줄곧 생각해본 건데요, 빅토리아가 만일 이 일에 대해 여기저기 입을 나불거리고 다니기 전에 우리가 누구와 함께 이 일을 의논하는 편이 낫지 않을까요?"

"이것 봐요! 로버트슨 의사 선생하고 다른 관계자들이 와서 이미 방 안을 샅샅이 뒤지고 필요한 건 모두 묻지 않았소?"

"그야 그렇지요. 하지만 당신도 알다시피, 빅토리아 같은 여자애들은 곧잘 우쭐해서 이 소리 저 소리 떠들고 다닌다고요."

"아, 알았어. 알았으니 가서 그레이엄 선생하고 이야기해봅시다. 그 사람이라면 잘 알고 있을 테니까."

그레이엄 의사는 한쪽 벽이 트인 거실에 앉아 책을 읽고 있었다. 켄들 부부는 방 안으로 들어가더니 몰리가 우선 곧장 이야기를 시작했다. 하지만 그녀의 말이 다소 두서가 없자 팀이 그녀 대신 설명에 나섰다.

"어리석은 이야기로 들리실지 모르지만 제가 알아낸 바로는 그 빅토리아라는 아가씨는 무슨 이유 때문인지 누군가가 그 뭐라더라, 세라 뭐라나 하는 약병에 독이 든 알약을 넣은 거라고 생각하는 모양입니다."

"그런데 그 아가씨는 애초에 왜 그런 생각을 하게 되었소?"

그레이엄 의사가 물었다.

"뭘 보거나 들었답디까? 대체 왜 그런 생각을 하게 되었느냐는 거요?"

"그야 저도 모르지요." 팀이 어쩔 줄 모르며 대꾸했다.

"혹시 다른 병은 아니었을까? 그 병이 맞소, 몰리?"

"그래요. 빅토리아는 분명히 세븐, 아니, 세렌 뭐라나 하는 라벨이 붙은 병이라고 했어요."

"세레나이트요." 의사가 일러주었다.

"그 약에 대해선 아무 이상 없소. 고혈압에는 잘 알려진 약이니까. 소령은 그 약을 꾸준히 복용하고 있었던 거요."

"하지만 빅토리아는 소령님 방에서 그 약을 한 번도 본 적이 없었다는 거예요."

"소령의 방에서 한 번도 본 적이 없다니, 그게 무슨 소린가요?"

그레이엄 의사는 날카롭게 물었다.

"예, 분명히 그렇게 말했답니다. 욕실 선반에 여러 가지가 놓여 있었던 것은 틀림없대요. 치약이니 아스피린이니 애프터세이브 로션이니 하는. 아주 막히지 않고 줄줄 외워대더군요. 아마 매일 욕실 선반을 청소하다 보니 모두 외웠던 모양이에요. 하지만 그, 세레나이트 약병만은 소령님이 돌아가시기 전날까지 한 번도 본 적이 없었다는 거예요."

"그거 묘한 일이군." 그레이엄 의사가 재차 날카로운 음성으로 말했다.

"꼭 그렇게 확신하고 있답디까?"

그의 음성이 유별나게 날카로운 기색을 띠는 바람에 켄들 부부는 멍하니 놀란 얼굴로 그를 바라보았다. 그들은 그레이엄 의사가 그런 태도를 보이리라고는 꿈에도 생각지 못했던 것이다.

이윽고 몰리가 느릿느릿 대답했다.

"예, 아주 확신하는 듯싶었답니다."

"아마 사람들 관심을 끌려고 그랬는지도 모르지." 팀이 퉁겨보았다.

"그럴지도 모르겠군." 그레이엄 의사가 말했다.

"하지만 일단은 그 아가씨하고 몇 마디 나눠봐야겠소."

빅토리아는 이제야 마음 놓고 이야기를 할 수 있게 되어 퍽이나 기쁜 모양이었다.

"전 쓸데없는 일에 말려들고 싶진 않아요. 그 약병을 거기 놓은 건 분명히 제가 아니니까요. 그리고 누가 그랬는지도 역시 모르는 일이고요."

"어쨌든 아가씨는 누군가가 그 병을 거기 갖다놓았다는 거 아니오?"

그레이엄이 물었다.

"예, 의사 선생님. 그 병이 전에 그곳에 없었다면 누군가가 거기 갖다놓은 것이 확실하지 않겠어요?"

"팰그레이브 소령이 서랍에 간직했을지도 모르는 일이잖소. 아니면 서류함이라든가 뭐 그런 곳에."

빅토리아는 힘차게 고개를 내저었다.

"매일 드시는 약이라면 그런 곳에 놔두었을 리가 없어요. 그렇잖아요, 선생님?"

"그렇겠지." 그레이엄 의사가 마지못한 듯이 대꾸했다.

"그 약은 하루에도 몇 번씩 먹어야 하는 약이니까. 그런데 아가씨는 소령이 그런 알약을 먹는 걸 본 적이 전혀 없소?"

"어떻든 전에는 그런 약병이 없었던 것이 확실해요. 그래서 제 생각엔, 만일 그 약이 소령님의 죽음과 무슨 관계가 있다면, 소령님의 피에 독을 넣은 거라면, 그건 아마 소령님에게 원한이 있는 사람이 소령님을 죽이려고 갖다놓은 거라는 생각이 들어요."

그러자 의사는 흥분해서 말했다.

"당치 않은 소리! 그런 당치 않은 소리가 세상에 어디 있소!"

빅토리아는 움찔 놀라는 얼굴이었다. 그러고는 의아한 듯이 쭈뼛거리며 물었다.

"그럼, 그 약은 좋은 약이었나요?"

"좋은 약이고말고. 더구나 '꼭 필요한' 약이었단 말이오. 그러니까, 빅토리아, 아가씨는 전혀 마음 쓸 필요가 없어요. 그 약에 아무 이상이 없다는 건 내가 장담하지. 그 소령 같은 병을 가진 사람에게는 꼭 적합한 약이었소."

"그 말씀을 들으니 제 마음의 짐이 한결 가벼워지는군요, 선생님."

빅토리아가 흰 치아를 드러내며 활짝 웃었다.

하지만 그레이엄 의사는 마음의 짐이 조금도 덜어지지 않았다. 막연했던 불안이 이제야말로 그 모습을 뚜렷하게 드러내기 시작했던 것이다.

제8장

에스터 월터스와 이야기를 나누다

"이놈의 섬도 옛날 같지는 않아." 래필 씨는 마플 양이 비서와 둘이 앉아 있는 곳으로 다가오는 것을 바라보며 짜증이 난다는 듯이 중얼거렸다.

"한 발만 움직여도 늙은 할망구들이 발에 거치적거리니. 대체 저런 늙은 할망구들이 서인도제도에는 뭣 하러 오는 걸까?"

"그럼, 저런 노부인들은 어디로 가야 한다는 말씀이죠?"

에스터 월터스가 물었다.

래필 씨는 얼른 대꾸했다.

"첼튼햄 같은 곳이지 어디긴 어디야. 아니면 본머스 같은 곳이거나. 토키나 랜드린도드 웰스도 괜찮고. 갈 데야 많지. 할망구들은 그런 곳엘 가야 즐거워하거든."

"서인도제도에 올 만큼 여유 있는 사람이 그리 흔치 않아서겠지요. 누구나 회장님만큼 운이 좋은 건 아니니까요."

"그래, 맘껏 조롱하구려. 난 지금 여기저기 뼈마디가 쑤시고 결리는 곳투성이인데 당신은 나를 위로하려는 말은커녕! 게다가 제대로 일을 하지도 않고, 그 편지는 아직도 타이프치지 않았소?"

"시간이 없어서요."

"제발 빨리 좀 끝내 주구려. 당신을 여기 데려온 건 일을 하라고 데려온 거지 일광욕을 하면서 몸매 자랑이나 하라고 데려온 것은 아니니까."

다른 사람들은 아마 래필 씨의 그런 말을 들으면 참지 못했을 것이다. 하지만 에스터 월터스는 그의 밑에서 너무나 오래 일해 왔기 때문에 래필 씨가 입버릇만 더럽지 실상 속마음은 그렇지 않다는 것을 잘 알고 있었다. 언제나 몸이 여기저기 쑤셔왔으므로 그는 듣기 싫은 말이라도 자꾸 내뱉어야 스트레스가 풀리는 것이다. 그것을 알기 때문에 그녀는 그가 무슨 말을 해도 태연히 있을 수 있는 것이다.

"참 근사한 저녁 풍경이지요?" 마플 양이 두 사람 곁에 다가서며 말했다.

"왜 아니겠소? 우리가 여길 온 것도 그 때문인데."

래필 씨가 퉁명스런 어조로 말했다.

"저런, 무례하시기도 하지만 영국 사람들은 언제나 날씨를 화제로 삼길 좋아하잖아요. 그래서 깜빡 잊고, 어머나, 이런! 그만 색깔이 다른 털실을 갖고 왔군요."

그녀는 뜨개질 가방을 호텔 정원에 있는 테이블 위에 내려놓고 방갈로를 향해 종종걸음으로 걸어갔다.

"잭슨, 어디 있나!" 래필 씨가 소리쳤다. 곧 잭슨이 모습을 나타냈다.

"날 좀 안으로 데려가 줘. 저 수다스러운 암탉이 돌아오기 전에 마사지하러 가야겠으니까. 마사지라고 해서 뭐 별로 효과가 있는 것도 아니지만 말이야."

그는 퉁명스럽게 덧붙였다. 그러고 나서 그는 잭슨의 능숙한 손길에 몸을 내맡기며 일어나 그와 함께 방갈로로 들어갔다.

에스터 월터스는 그들의 뒷모습을 바라보다가 고개를 돌려 마플 양이 털실한 뭉치를 들고 돌아와 곁에 앉는 것을 바라보았다.

"내가 방해되는 건 아니지요?" 마플 양이 물었다.

"물론이고말고요. 급히 타이프쳐야 할 것이 있긴 하지만 우선 10분쯤 아름다운 석양을 구경한다고 해서 안 될 것도 없지요."

이윽고 마플 양은 상냥한 음성으로 이야기를 시작했다. 이야기를 하면서 그녀는 에스터 월터스를 꼼꼼히 뜯어보았다. 대단한 미인이라고까지는 할 수 없어도 노력만 한다면 충분히 매력적일 수 있는 여자였다. 그런데 왜 가꾸려고 노력을 하지 않는 걸까? 마플 양은 그것이 못내 궁금했다.

아마 래필 씨가 치장을 하는 것을 좋아하지 않기 때문일 수도 있다. 하지만 마플 양은 래필 씨가 그런 것을 상관할 사람이라고는 전혀 생각되지 않았다. 그 사람은 언제나 자기밖에 모르는 사람이므로 그를 소홀히 대접하지 않는 이상 그의 비서가 극락의 여자처럼 치장하고 나섰다 해도 전혀 개의치 않을 사람이었던 것이다. 더구나 그는 아주 일찍 잠자리에 든다. 그러므로 스틸 밴드가 나와서 곡을 연주하고 춤을 추는 저녁 시간이면 에스터 월터스도—여기까지 생각한 마플 양은 마음속으로 적당한 단어를 찾으려 잠시 생각을 멈추었다.

하지만 입으로는 계속 제임스타운을 방문했을 때의 추억을 명랑하게 떠들어대고 있었다—그래, 활짝 꽃 나래를 펼 수 있을 것이다. 저녁 시간이면 에스터 월터스도 활짝 그녀의 나래를 펼 수 있는 것이다.

이윽고 그녀는 자연스럽게 잭슨 쪽으로 화제를 옮겨갔다. 화제가 잭슨에게로 옮겨지자 에스터 월터스는 갑자기 태도가 모호해졌다.

"아주 유능한 사람이에요. 숙련된 마사지사고요."

"래필 씨 밑에서 오래 일했나요?"

"아니, 그렇지 않아요. 한 아홉 달 정도……?"

"결혼은 했나요?" 마플 양은 대담하게 던져보았다.

"결혼했느냐고요? 아뇨, 그렇지 않은 듯싶어요."

에스터는 좀 놀란 기색이었다.

"그런 말은 한 번도, 예, 분명히 결혼은 하지 않았어요."

그녀는 단호히 덧붙였다. 그 음성엔 재미있다는 투가 다분했다.

마플 양은 그녀의 말에 속으로 다음과 같은 말이 뒤따랐으리라고 해석했다. '행동거지를 보면 전혀 결혼한 사람 같지 않으니까요.' 하지만 세상에는 결혼했으면서도 결혼하지 않은 것처럼 행동하는 남자가 얼마나 많은가 말이다! 마플 양이 아는 사람만 해도 열 손가락이 모자랄 지경이니까!

"아주 잘생긴 남자더군요." 마플 양이 떠보았다.

"예, 그런 것 같아요." 에스터가 흥미 없는 어조로 대꾸했다.

마플 양은 주의 깊게 그녀를 뜯어보았다. 남자한테 관심이 없는 걸까? 아마 오직 한 남자한테만 관심이 있는 타입의 여자인 듯싶었다. 듣기엔 미망인이라고 했겠다.

"당신은 래필 씨 밑에서 오랫동안 일했나요?"

"4~5년 되지요. 제 남편이 세상을 달리한 뒤 저는 일자리를 찾아야 했어요. 학교에 다니는 딸이 하나 있는데, 남편은 제게 한 푼도 남겨놓지 않고 세상을 떴으니까요."

"래필 씨는 주인으로 섬기기에 꽤 까다로운 분이죠?"

마플 양이 또다시 떠보았다.

"그분을 잘 알게 되면 그렇지도 않아요. 물론 곧잘 성을 내고 고집불통이긴
하죠. 가장 중요한 문제는 그분은 사람들한테 금방 싫증을 낸다는 거예요. 2년
사이에 시중드는 사람을 5명이나 갈아치웠으니까요. 자꾸자꾸 새로운 사람한
테 심술을 부리고 싶어 하는 거예요. 하지만 저하고는 지금까지 아주 잘 해나
가고 있어요."

"잭슨 씨는 무척 고분고분한 사람 같던데……?"

"꾀가 많고 지략이 있는 사람이랄 수 있지요. 그야 가끔 좀……."

에스터는 말을 끊었다.

마플 양이 잠시 생각을 더듬다가 대신 말을 이었다.

"가끔 좀 어려운 처지에 처한단 말씀이지요?"

"예, 그렇다고 할 수 있겠죠. 이것도 저것도 아니고 일이 애매모호하니까요.
하지만 그럭저럭 잘해 내는 듯싶어요."

마플 양은 그 말뜻에 대해서도 곰곰이 생각했다. 하지만 별로 소용이 없었
다. 결국 그녀는 포기하고 두서없는 이야기를 다시 시작했다. 그러자 곧 자연
을 사랑하는 두 쌍의 부부―힐링던과 다이슨 부부에 대해 많은 것을 주워듣게
되었다.

"힐링던 부부가 이 섬에 온 지는 아무리 못 돼도 3~4년은 되지요. 하지만
그레고리 다이슨 씨는 그보다 훨씬 전에 오셨어요. 덕분에 서인도제도라면 모
르는 것이 없을 정도죠. 처음 여기 올 때는 전처와 함께였다고 해요. 전처는
몸이 약해서 겨울에는 영국을 떠나서 어디 따뜻한 곳으로 가야 했다나 봐요."

"그럼, 죽었나요, 아니면 이혼을……."

"이혼한 게 아니라 죽었다나 봐요. 여기서 말이에요. 이 섬이 아니라 서인도
제도 어느 섬에서요. 그런데 듣기로는 뭔가 말썽이 있었다는군요. 스캔들 같은
것 말이에요. 하지만 그레고리 다이슨은 전처에 대해서는 일언반구 입에 올리
는 법이 없어요. 그 이야기도 누구한테서 들어서 아는 거예요. 듣자니 그 부부

는 사이가 원만하지 못했던 듯싶어요."

"그러고 나서 지금의 부인 '러키'와 결혼했구먼."

마플 양은 러키라는 이름을 다소 불만스러운 어조로 발음했는데 그 어조는, '어휴, 정말 우습지도 않은 이름이지 뭐예요!' 하는 듯한 느낌이었다.

"그녀는 아마 전 부인의 친척이라나 봐요."

"그 두 사람은 힐링던 부부와는 안 지가 오래 되었나요?"

"아뇨, 제가 보기엔 힐링던 부부가 이곳에 온 뒤부터인 듯싶어요. 고작 해야 3~4년?"

"힐링던 부부는 아주 좋은 사람들 같더군요. 그리고 아주 조용하고."

"예, 두 사람 다 조용한 사람들이죠."

"모두들 두 사람은 서로를 열렬히 사랑하고 있다고 하더군요."

마플 양이 말했다.

그 말투는 지극히 담담했지만 에스터 월터스는 그녀를 홱 쏘아보았다.

"부인은 그렇게 생각지 않으시는 모양이군요?"

"당신도 실은 그렇게 생각하지 않은 게 아닌가요?"

"그야 이따금 좀 이상하긴 하지만……."

그러자 마플 양은 힘주어 말했다.

"힐링던 대령같이 조용한 사람은 종종 화려한 타입의 여자에게 마음이 끌리지요." 그러고 나서 그녀는 일부러 사이를 두었다가 덧붙였다.

"러키, 참 묘한 이름이에요. 당신 생각은 어때요, 다이슨 씨는 혹시, 두 사람 사이의 일을 알아차리고 있을지도 모르지요."

'소문이나 캐기 좋아하는 늙다리 할망구! 정말 할망구들은 어쩔 수가 없다니까!' 에스터 월터스는 속으로 중얼거렸다.

그녀는 다소 쌀쌀맞게 대꾸했다.

"글쎄요, 그 점에 대해선 잘 모르겠군요."

마플 양은 곧 다른 화제로 바꾸었다.

"가엾은 소령님 일은 정말 안됐어요."

에스터 월터스는 마지못한 듯이 동의하고는 덧붙여 말했다.

"하지만 정말 안된 것은 켄들 부부예요."

"그렇지요. 호텔에서 그런 일이 일어나다니 정말 운 나쁜 일이지 뭐겠어요."

"사람들이 여기 오는 것은 즐기기 위해서가 아니겠어요? 병이며 죽음이며 소득세니 얼어붙은 수도관이니 하는 잡다한 것을 잊어버리고 마음껏 즐기기 위해서죠. 그래서 사람들은(그녀의 음성이 이제까지와는 전혀 다른 비감한 기색을 띠었다), 인간이 언젠가는 죽는다는 것을 상기시켜 주는 사건을 그다지 좋아하지 않기 마련이지요."

마플 양은 뜨개질하던 것을 내려놓았다.

"정말 말 그대로예요. 꼭 들어맞는 표현이지 뭐예요! 바로 그렇답니다."

"사실 켄들 부부는 너무 젊어요." 에스터 월터스가 계속했다.

"그 사람들이 샌더슨 부부한테서 호텔을 인수받은 게 겨우 6개월 전인데다가 경험도 별로 없는 처지라 성공할 수 있을지 걱정이 많이 되는군요."

"당신은 이번 사건이 호텔에 아주 불리하다고 생각하나요?"

"아뇨, 솔직히 말씀드려서 그렇지는 않아요. 사람들이란 어떤 일이건 하루 이틀 이상 기억하는 법이 없으니까요. 특히 이처럼 즐기려는 목적으로 왔으니 철저히 즐기자는 환경 속에서는요. 제가 보기엔 사람이 죽은 일도 이 사람들에게는 겨우 24시간 정도밖에 충격 효과가 없어요. 장례식이 끝나면 그걸로 그 사건에 대해서는 더 이상 생각하지도 않게 되겠지요. 누가 상기시켜 주지 않는 한 말이에요. 몰리에게도 그렇게 말해주었어요. 그녀는 지레 걱정을 하는 타입이거든요."

"켄들 부인이? 설마, 언제나 근심 없이 무사태평한 것처럼 보이던데?"

"그렇다면 그건 그럴싸하게 연기를 하기 때문일 거예요."

에스터가 느린 음성으로 말했다.

"하지만 알고 보면 그녀는 일이 잘못될까 봐 미리 걱정해대야 직성이 풀리는 성격인 듯싶어요."

"나는 오히려 남편 쪽이 훨씬 더 걱정이 많은 타입이라고 생각했는데."

"아닙니다. 그렇지 않을 거예요. 그녀는 지레 걱정하는 타입이고, 켄들 씨는 그러한 그녀의 지레 걱정하는 성격 때문에 걱정을 하는 것 같던데요."

"그것참 재미있군."

"하지만 몰리는 남들한테 항상 유쾌하고 즐거운 듯이 보이려고 무척이나 애를 쓴답니다. 그러려고 무진 애를 쓰는데 그러다 보면 기진맥진하기도 하지요. 그렇게 되면 또 기묘한 우울증에 빠지게 되고. 그녀는 뭐랄까, 정신이 불안정한 상태랍니다."

"저런, 가엾어라." 마플 양이 혀를 찼다.

"확실히 그런 사람들이 있기는 있어요. 하지만 외모만 살피는 사람들은 그 점에 대해 알아차리는 경우가 별로 없지요."

"그렇지요. 게다가 두 사람은 연기도 퍽 잘하니까요. 하지만 몰리는 이번 일에 별로 걱정할 필요가 없다고 생각해요. 요즘은 관상동맥혈전증이니 뇌출혈 같은 병으로 죽는 사람이 흔하니까요. 제가 보기엔 옛날보다 훨씬 그렇게 죽는 사람이 많아진 것 같아요. 사람들이 정말 흥분하는 병은 식중독이나 장티푸스 뭐 그런 종류잖아요."

"팰그레이브 소령님은 자신이 고혈압이 있다는 말을 내게는 한 번도 하지 않았는데." 마플 양이 말했다.

"혹시 당신에게는 하시던가요?"

"누구 딴 사람에게는 하셨나 봐요, 누군지는 모르지만. 혹시 래필 씨일지도 모르지요. 래필 씨는 정반대로 말씀하시지만—원래가 그런 분이니까요! 그리고 잭슨이 언젠가 한 번 저한테 이야기한 적이 분명히 있어요. 그 사람 말이 소령님은 술을 조심해서 들어야 한다더군요."

"그랬군요."

마플 양은 생각에 잠겨 고개를 끄덕이고는 이윽고 다시 말을 이었다.

"당신도 소령님을 따분한 노인이라고 생각했겠지요? 그분은 나한테도 많은 이야기를 들려주셨는데 아마 딴 분들한테도 여러 번 들려주셨을 테지요?"

"정말 두 손 들어야죠! 미리 재빨리 달아나지 못하면 같은 이야기를 언제까지나 듣고 또 듣게 되거든요."

"하지만 나는 별로 그렇지 않았답니다. 그런 일에는 이미 익숙해 있으니까요. 들은 이야기라도 금방 잊어버리기가 일쑤이기 때문에 다시 듣는 것이 아무렇지도 않거든요."

"저런, 차라리 다행이로군요."

에스터는 명랑하게 대꾸하고는 웃음을 터뜨렸다.

"소령님이 즐겨 외우시다시피 한 이야기가 있었는데, 살인에 대한 이야기였어요. 당신에게도 아마 그 이야기를 하셨을 테지요?"

에스터 월터스는 핸드백을 열고는 무엇인가를 찾기 시작했다. 이윽고 그녀는 립스틱을 꺼내 들며 중얼거렸다.

"잃어버린 줄 알았네. 참, 실례지만, 지금 뭐라고 하셨지요?"

"팰그레이브 소령님이 자기가 즐겨 하던 살인사건 이야기를 당신에게도 했느냐고 했어요."

"아, 예, 그러고 보니 들은 것도 같네요. 가스로 자살한 사람들 이야기 말이죠? 아니, 아내가 남편을 가스로 질식사시켰다던가요? 무슨 수면제를 먹인 다음에 남편의 머리를 가스 오븐에 집어넣었다는 거예요. 그 얘기를 말씀하시는 건가요?"

"아니, 그 얘기가 아니에요."

마플 양은 대꾸하며 에스터 월터스를 주의 깊게 살폈다.

"저런, 소령님은 하도 이런저런 얘기를 많이 하셔서 제가 착각을 한 모양이로군요." 에스터 월터스는 송구스러운 듯이 말했다.

"더구나 조금 아까도 말씀드렸지만 그분 이야기를 귀담아들은 것도 아니어서⋯⋯."

"그분은 스냅 사진을 지니고 계셨어요." 마플 양이 불쑥 말했다.

"사람들한테 곧잘 내보이곤 했죠."

"그랬던 것 같아요⋯⋯. 어떤 사진인지는 기억이 안 나지만. 그분이 그걸 부인께도 보여 드리던가요?"

"아뇨, 보여주시지 않았어요." 마플 양이 대답했다.

"그때 마침 방해꾼이 있어서⋯⋯."

제9장

프레스콧 양과 그밖에 사람들


프레스콧 양은 목소리를 낮추며 주위를 조심스럽게 둘러보았다.

"내가 들은 이야기로는……."

마플 양은 의자를 조금 끌어당겼다.

그녀가 프레스콧 양과 이처럼 마음을 툭 터놓고 이야기하게 되기까지는 시간이 좀 걸렸다. 그것은 신부들이란 원래 매우 가정적인 타입의 사람들이어서 프레스콧 양은 오빠가 가는 곳이면 어디든 따라가야 했기 때문이다. 더구나 마플 양과 프레스콧 양으로서는 성격이 명랑한 프레스콧 신부가 함께 있을 때는 부담이 되어 남의 소문 이야기가 꺼려졌기 때문이었다.

"물론 나는 남의 스캔들 이야기를 즐겨 입에 담는 성격도 아니고, 그 일에 대해 별로 아는 것도 없지만……."

"그야 그렇겠지요." 마플 양이 맞장구를 쳤다.

"하지만 내가 듣기로는 그의 전처가 살아 있을 때도 모종의 스캔들이 있었던 것 같아요! 물론 러키라는 여자는, 이름부터가 우습지, 원! 그의 전처의 사촌이라나 그렇다지요. 그 여자가 여기 와서는 그 사람들이랑 합류해 야생화니 나비니 하면서 같이 행동했지요. 그 세 사람이 하도 사이좋게 지내니까 모두들 말이 많았답니다. 제 말뜻을 아시겠어요?"

"사람들은 뜻밖에도 그런 일에는 눈이 날카로우니까요."

마플 양이 대꾸했다.

"그러고는 그의 전처가 갑작스럽게 죽었을 때……."

"그녀는 이 섬에서 죽었나요?"

"아뇨, 그렇지 않아요. 당시 그 사람들은 마티니크나 토바고나 하는 곳에 있었던 듯싶어요."

"그랬군요."

"하지만 당시 그곳에 있다가 이곳에 온 사람들 이야기를 들어보면 그 사건에 대해 의사가 상당히 미심쩍어했다는 거예요."

"정말인가요?" 마플 양은 흥미진진하다는 얼굴로 물었다.

"그야 물론 소문에 불과하지만, 어쨌든 다이슨 씨는 지나치게 빨리 재혼을 했어요." 그녀는 다시 목소리를 낮추고는 계속해서 말했다.

"아마 한 달 만이라지요."

"한 달이라⋯⋯." 마플 양이 따라 되뇌었다.

두 여자는 서로의 얼굴을 바라보았다.

이윽고 프레스콧 양이 말했다.

"정말 인정머리도 없지 뭐예요."

"예, 그렇군요. 정말 그래요. 그런데, 돈 문제가 혹시 있었나요?"

"그건 잘 모르겠어요. 그레고리 다이슨은 곧잘 농담도 합니다만, 아마 마플 양도 그 사람 농담을 들으신 적이 있을 거예요. 아내가 자기한테 이름 그대로 행운을 가져왔다나 뭐라나 하는."

"예, 들었어요."

"그래서 사람들 중에는 그 뜻이 자기가 부자 아내와 결혼하게 된 행운이라는 뜻으로 생각하는 사람도 있답니다."

이어 프레스콧 양은 공정하다는 태도로 덧붙여 말했다.

"게다가 그녀는 퍽이나 멋진 여자니까요. 그런 타입을 좋아하는 남자라면 말이지요. 그런데 내 생각으로는 돈이 많은 것은 오히려 첫 부인이 아니었나 해요."

"힐링던 부부는 부자인가요?"

"그런 듯싶어요. 굉장한 부자는 아니지만 그럭저럭 재산은 있는 것 같으니까요. 아들 둘은 사립학교에 다니고, 영국에 근사한 소유지가 있다더군요. 그리고 겨울에는 대개 부부가 여행을 즐긴답니다."

그때 마침 프레스콧 신부가 나타나서 산책을 권유하는 바람에 프레스콧 양은 오라버니와 함께 산책하기 위해 일어서야 했다.

마플 양은 그대로 그곳에 앉아 있었다. 조금 있자니까 그레고리 다이슨이 그녀 옆을 지나쳐 호텔 쪽으로 성큼성큼 걸어갔다.

그녀 옆을 지나칠 때 그는 명랑한 얼굴로 손을 흔들며 소리쳤다.

"뭘 그렇게 골똘히 생각하고 계십니까?"

마플 양은 온화한 미소로 답했지만 만일 그녀가, '당신이 살인자인지 아닌지를 생각하고 있었어요.'라고 대답한다면 그가 과연 어떻게 나올지 궁금하지 않을 수 없었다. 사실 그는 살인자로는 꽤 그럴싸한 인물이었다.

이야기가 너무나 근사하게 딱 맞아떨어지는 것이었다. 첫 번째 부인의 죽음—팰그레이브 소령은 아내를 상습적으로 살해한 사람 이야기를 했었다. '욕조 속에서 살해된 신부' 이야기를 특별히 언급하면서.

그래, 이야기가 아주 잘 맞아떨어진다. 단 한 가지 꺼림칙한 것은 너무나 잘 맞아떨어진다는 점이었다. 하지만 마플 양은 곧 그런 생각을 하는 자신을 나무랐다. 지금은 적당히 들어맞는 살인자를 찾아볼 처지가 아니잖은가!

그때 갑작스러운 목소리에 그녀는 화들짝 놀랐다.

좀 쉰 듯한 거친 목소리였다.

"혹시 그레그 못 보셨나요? 미스……."

러키였다. 하지만 기분이 썩 좋지 않은 모양이라고 마플 양은 속으로 중얼거렸다.

"방금 요 앞을 지나쳐서 호텔 쪽으로 가던데."

"내 그럴 줄 알았어!"

러키는 초조하게 내뱉고는 서둘러 발걸음을 옮겼다.

'틀림없이 마흔은 되어 보이는군, 오늘 아침엔.'

마플 양은 속으로 중얼거렸다.

연민의 정이 그녀를 감쌌다. 온 세상에 있는 러키라는 이름의 여자들에 대한 연민의 정이었다. 이름은 러키였지만 시간 앞에는 맥도 못 추는…….

그때 등 뒤에서 또 무슨 소리가 들렸기에 그녀는 의자를 홱 돌렸다.

래필 씨가 잭슨의 부축을 받은 채 아침 행차를 하러 방갈로에서 나오는 중이었다. 잭슨은 주인을 휠체어에 앉히고 주위를 서성거렸다. 래필 씨가 귀찮다는 듯이 손을 내저어 쫓아버리자 잭슨은 몸을 돌려 호텔이 있는 쪽으로 사라졌다. 마플 양은 이 절호의 기회를 놓치지 않았다. 래필 씨는 거의 혼자 있는 법이 없었다. 이제 곧 에스터 월터스가 나타나서 그와 대동할 것이다.

마플 양은 래필 씨와 단둘이서만 이야기를 나누고 싶었는데, 지금이 바로 그 기회였다. 하고 싶은 말이 있다면 빨리 해치워야 한다. 서론 같은 것을 늘어놓을 틈이 없다. 래필 씨는 노부인들의 두서없는 수다를 달가워할 사람이 절대 아니기 때문이다. 만일 수다를 떨었다간 래필 씨는 형벌을 받은 사람처럼 괴로운 얼굴이 되어 방갈로로 다시 후퇴해 버릴지도 모른다.

마플 양은 솔직히 단도직입적으로 맞부딪치기로 했다. 우선 그녀는 그가 앉아 있는 자리로 걸어가 의자를 당겨 앉더니 느닷없이 말했다.

"물어볼 말씀이 있어요, 래필 씨."

"좋아요, 좋습니다, 물어보시오." 래필 씨가 건성으로 대꾸했다.

"뭘 원하시나요, 기부금 같은 건가요? 아프리카의 전도 사업이니 교회 수선 비용이니 하는 그런 건가요?"

"예, 그런 일에도 관심이 있기는 하지요. 그리고 만일 당신이 그런 일에 기부하신다면 정말 기쁘겠어요. 하지만 내가 물어볼 것은 그런 것이 아니랍니다. 내가 물어보려던 것은 팰그레이브 소령이 혹시 당신에게 살인 이야기를 했느냐는 겁니다."

"오호라!" 래필 씨가 소리쳤다.

"그럼, 그 양반이 부인한테도 그 얘기를 했나 보군. 그래서 부인은 그 이야기에 푹 빠져들었나 봅니다."

"글쎄, 어떻게 생각해야 좋을지요." 마플 양이 대답했다.

"그런데 소령님은 대체 당신에게 어떤 식으로 이야기했나요?"

"뭐 횡설수설하는 이야기였소. 루크리지아 보르지아(보르지아 가문은 독살로 유명한 가문) 같은 아름다운 여자가 다시 환생했다나 뭐라나 하는 이야기였지요. 젊고 아름다운 금발머리 미인, 뭐 그런 것 말이오."

"저런! 그 여자가 누굴 죽였다는 건가요?"

마플 양은 좀 어리벙벙한 기분이었다.

"남편이지 누구겠소?"

"독살이었나요?"

"아니오, 수면제를 먹이고 나서는 가스 오븐에 처넣었다는 거요. 영리한 여자지. 그러고 나서는 시치미를 떼고 자살이라고 했다는 게요. 가볍게 죄를 떨어버린 셈이지. 책임경감의 원칙이라나 뭐라나 그런 것 때문에. 요즘은 혐의자가 잘생긴 여자거나, 어머니한테서 지나친 애정을 받고 자란 건달이라면 으레 그런 죄목으로 풀려나기 일쑤니까. 쳇, 별별 기가 막힐 일도 다 있지!"

"소령님은 당신에게 스냅 사진도 보여주셨나요?"

"무슨, 그 여자 스냅 사진 말이오? 그런 일 없소. 소령이 뭣 때문에 나한테 그런 걸 보여준단 말이오?"

"아……." 마플 양이 신음소리를 냈다.

그녀는 놀란 얼굴로 멍청히 앉아 있었다. 그렇다면 팰그레이브 소령은 자기가 쏘아죽인 호랑이며 사냥한 코끼리 얘기뿐 아니라 자기가 만났었던 살인자 이야기를 하며 일생을 보낸 것이 분명하다. 아마도 그는 살인 이야기를 무궁무진하게 레퍼토리로 간직하고 있었을 것이다. 아무래도 그 사실만은 인정해야겠다.

그때 마플 양은 래필 씨가 너무도 갑작스레, "잭슨!" 하고 외치는 바람에 깜짝 놀랐다. 하지만 대답은 없었다.

"내가 대신 찾아 드릴까요?" 마플 양이 몸을 일으키며 말했다.

"못 찾을게요. 어디서 여자 꽁무니나 쫓아다니고 있을 테지. 늘 그 모양이니까. 정말 형편없는 녀석이라니까. 성미도 나쁘고. 하지만 나한테는 아주 잘 맞는 녀석이오."

"내가 가서 찾아보지요."

마플 양이 잭슨을 찾아낸 곳은 호텔 테라스 구석이었다. 그는 팀 켄들과 함께 무엇인가를 마시고 있었다.

"래필 씨가 당신을 부르시는군요."

잭슨은 온통 얼굴을 일그러뜨리고는 잔을 비운 다음 자리에서 일어났다.

"또 시작이야! 그 심술궂은 영감은 쉴 새도 없다니까. 전화 두 통에 특별

식단 주문이면 15분쯤 쉴 만하다고 생각했는데, 역시 그럴 리가 있어? 어쨌든 감사합니다, 마플 양. 그리고 켄들 씨, 잘 마셨습니다."

그는 허청거리며 멀어져 갔다.

"참 안된 친구예요." 팀 켄들이 입을 열었다.

"그래서 전 저 친구가 기운이 좀 났으면 해서 이따금 마실 것을 한두 잔 주곤 하지요. 마플 양도 뭣 좀 드시겠습니까? 신선한 라임 주스는 어떠십니까? 그걸 좋아하신다고 알고 있는데요."

"고맙지만 지금은 사양하겠어요. 래필 씨 같은 사람을 보살피려면 사실 금방 지치고 말 거예요. 환자들은 원래가 까다로운 사람들이 많습니다."

"제 말뜻은 그것만이 아닙니다. 저 친구는 보수를 아주 많이 받고 있어요. 그러니 노인네의 변덕쯤이야 참아야지 어쩝니까. 그리고 사실 래필 씨는 그다지 나쁜 사람은 아니랍니다. 제 말은 그보다 저……."

그는 주저하며 말을 멈추었다.

마플 양은 무슨 말이냐는 표정으로 그를 바라보았다.

"글쎄요, 대체 어떤 식으로 이야기해야 할지. 잭슨은 사교적으로 어려운 처지에 있답니다. 원체 사람들이란 속물근성이 있어 놔서……. 지금 이곳엔 그와 같은 위치에 있는 사람이 아무도 없습니다. 사람들은 속물근성으로 그렇게 생각하지요. 하인보다는 낫겠지만 일반 손님들보다는 지위가 낮다고요. 빅토리아 여왕 시대의 가정교사 같은 지위라고나 할까. 래필 씨의 비서인 월터스 부인조차도 자기가 잭슨보다 한 계단 위라고 생각하고 있거든요. 그 때문에 일이 어려워지죠."

팀은 잠시 멈추었다가 이윽고 분개한 어조로 덧붙였다.

"이런 곳에서도 그런 사교의 문제가 산적해 있으니 정말 끔찍한 일이지요."

그때 그레이엄 박사가 책 한 권을 손에 든 채 그들 옆을 지나쳐 바다가 내려다보이는 테이블에 앉았다.

"의사 선생님 얼굴에 근심거리가 끼어 있군요." 마플 양이 말했다.

"아, 그야 사람은 누구나 근심거리가 있기 마련 아닙니까?"

"당신도 그러세요? 팰그레이브 소령님이 돌아가신 일 때문인가요?"

"그 일에 대해서는 근심 걱정을 집어치웠습니다. 사람들도 그 일은 이제 잊은 것 같고, 평상시의 생활로 돌아간 것 같으니까요. 그게 아니라 제 아내 때문입니다. 몰리 말입니다. 혹시 꿈에 대해 뭐 아시는 것 좀 있으세요?"

"꿈이라고요?" 마플 양은 화들짝 놀랐다.

"예, 나쁜 꿈, 악몽 말입니다. 왜 가끔 그런 꿈을 꾸지 않습니까? 하지만 몰리는 너무 자주, 아니, 거의 매일 그런 꿈을 꾸어요. 그래서 몰리는 항상 무서움에 시달리죠. 무슨 방도가 없을까요? 뭐 아시는 것 있으세요? 수면제 같은 것을 먹기는 합니다만 그래 봤자 더 악화될 뿐이라는 겁니다. 그런 꿈을 꿀 때면 잠에서 깨어나려고 애쓰지만 그렇게도 안 된다는 거예요."

"대체 어떤 꿈인데요?"

"아, 예, 무엇인가가 아니면 누군가가 자기를 뒤쫓아 온다는 거예요. 아니면 자기를 누군가가 뚫어지게 바라보거나 감시한다는 거죠. 게다가 잠에서 깨어나 있을 때도 그런 느낌을 떨쳐버릴 수가 없다는군요."

"그럼, 의사 선생님이라면……."

"몰리는 의사라면 딱 질색이랍니다. 의사에게 보이려 해도 도통 말을 듣질 않아요. 하지만 뭐, 살다 보면 이럭저럭 그런 일은 없어지겠지요. 그것만 빼고는 우린 무척 행복했답니다. 너무나 즐거운 생활이었죠. 그런데 또 최근에 팰그레이브 소령님이 돌아가신 일 때문에 아주 놀랐던 모양입니다. 그 일이 있은 뒤부터는 아주 사람이 달라진 것 같다니까요."

그는 문득 자리에서 일어났다.

"이젠 오늘 할 잡다한 일거리를 처리하러 가야겠습니다. 신선한 라임 주스 정말 드시고 싶지 않으신지요?"

마플 양은 고개를 내저었다. 이어 그녀는 깊은 생각에 잠긴 채 그 자리에 꼼짝 않고 앉아 있었다. 그 얼굴은 엄숙하고 근심에 차 있었다.

갑자기 그녀는 그레이엄 의사 쪽을 건너다보고는 모종의 결심을 했다. 자리에서 일어난 그녀는 그가 앉은 테이블을 향했다.

"사과드릴 일이 있어요, 그레이엄 선생님."

"저런?" 그레이엄 의사는 놀랐지만 상냥한 얼굴로 그녀를 바라보았다.

마플 양은 그가 당겨주는 의자에 앉았다.

"정말 뻔뻔스러운 짓을 한 것 같아요. 그레이엄 선생님에게 고의적으로 거짓말을 했답니다."

그러고 나서 그녀는 걱정스럽게 그를 살펴보았다. 그레이엄 의사는 기분 나쁜 표정은 아니었으나 조금 놀란 모양이었다.

"그러세요? 하지만 그런 일이 있다 해도 너무 신경 쓰지는 마십시오."

이 상냥해 뵈는 할머니가 대체 무슨 거짓말을 했다는 걸까? 나이를 속였나? 하지만 내 기억으론 나이를 얘기한 적은 없는데.

"그럼, 무슨 거짓말인지 들어보기로 할까요?"

그는 아무래도 상대가 꼭 털어놓고 싶어 하는 것 같아 마침내 대꾸하고 말았다.

"내가 조카의 스냅 사진 이야기를 한 것 기억하고 계시죠? 팰그레이브 소령님에게 보여 드렸는데 소령님이 내게 돌려주지 않았다고⋯⋯."

"아, 물론 기억하고말고요. 그걸 찾아 돌려 드리지 못해 정말 유감이긴 합니다만."

"그런 건 애초에 없었어요."

마플 양은 상대가 화를 낼까 봐 기어들어가는 목소리로 말했다.

"그게 무슨⋯⋯?"

"그런 사진은 애초에 없었다는 말이에요. 순전히 내가 꾸며낸 거랍니다."

"꾸며냈다고요?" 그레이엄 의사는 조금 언짢은 얼굴이었다.

"대체 왜 그런 이야기를 꾸며내셨나요?"

마플 양은 그에게 그 이유를 털어놓았다. 이런저런 곁가지는 빼고 요점만 딱 부러지게 이야기했다. 우선 팰그레이브 소령이 살인 이야기를 한 것, 그가 문제의 스냅 사진을 꺼내 보여주려 한 일, 그런데 갑자기 당황해서 사진을 집어넣은 일, 그가 죽은 뒤 자신은 왠지 불안해져서 그 사진을 꼭 봐야겠다고 결단을 내린 일 등등.

"그런데 거짓말을 하지 않고서는 도저히 그 사진을 얻을 도리가 없었거든요. 정말 진심으로 사과드립니다."

"그러니까 부인은 소령이 보여주려 한 사진이 살인자의 사진이었을 거란 말씀이죠?"

"예, 소령님이 직접 그렇게 말씀하셨으니까요. 그 사진은 살인자에 관한 이야기를 들려준 바로 그 친구가 준 것이라고 하면서……."

"아, 예, 그랬군요. 그런데 이건 실례되는 이야기입니다만, 부인은 그의 이야기를 그대로 믿으신 거군요?"

"그 당시에는 소령님 말을 그대로 믿었는지 아닌지 잘 모르겠어요. 그런데, 글쎄, 그 다음 날 소령님이 돌아가신 거예요."

"그랬군요."

그레이엄 의사는 이렇게 중얼거리다가 갑자기 그 짧은 문장의 명백한 뜻을 알아차리고는 얼어붙었다.

'그 다음 날 소령님이 돌아가신 거예요…….'

"그리고 그 사진도 없어져 버렸고요."

그레이엄 의사는 할 말을 잊은 채 그녀의 얼굴을 뚫어지게 바라볼 뿐이었다. 마침내 그는 겨우 입을 열었다.

"실례지만, 지금 말씀하신 것은, 이번엔 진짜로 사실입니까?"

"내 말을 의심하시는 것도 당연하지요. 내가 선생님이라도 그랬을 테니까요. 하지만 지금 말씀드린 것은 명백한 사실이에요. 물론 내 말이 그렇다는 것뿐이지, 그 외에 뒷받침할 만한 근거는 아무것도 없어요. 하지만 선생님이 내 말을 믿지 않으신다 해도 꼭 말씀 드려야 한다고 생각했어요."

"그건 왜지요?"

"선생님이라면 가능한 정보를 다 손에 넣으실 수 있으리라고 생각했기 때문이에요. 만일……."

"만일, 뭡니까?"

"만일 선생님이 이 일에 대해 좀더 조사를 해봐야겠다고 마음먹었을 때는 말이에요."

제10장

제임스타운에서의 결단

　그레이엄 의사는 제임스타운의 행정사무실에서 서른다섯 살가량 되는 젊은 친구 데이븐트리와 테이블을 사이에 두고 앉아 있었다.

　젊은이의 얼굴은 사뭇 진지했다. 데이븐트리가 입을 열었다.

　"전화상으로는 대체 무슨 말씀이신지 알쏭달쏭해서요, 그레이엄 씨. 무슨 특별한 문젯거리입니까?"

　"그건 나도 잘 모르겠소. 하지만 불안한 것만은 틀림없소."

　데이븐트리는 상대의 얼굴을 지켜보다가 마실 것이 날라져 오자 고개를 끄덕이며 의사에게 권했다. 그러고는 얼마 전에 낚시 원정 갔다 온 일을 가벼운 어조로 떠들어댔다. 이윽고 사환이 방에서 나가자 그는 다시 의자 등에 몸을 파묻고 상대방을 뚫어지게 바라보았다.

　"그럼, 이제 말씀해주시죠."

　그레이엄 의사는 자신을 불안에 떨게 한 몇 가지 사실들을 정확하게 설명했다.

　데이븐트리는 다 듣고 나서 느릿느릿 길게 휘파람을 불었다.

　"알았습니다. 그러니까 선생님은 팰그레이브 노인의 죽음에 수상한 점이 있다고 생각하시는 거로군요? 흔한 자연사라고는 생각되지 않는단 말씀이시죠? 사망진단서는 누가 뗐습니까? 로버트슨이겠죠. 하지만 그는 아무런 의심도 하지 않았는데요, 안 그렇습니까?"

　"그렇소. 하지만 그 사람은 사망진단서를 뗄 때 소령의 욕실에 세레나이트 약병이 있었다는 사실에 영향을 받았으리라고 생각해요. 나에게도 팰그레이브 소령이 고혈압 때문에 고생했다는 이야기를 직접 들은 적이 있느냐고 물어봅디다. 그래서 나는 아니라고 대답했소만. 그 사람을 직접 진찰한 것은 아니니까. 하지만 호텔에 있는 다른 사람들한테는 그 이야기를 했나 봅니다. 물론 모든 일이, 알약이 든 병이며 팰그레이브 소령이 고혈압에 대해 이야기한 것 등은 모두 자연스럽게 꼭 맞아들어 가지요. 별달리 의심할 만한 것은 없지. 그야 아주 자연스런 추정이니까. 하지만 이제 생각해보니 그 추정은 옳지 않았던 것 같아요. 물론 그 사망진단서를 내가 뗐더라도 나 역시 두 번 다시 생각해볼 것도 없이 그대로 뗐을 거요. 모든 정황으로 봐서 소령이 고혈압 때문에 죽은 건 확실하니까. 그리고 만일 그 스냅 사진이 기묘하게 증발해버린 일만 아니라면 두 번 다시 생각해보지도 않았을 거요……"

"하지만 제 말 좀 들어보십시오, 그레이엄 선생님."

데이븐트리가 말을 가로막았다.

"이렇게 말하기는 좀 뭣하지만 선생님은 노부인 한 사람이 들려준 다소 공상적인 이야기를 너무 믿고 계신 것 아닙니까? 그런 노부인들이 어떻다는 건 잘 알고 계실 텐데요? 그런 노부인들은 별것 아닌 것을 갖고도 크게 부풀려서 말하기 일쑤라고요."

"그건 나도 잘 알아요."

그레이엄 박사가 불만스런 얼굴로 대답했다.

"그쯤은 나도 알고 있소. 나 역시 혹시 그런 공상적인 이야기가 아니냐고 자문해본 적이 있으니까. 하지만 난 확신할 수가 없었소. 그 노부인은 대단히 확신에 차서 세부적인 것까지 설명했으니까 말이오."

"하지만 제게는 무엇 하나 있을 법하지 않은 일로만 여겨지는데요. 어떤 노부인이 지갑 속에 있을 리 없는 사진에 대해 이야기를 했다—저런, 이야기가 거꾸로 되어버렸군요, 아마 그 반대지요? 하지만 단서라고는 객실담당 하녀가 한 말, 당국이 증거물로 채택한 약병이 소령이 죽기 전날까지 그 방에 없었다는 여자 종업원의 말뿐 아닙니까? 하지만 그 일이야 설명하려면 얼마든지 가능하지요. 우선 소령은 그 약병을 옷 주머니 속에 넣고 다녔을지도 모르잖습니까?"

"그럴 수도 있겠지."

"또는 그 여자 종업원이 착각을 일으킨 것일 뿐, 원래 거기 있었던 약병을 전에는 못 보았을 수도 있지요."

"그것도 역시 가능한 일이오."

"그렇다면 일은 어떻게 되는 건가요?"

그레이엄은 느린 어조로 입을 열었다.

"하지만 그 아가씨는 확신에 차 있었소."

"그야 생 토노레 사람들은 흥분하길 잘하니까요. 굉장히 감정적이거든요. 뭐든지 크게 허풍을 떠는 경향이 있답니다. 혹시 그녀가 선생님에게 말한 것 이상의 것을 아는 것 같진 않습니까?"

"그럴 수도 있소."

"그렇다면 일단 그 아가씨한테 더 캐보는 것이 좋겠군요. 쓸데없이 소란을 피우고 싶지는 않으실 테니까요—혹시나 결정적인 증거라도 있다면 모르지만. 만일 소령이 고혈압으로 죽은 게 아니라면 대체 원인이 무엇일 거라고 생각하십니까?"

"요즘 세상에서 그 이유를 생각할 만한 것이 어디 한두 가지겠소?"

"아무런 흔적을 남기지 않는 방법을 말씀하시는 건가요?"

"모든 사람이 비소를 조심스럽게 다루는 건 아니라오."

그레이엄 의사가 감정 없는 목소리로 내뱉듯이 말했다.

"부디 말씀을 똑똑히 해주십시오. 무슨 말씀을 하시려고 그러시는 겁니까? 약병이 비소하고 바꿔치기 당했다고 말씀하시고 싶은 겁니까? 그래서 팰그레이브 소령이 그걸로 독살당했다고 말입니까?"

"아니, 그런 건 아니오. 그건 그 빅토리아라는 아가씨 생각이지. 하지만 그 아가씨는 뭔가 크게 잘못 생각하는 게요. 누군가가 팰그레이브 소령을 급히 손을 써서 죽이려고 했다면 무슨 마실 것 같은 것에 독을 탔을 거요. 그런 다음에 자연사로 보이게 하려고 고혈압에 처방되는 약을 그의 방에 갖다놓았겠지. 그러고는 소령이 고혈압으로 고생하고 있었다는 소문을 퍼뜨렸을게요."

"누가 그런 소문을 퍼뜨린 겁니까?"

"나도 그걸 알아보려 애썼지만 알아내지 못했소. 아주 교묘하게 꾸며놓았으니까. A가 말하길, 'B가 말한 것 같다.'라고 해서 B에게 물어보면, '아뇨, 내가 말한 게 아니라, C가 요전에 그 이야기를 한 듯싶어요.'라는 거요. 그리고 또 C는, '그런 말을 몇몇 사람이 하는 걸 들은 적이 있는데, A도 그중 하나였죠' 하고 하니 결국 다시 원점으로 돌아오는 것 아니겠소?"

"누군지 꽤 똑똑한 자가 있는 모양이지요?"

"그렇소. 소령이 시체로 발견되자마자 모두 소령의 고혈압 이야기를 늘어놓은 모양인데, 그게 다 다른 사람들이 한 이야기를 되풀이 전한 것에 불과했단 말이오."

"그것보다는 그냥 독살하는 게 더 간단하지 않았을까요?"

"아니오, 그렇게 되면 모두 심문을 당하게 될 게 아니오? 그리고 아마 시체 해부도 할 테고. 그래야만 의사란 비로소 사망진단서를 떼주는 법이니까. 이번에 로버트슨이 그랬듯이 말이오."

"그럼, 제가 어떻게 했으면 좋겠습니까? 수사과에 가서 시체를 파내라고 할까요? 만일 그랬다간 금방 와자하게 말들이 퍼져……."

"하지만 남몰래 조용히 할 수도 있는 일 아니오?"

"그래요? 생 토노레에서 말인가요? 그런 생각은 하지도 마십시오! 아마 무덤을 파내기도 전에 온 섬에 소문이 파다하게 퍼질 겁니다."

데이브트리는 갑자기 한숨을 내쉬었다.

"그래도, 무슨 방법이든 생각해야 할 것 같군요. 어차피 괜히 엉뚱한 짚더미 속을 쑤시고 다니는 일이 될 테지만 말입니다!"

"나도 진심으로 그렇게 되길 바라고 있소."

그레이엄 의사가 잘라 말했다.

골든 팜 호텔의 밤

1

몰리는 식당 테이블 위에 올려놓은 장식물을 고쳐놓은 뒤 여분으로 놓인 나이프를 하나 치우고 포크를 바로 놓고서, 잔을 한둘 정도 새로 가져다 놓았다. 그러고 난 다음 몇 걸음 뒤로 물러서서 자기가 해놓은 일을 살펴보고 바깥 테라스로 나갔다. 지금 주위에는 사람의 기척이라고는 찾을 수가 없었다. 그녀는 테라스 맨 끝으로 걸어가 난간 옆에 섰다.

이제 또다시 새로운 밤이 시작될 것이다. 호텔 손님들이 군데군데 모여 즐겁게 환담을 하며 술을 마시기도 하는 유쾌하고 무사태평한 생활—마플 양이 언제나 동경해 왔고, 그리고 며칠 전까지만 해도 마음껏 즐겨온 생활이었다.

그런데 지금은, 팀마저도 불안하고 걱정스러운 얼굴이다. 그야 어느 정도 걱정하는 것은 당연하다. 이번 모험, 호텔 경영이라는 이 모험은 기필코 성공해야 하기 때문이다. 다른 사실은 둘째로 치고라도 팀은 자기의 모든 것을 여기 쏟아부었으니까.

사실 팀은 그것 때문에 걱정하는 것이 아니야. 몰리는 속으로 중얼거렸다.

팀이 걱정하는 건 바로 '나 때문이야.' 하지만 남편이 왜 그렇게 자기에 대해 걱정하는지 몰리는 암만 생각해도 알 수가 없었다.

팀은 정말 나를 걱정하고 있어. 그것은 틀림없었다. 가끔 던지는 질문이나 이따금 흘끗 바라보는 불안한 눈길. 하지만 도대체 왜 그럴까? 몰리는 속으로 의아해했다. 난 충분히 조심해 왔어. 그녀는 속으로 결론을 내렸다.

하지만 그녀 자신도 알 수 없는 일이었다. 언제부터인지 그것도 알 수가 없었다. 아니, 그것이 무엇인지조차도 알 수 없긴 마찬가지이다. 하지만 분명히 언제부터인지 사람들을 두려워하기 시작했다. 그 이유는 모르겠지만. 사람들이 나한테 뭘 어떻게 한다고? 사람들이 나한테 무슨 일을 저지르기에?

그녀는 자기 생각을 비웃기라도 하려는 듯이 고개를 흔들다가 불에 덴 듯이 놀랐다. 누군가의 손이 팔을 잡았기 때문이다. 홱 몸을 돌린 그녀 앞에 그레고리 다이슨이 움찔한 얼굴로 미안하다는 표정을 하며 서 있었다.

"이거 정말 미안합니다. 놀랐소, 그대?"

몰리는 '그대'라고 불리는 것을 별로 좋아하지 않았지만 재빨리 쾌활하게 대꾸했다.

"발소리를 미처 듣지 못했거든요, 다이슨 씨. 그래서 그렇게 놀란 거예요."

"다이슨 씨라고? 오늘 밤엔 꽤 격식을 차리는구려. 이곳 손님들은 모두 행복한 한 가족 아니오? 에드와 나, 러키와 이블린, 당신과 팀과 에스터 월터스, 그리고 래필 노인까지. 우린 모두 행복한 한 가족이 아니냔 말이오."

'벌써 어지간히 취했군.'

몰리는 속으로 중얼거렸다. 하지만 상냥하게 웃어 보였다.

"저런! 하지만 저는 때때로 위엄 있는 여주인 역할을 하길 좋아한답니다. 팀과 저는 손님들의 성이 아니라 세례명을 마구 부르는 것은 정중한 예의를 갖춘 태도가 아니라고 생각하지요."

"오호! 하지만 우리들은 그런 목에 힘준 태도는 달가워하지 않는다오. 자, 그러니, 귀여운 몰리, 와서 나하고 한잔합시다."

"나중에 하기로 하지요. 지금은 할 일이 있어서."

"도망치지 말아요." 그는 손을 내뻗어 그녀의 팔을 죄었다.

"당신은 참으로 사랑스러운 여자요, 몰리. 팀이 자신의 행운을 제대로 알기나 하는지 모르겠소."

"그래요? 아는지 모르는지는 내가 알아서 할 문제지요."

몰리는 명랑한 어조로 대꾸했다.

그레고리는 게슴츠레한 눈으로 그녀를 뚫어지게 바라보았다.

"당신에게 사랑을 고백할 수도 있지만, 내 아내가 틀림없이 달가워하지 않겠지."

"오늘 오후의 채집 여행은 즐거우셨나요?"

"그럭저럭. 당신이니까 하는 소리지만 때때로 싫증이 나기도 한다오. 매일 새나 나비만 쫓다 보면 싫증이 나는 거야 당연하겠지만. 어떻소, 언제 우리 단 둘이만 피크닉을 가면?"

"한번 생각해보지요. 퍽 기다려지는군요."

몰리는 명랑하게 대꾸하고는 가볍게 웃음을 흘리며 달음질쳐 빠져나갔다. 그리곤 바로 돌아갔다.

그녀를 보고 팀이 말을 걸었다.

"여보, 무슨 일 있소? 허둥지둥 들어오다니, 바깥에서 누구하고 있었소?"

"그레고리 다이슨하고요."

"그자가 뭘 어쩌길래?"

"날 유혹하려고 하더군요."

"저런 나쁜 녀석을 보았나!"

"신경 쓸 것 없어요. 그런 사람쯤이야 필요하면 코끝으로 다룰 수도 있으니까."

팀은 그녀의 말에 뭐라고 대꾸하려고 입을 열었지만, 그때 페르난도의 모습을 발견한 그는 큰소리로 무슨 지시를 하면서 그쪽으로 향했다. 몰리는 주방을 통해 해변으로 내려가는 계단으로 나왔다.

그레고리 다이슨은 속으로 욕설을 내뱉고는 천천히 방갈로가 있는 쪽으로 걸어가기 시작했다. 막 닿았을 무렵 수풀 더미 그늘에서 어떤 목소리가 그를 불렀다. 그는 놀라 고개를 돌렸다. 짙어지는 황혼녘이어서 그는 잠시 그곳에 서 있는 것이 유령이 아닌가 하고 생각했다. 하지만 곧 그는 웃음을 터뜨렸다.

상대가 마치 얼굴 없는 유령처럼 보인 것은 드레스가 희고 얼굴은 새까맣기 때문이었다. 이윽고 빅토리아가 오솔길 수풀 속에서 걸어 나왔다.

"다이슨 씨지요?"

"그렇소. 무슨 일이오?"

조금 전에 체면 없이 놀란 것이 겸연쩍어 그는 다소 차갑게 물었다.

"이걸 가져왔어요."

앞으로 내미는 그녀의 손에는 약병이 들려 있었다.

"당신 것이지요?"

"그래요, 내 세레나이트 약병이오. 그래, 맞아! 대체 어디서 찾았소?"

"놓여 있던 자리에서요. 그 신사분 방에서……."

"그게 무슨 뜻이오, 그 신사분 방이라니, 어떤 신사분 말이오?"

"돌아가신 그 신사분 말이에요." 빅토리아는 엄숙한 얼굴로 대답했다. "그분은 무덤 속에서 편안한 잠을 주무시고 계시지 못할 거예요."

"왜?"

빅토리아는 그를 뚫어지게 바라볼 뿐이었다.

"아가씨가 무슨 이야기를 하는 건지 아직도 모르겠군. 그럼, 아가씨는 이 약병을 죽은 팰그레이브 소령 방에서 찾아냈단 말인가?"

"예, 그래요. 의사 선생님하고 제임스타운에서 온 경찰들이 가버린 뒤 전 소령님 욕실에 있었던 것을 모두 버리라는 명령을 받았어요. 치약이며 로션, 그리고 그 밖에 여러 가지를—이 약병까지도 말이에요."

"그래, 그런데 왜 이걸 버리지 않았소?"

"당신 것이니까요. 잃어버리셨잖아요. 이걸 잃었다며 찾아다니지 않으셨나요?"

"아, 그래, 맞아, 그랬지. 난 또 어디다 잘못 둔 줄 알았지."

"아뇨, 잘못 둔 게 아니에요. 이 병은 당신 방갈로에서 나와 소령님의 방갈로에 놓여 있었던 거예요."

"그걸 아가씨가 어떻게 알지?" 그는 거친 목소리로 내쏘았다.

"전 알아요. 봤으니까요."

그녀는 갑자기 하얀 이를 드러내며 싱긋 웃었다.

"누군가가 이 병을 돌아가신 분 방에 가져다 놓은 거예요. 자, 그리고 이젠 제가 분명히 주인인 당신한테 돌려 드렸어요."

"잠깐만, 기다려 봐요! 아가씨 말이 무슨 뜻이지? 대체 누굴 봤다는 거요?"

하지만 그녀는 허둥지둥 어두운 수풀 사이로 사라져 갔다.

그레그는 그녀를 잡으려 뒤쫓아가려고 했으나 문득 걸음을 멈추었다. 그러고는 턱을 쓰다듬으며 그 자리에 한동안 서 있었다.

"무슨 일이에요, 그레그? 유령이라도 봤어요?"

다이슨 부인이 방갈로에서 나와 오솔길로 다가오며 물었다.

"한동안은 그런 줄로만 알았지."

"그런데 누구하고 얘기하고 있었어요?"

"우리 방을 치워주는 토인 아가씨하고—빅토리아라나 그랬지?"

"왜요, 그 아가씨가 당신을 유혹하기라도 하던가요?"

"쓸데없는 소릴! 그 아가씨는 좀 엉뚱한 생각을 하고 있나 봐."

"어떤 생각?"

"요 전날 내가 세레나이트 병이 어디로 갔다고 하던 것 기억하오?"

"예, 그랬다고 말했죠."

"그랬다고 하다니, 그게 무슨 뜻이오?"

"아니, 여보, 당신 왜 내 말에 일일이 꼬투리를 잡는 거죠?"

"미안하오. 하지만 모두들 수수께끼 같은 말만 하기에."

그는 약병을 쥔 손을 내밀었다.

"그 아가씨가 이걸 돌려줍디다."

"그 여자가 이걸 훔쳤었나요?"

"아니오, 어디선가 주운 모양이오."

"그게 어쨌게요? 뭐가 수수께끼 같다는 거죠?"

"아, 아무것도 아니오. 그 좀……, 그 아가씨가 기분을 상하게 해서."

"그레그, 이봐요, 뭘 쓸데없이 신경 써요? 가서 저녁식사 하기 전에 한잔해요."

2

몰리는 해변으로 내려갔다. 그녀는 거의 쓴 적이 없는 낡아빠지고 삐걱거리는 등의자 하나를 끌어내 거기 앉은 채 잠시 바다를 바라보고 있었다. 그러다가 문득 그녀는 손에 얼굴을 묻은 채 울음을 터뜨렸다. 한참 동안을 실컷 울고 나려니까 바로 옆에서 옷깃 스치는 소리가 났다.

고개를 번쩍 든 그녀 앞에서 힐링던 부인이 그녀를 내려다보고 있었다.

"오, 이블린, 당신이 오는 발소리를 못 들었어요. 죄송해요."

"무슨 일 있어요, 몰리?"

이블린이 상냥하게 물었다. 그녀는 자기도 의자 하나를 당겨 앉았다.

"털어놔 봐요."

"아무것도 아니에요. 정말 아무것도……."

"그렇지 않아요. 아무것도 아닌데 괜히 여기 앉아 울고 있을 리가 있어요? 얘기할 수 없는 일이에요? 당신하고 팀 사이에 무슨 말썽이라도 생겼어요?"

"오, 그런 건 절대 아니에요."

"그 소릴 들으니 기쁘군요. 당신 두 사람은 언제나 행복한 모습이었으니까."

"당신들만큼은 아니지요." 이블린이 대꾸했다.

"팀하고 나는 언제나 두 분이 결혼한 지가 오래 되었으면서도 저렇게 행복해 보인다니 정말 멋진 일 아니냐고 한답니다."

"아하, 그래요?"

이블린의 음성에는 조금 날카로운 기색이 어려 있었지만 몰리는 눈치 채지 못했다.

"어떤 부부나 부부싸움은 하기 마련이에요." 몰리는 말을 계속했다.

"서로 사랑하는 부부 역시 싸우거든요. 게다가 사람들 앞이건 아니건 조금도 신경 쓰지 않기 마련이라니까요."

"그런 싸움을 즐기는 사람들도 있지요. 하지만 뭐 별것 아니에요."

"그래도 난 역시 꼴불견이라고 봐요."

"그건 나도 그래요." 이블린이 대꾸했다.

"하지만 당신과 에드워드의 모습을 보면……."

"아이, 몰리, 그런 소리 말아요. 언제까지나 그렇게 생각하도록 놔둘 수야 없지. 에드워드하고 난……." 그녀는 괴로운 듯이 사이를 두었다.

"솔직히 말하면 우린 지난 3년간 단둘이 있을 때면 한마디도 서로 나눈 적이 없답니다."

"어머나!" 몰리는 낯빛이 바뀌어 그녀를 바라보았다.

"도저히 믿어지지 않는 일이에요!"

"그야 우리 둘이 그럴싸하게 연기를 잘해 내고 있으니까 그렇지요."

이블린이 냉큼 대꾸했다.

"우린 둘 다 사람들이 보는 앞에서 입씨름이나 벌이는 것을 내켜 하지 않거든요. 그리고 사실 서로 말을 하지 않으니 싸울 거리가 하나도 없는 셈이죠."

"대체 왜 그런 지경이 된 거지요?"

"뭐 부부 사이에 흔한 이야기지요."

"흔한 이야기라니, 그럼 다른……."

"그래요, 다른 여자 문제지요. 그 여자가 누군지는 어렵지 않게 짐작할 수 있겠지요?"

"다이슨 부인, 러키 말씀이세요?"

이블린은 고개를 끄덕거렸다.

"두 사람이 늘 함께 어울려 다니는 줄은 눈치 채고 있었지만, 하지만 난 그저……." 몰리가 중얼거렸다.

"그저 가벼운 분탕질 정도라고 생각했단 말이죠? 그 뒤에 무슨 꺼림칙한 관계가 있는 줄은 몰랐나요?"

"하지만 당신은 왜……." 몰리는 문득 말을 끊었다가 다시 이었다.

"하지만 왜 당신은—이런, 감히 이런 말을 물어봐서는 안 되는 건데!"

"묻고 싶은 것이 있으면 물어봐요. 나도 언제까지나 입을 꾹 다물고 행복한 아내 역할을 하는 것도 지쳤으니까. 에드워드는 러키한테 완전히 넋이 나갔답니다. 그런데 어리석게도 남편은 나한테 와서 그걸 털어놓은 거예요. 그렇게 털어놓으니 남편 마음이야 더 편해졌겠지요. 자기가 꽤 진실하고 명예를 아는 사람인 양 생각했을 테고요. 하지만 그는 자신이 그렇게 털어놓음으로써 이번에는 내 마음이 편치 않게 되리란 것을 꿈에도 생각지 못했던 거예요."

"당신을 떠나고 싶다던가요?"

이블린은 고개를 내저었다.

"우리한테는 아이들이 둘 있어요. 우리 부부는 그 아이들을 너무도 사랑한답니다. 지금 그 아이들은 영국에서 학교에 다니고 있어요. 에드워드도 나도 둘 다 가정을 파괴하고 싶지는 않답니다. 그리고 러키 역시 이혼을 원치 않고요. 그레그는 아주 부유한 사람이랍니다. 전처가 상당한 재산을 남겼거든요. 결국 우리는 합의를 보았답니다. 에드워드와 러키를 영원히 행복하게 살게 하기로, 그리고 그레그에게는 한마디도 알리지 않은 채 에드워드하고 나는 그저 좋은 친구로 지내기로 한 거지요."

그녀의 음성에는 쓰디쓴 절망감이 배어 있었다.

"아니, 도대체, 어떻게 그런 식으로 참고 살아가실 수가 있어요?"

"사람이란 무슨 일에든 익숙해지기 마련이랍니다. 물론 어떨 때는……."

"어떨 때는?"

"그 여자를 죽이고 싶은 마음도 들어요."

그녀의 냉정한 목소리 뒤에 숨겨져 있는 격한 감정에 몰리는 등골이 오싹했다.

"자, 내 얘기는 이제 그만, 이젠 당신 이야기를 해봐요. 무슨 일인지 알고 싶어요."

몰리는 한동안 말이 없다가 이윽고 용기를 냈다.

"다름이 아니라, 아무래도 나한테 어딘가 이상이 있는 것 같아요."

"이상이라니, 그게 무슨 뜻이죠?"

몰리는 서글픈 얼굴로 고개를 흔들었다.

"난 무서워요, 정말 무서워요."

"뭐가 무섭다는 거예요?"

"모든 것이 다. 게다가 무섬증이 점점 더해 가요. 수풀 속의 목소리, 발소리, 심지어는 사람들이 무슨 말만 해도 무서워져요. 그리고 언제나 누군가가 나를 지켜보고 감시하는 듯한 느낌이에요─누군가 나를 지극히 미워하는 사람이. 언제나 그런 느낌이 들어요. 누군가가 나를 미워하고 있어요."

"가엾게도!"

이블린은 충격과 더불어 연민을 느꼈다.

"그런데 대체 언제부터 그런 느낌이 들었지요?"

"모르겠어요. 어느 날 갑자기 그런 느낌이 들고부터는 차츰차츰 커졌어요. 그리고 다른 일도 또 있어요."

"어떤 일인데?"

몰리는 느릿느릿 말해 나갔다.

"간혹 내가 설명할 수 없는 공백 기간에, 그동안 뭘 했는지 기억이 나지 않는 때가 있답니다."

"그럼 일시적인 기억상실 같은 것 말인가요?"

"그런 것 같아요. 즉, 어떨 때면, 그래요, 지금이 5시라고 가정해요. 그런데 1시 30분이나 2시 30분 이후 지금까지의 일이 전혀 생각나질 않는 거예요."

"저런! 하지만 그동안 당신이 잤기 때문이 아닐까요? 꾸벅꾸벅 졸았기 때문에……."

"아니요, 그런 것과는 종류가 달라요. 왜냐하면 그렇게 생각나지 않는 시간이 지난 뒤의 기분은 자고 난 뒤의 느낌하고는 전혀 다르니까요. 장소도 전혀 다른 곳에 와 있는 거예요. 어떨 때는 옷까지 다른 것을 입고 있고, 또 어떨 때는 그동안에 내가 무엇인가를 하고 있었던 듯싶어요. 사람들하고 이야기했었던 것 같기도 하고, 또 누구에게 말을 걸었다고 여겨지는 때도 있어요. 그런데 막상 기억하려고 해보면 도대체 내가 무슨 말을 했는지 기억이 나질 않거든요."

이블린의 얼굴은 놀람 그것이었다.

"아아, 이런! 몰리, 만일 그렇다면 의사한테 보여야 하잖아요!"

"의사는 싫어요! 보이고 싶지 않아요. 의사라면 근처에도 가기 싫은걸요."

이블린은 몰리의 얼굴을 뚫어지게 내려다보다가 그녀의 손을 붙잡았다.

"몰리, 당신은 괜한 일에 겁을 먹고 있는지도 몰라요. 신경쇠약이다 뭐다 하지만, 알고 보면 별것 아닌 경우가 많잖아요? 의사를 찾으면 금방 안심이 될 거예요."

"의사도 소용없어요. 오히려 나한테 정말 고장이 있다고 이야기할지도 모르지요."

"당신한테 고장이 있을 이유가 어디 있죠?"

"그건······." 몰리는 말하려다가 멈추었다.

"사실 뚜렷한 이유는 없지만······."

"혹시 가족 중에 누가, 어머니나 언니 등 이곳에 와서 당신을 돌봐줄 사람이 아무도 없나요?"

"난 어머니와 사이가 좋지 않아요. 늘 티격태격했어요. 언니들도 있긴 하지만, 결혼은 했어도 내가 오라고만 하면 와줄 수 있을 거예요. 하지만 난 그러고 싶지 않아요. 아무도 필요 없어요—팀만 있으면 아무도."

"팀이 이 일을 알고 있나요? 얘기했어요?"

"그렇다고 확실히 말한 것은 아니에요. 하지만 늘 불안해하며 지켜보고 있어요. 나를 도와주고 보호해주고 싶어 하는 것 같은데, 하지만 그렇다면 내가 보호를 받고 싶어 한다는 뜻이 아니겠어요?"

"내 생각엔 암만해도 당신 생각은 괜한 증상이라는 생각이 들어요. 하지만 그래도 역시 의사한테 보여야 하잖아요?"

"그레이엄 선생님한테 말인가요? 그분도 소용없어요."

"이 섬에는 다른 의사들도 있잖아요."

"아니, 괜찮아요." 몰리가 힘주어 말했다.

"애당초 이런 일은 생각지도 말았어야 했어요. 부인 말씀대로 모두 공상일지도 모르니까. 어머나, 벌써 꽤 늦어버렸네! 지금쯤은 식당에서 일하고 있어야 하는데. 이만, 이만 가봐야겠네요."

그녀는 거의 적의감이 담긴 눈길로 이블린 힐링던을 쏘아본 뒤 급히 사라졌다. 이블린은 그러한 그녀의 뒷모습을 뚫어지게 응시하고 서 있었다.

해묵은 죄가 기나긴 그림자를 드리우다
1

"이제야 좋은 증거를 찾아냈어요"

"그게 뭔데, 빅토리아?"

"분명한 증거예요. 어쩌면 돈이, 그것도 큰돈이 굴러들어 올지도 몰라요"

"이봐, 조심하는 게 좋아. 괜한 일에 나서지 말라고. 뭔지는 모르지만 내가 나서는 편이 더 낫지 않을까?"

빅토리아는 웃음을 터뜨렸다. 목구멍 깊숙이에서 울리는 매끄러운 웃음소리였다.

"당신은 잠자코 보고만 있어요. 나도 그런 정도는 해낼 수 있으니까. 돈이, 그것도 큰돈이 굴러온단 말이에요. 반쯤은 목격한 것이고 반쯤은 짐작이지만, 내 짐작이 거의 틀림없어요"

그리고 그녀의 부드럽고도 매끈한 웃음소리가 다시 밤하늘로 퍼져 나갔다.

2

"이블린……"

"왜요?"

이블린 힐링던은 자동인형처럼 건성으로 대꾸했다. 남편한테는 얼굴도 돌리지 않았다.

"이블린, 이번 여행을 이만 끝내고 영국으로 돌아가는 게 어떻겠소?"

그녀는 검은 머리를 빗어 내리는 중이었는데 남편의 말에 그녀의 손이 머리에서 홱 떨어졌다. 이어 그녀는 남편을 향해 빙그르르 몸을 돌렸다.

"그럼 당신……. 아니, 온 지 얼마 되지도 않았잖아요. 3주밖에 안 돼요."

"그건 나도 알아. 하지만, 어떻소, 돌아가는 게?"

이블린이 의아한 눈길로 그의 얼굴을 훑었다.

"정말 영국으로 가고 싶으세요? 집으로?"

"그렇소."

"러키를 놔두고서 말이에요?"

그는 흠칫하며 얼굴을 찌푸렸다.

"그동안 쭉 알고 있었겠지, 그녀와의 일을 말이오?"

"알고말고요, 그럼요."

"그런데도 아무 말도 안 했단 말이오."

"무슨 말을 하겠어요? 우린 벌써 옛날에 다 끝나버린 사이인데. 하지만 우리 누구도 가정을 파괴하고 싶진 않았기 때문에 각자 살고 싶은 대로 살되, 사람들 앞에서는 연극을 벌이기로 합의를 보았잖아요."

그리고 나서 그녀는 남편이 채 입을 열기도 전에 재빨리 덧붙였다.

"그런데 왜 하필이면 지금 갑자기 영국으로 돌아가고 싶은 마음이 든 거죠?"

"이제 막바지까지 다다랐기 때문이오. 이블린, 난 이제 더 이상 견딜 수가 없소."

평소에는 조용하던 에드워드 힐링던이 놀랍게 변해 있었다. 두 손은 벌벌 떨리며 마른 침을 삼키고 있었다. 조용하고 감정이라고는 내보이지 않던 그의 얼굴이 고통으로 일그러져 있었다.

"에드워드! 대체 무슨 일이에요?"

"아무것도 아니오. 그저 한시바삐 이곳에서 달아나고 싶을 뿐이오."

"당신은 미친 듯이 러키를 사랑했잖아요. 그런데 이젠 그 사랑이 끝났다, 그렇게 얘기하고 싶은 건가요?"

"그렇소. 당신은 결코 이 기분을 모를 거요."

"그런 말 하지 마요! 난 당신이 뭣 때문에 이렇게 흥분하는지 꼭 알고 싶어요, 에드워드."

"흥분한 게 아니오."

"아뇨, 당신은 흥분하고 있어요. 왜죠?"

"그걸 모르겠소?"

"예, 모르겠어요. 한번 알기 쉽게 구체적으로 이야기해보세요. 당신은 어떤 여자와 사랑에 빠졌어요. 그런 일이야 어디나 흔한 일이죠. 그런데 지금은 그 사랑이 끝났어요. 아니면, 아직 끝나지 않은 건가요? 혹시 그 여자 편에서 아직 끝나지 않았는지도 모르죠. 요점은 그거지요? 그레그가 눈치 챈 게 아닌가요? 난 늘 그 점이 궁금했지만……."

"눈치 챘는지 어떤지는 잘 모르겠소. 한마디도 내색하지 않으니까. 언제나 친구처럼 다정히 굴고 있을 뿐."

"남자란 간혹 바보처럼 둔할 때가 있지요."

이블린은 곰곰이 생각에 잠겼다.

"아니면, 그레그 나름대로 다른 여자와 바람을 피우고 있는지도 모르고요."

"그자가 당신을 꼬드기려 들었지, 안 그렇소? 대답해봐요, 알고 있으니."

"예, 그래요. 하지만 그 사람은 여자만 보면 다 집적거리는걸요. 그런 사람이니까요. 별다른 뜻은 없어요. 남자로서 그레그의 행동 일부일 뿐이에요."

"당신은 그를 좋아하고 있소, 이블린? 사실만을 얘기해줘요."

"그레그를 말이에요? 그야 좋아하고 있죠. 꽤 재미있는 사람이잖아요. 좋은 친구이고."

"그게 다요? 당신 말이 사실이라면 좋겠지만……."

"하지만 그게 당신한테 무슨 상관이 있는지 모르겠군요."

이블린은 싸늘한 목소리로 내쏘았다.

"당신이 그렇게 생각하는 것도 당연하지."

이블린은 창가로 걸어가 베란다를 지그시 내려다보고 있다가 다시 돌아왔다.

"에드워드, 당신이 무슨 일 때문에 그렇게 흥분하고 있는지 얘기해줘요."

"말했잖소."

"뭐라고요?"

"아마 당신은 이해 못 하겠지. 하지만 이런 종류의 광기란 지나가고 나면 스스로도 너무나 이상하게 생각되는 법이오."

"이해하도록 노력할 수는 있어요. 하지만 내가 진정으로 걱정되는 것은 러키가 당신에게 올가미를 씌우려고 드는 것처럼 보인다는 사실이에요. 그녀는 버림받고 물러설 여자가 아니에요. 날카로운 앞발을 지닌 호랑이란 말이에요. 에드워드, 나한테 사실을 이야기해야 해요. 만일 내가 당신 편에 서주길 바란다면 그 길밖에 없어요."

에드워드는 이윽고 음울하고 낮은 목소리로 말했다.

"한시라도 빨리 그녀한테서 도망치지 않으면……, 난 이 손으로 그녀를 죽여버릴지도 몰라."

"러키를 죽여요? 대체 왜……."

"나한테 그런 일을 시켰으니까……."

"그런 일이라니, 어떤 일을 시켰단 말이에요?"

"나는 그녀가 살인하는 걸 도와주었소."

마침내 말이 토해졌다. 이어 침묵…….

이블린은 멍하니 그의 얼굴을 바라볼 뿐이었다.

"당신 지금 무슨 소리를 하고 있는지 알기나 해요?"

"그렇소. 난 내가 살인을 돕고 있는 줄도 몰랐소. 러키는 나한테 약국에서 뭔가를 사다 달라고 했지. 난, 난 그녀가 왜 그런 것을 사다 달라고 하는지 꿈에도 몰랐소. 나한테 그녀가 갖고 있던 처방전 하나를 베끼게 하더군……."

"그게 언제 일이었어요?"

"4년 전 일이오. 마티니크 섬에 있을 때, 그레그의 아내가……."

"그레그의 전처 게일 말인가요? 그렇다면 러키가 그녀를 독살했다는 건가요?"

"그렇소. 그리고 난 그녀를 도와준 거요. 그 사실을 깨달았을 땐……."

이블린이 그의 말을 가로막았다.

"당신이 그 사실을 깨닫자 러키는 당신 손으로 처방전을 써서 약을 사왔기 때문에 당신과 자기가 공범자라고 했겠군요, 그렇지 않나요?"

"그렇소. 하지만 그녀는 자기가 그런 일을 한 것은 자비심 때문이라고 했지.

게일이 괴로움을 겪는 것이 안타까워 구하려 했다는 거요. 게일이 제발 괴로움을 끝낼 약을 구해달라는 부탁을 하더라면서."

"안락사란 말이군요! 그래, 알겠어요. 당신은 그 말을 믿었나요?"

에드워드 힐링던은 잠시 입을 다물고 있다가 이윽고 대답했다.

"아니오. 마음속 깊은 곳에서는, 믿지 않았지. 하지만 내가 그 말을 받아들인 것은 그 말을 '믿고 싶었기' 때문이오. 난 러키한테 홀딱 반해 있었으니까."

"그 뒤에 그녀가 그레그하고 결혼했을 때도, 역시 믿고 있었나요?"

"그때까지도 나 자신을 억지로 믿게끔 애썼지."

"그럼, 그레그는, 그레그는 그 일에 대해 얼마나 알고 있나요?"

"전혀 모르고 있소."

"그럴 수가!"

에드워드 힐링던은 갑자기 봇물처럼 토해내기 시작했다.

"이블린, 나는 한시바삐 벗어나고 싶소! 그녀는 여전히 내가 한 짓을 올가미 삼아 씌우고 있소. 내가 자기를 더 이상 사랑하지 않는다는 것을 알고 있으니까. 사랑이라고? 쳇, 오히려 증오하고 싶을 정도요! 하지만 그녀는 나로 하여금 꽉 얽매인 기분이 들게 하는 거요. 우리가 함께 저지른 일이 사슬이 되어……."

이블린은 방 안을 서성거리다가 딱 멈추고는 그의 얼굴을 똑바로 바라보았다.

"모든 문제는, 에드워드, 당신이 어리석을 만큼 민감하다는 거예요. 그리고 또 믿기지 않을 만큼 남의 말에 잘 빠져든다는 것도 문제지요. 그 악마 같은 여자는 당신의 죄의식을 미끼로 자기가 바라는 지경으로 당신을 몰고 간 거라고요. 성경에 나오는 말로 풀어서 얘기하면, 당신의 마음을 무겁게 누르는 죄는 살인이 아니라 간음죄예요. 당신은 러키와의 정사 때문에 죄의식을 느끼고 있었어요. 그러자 그녀는 그 점을 이용해서 살인 계획에 끌어들인 거예요. 그러고는 당신이 자기와 공범이라는 생각을 불어넣은 거라고요. 하지만 당신은 공범이 아니에요."

"이블린……."

에드워드는 아내를 향해 몇 걸음 다가갔다. 그러자 그녀는 선뜻 물러서서 살피듯이 그를 바라보았다.

"지금까지 말한 게 모두 사실인가요? 혹시 당신이 꾸며낸 이야기는 아닌가요?"

"이블린! 꾸며내다니, 대체 내가 뭣 하러 그런 이야기를 꾸며댄단 말이오."

"글쎄요······." 이블린은 느릿느릿 말했다.

"왜냐하면, 지금 난 아무도 믿지 못할 것 같은 심정이니까요. 그리고······, 아, 나도 모르겠어요! 이젠 진실을 들어도 그게 진실인지 아닌지 모르게 되어 버렸나 봐요."

"자, 이제는 모든 것을 다 잊고 영국으로 돌아가기로 합시다."

"그래요, 돌아가요. 하지만 지금은 안 돼요."

"왜 안 된다는 거요?"

"당분간은 예전처럼 그냥 행동해야 해요. 꼭 그렇게 해야만 해요. 알아듣겠어요, 에드워드? 러키가 우리가 지금부터 하려는 일을 눈치 채지 못하게 하는 거예요······."

제13장

빅토리아 존슨의 퇴장

밤이 저물어가고 있었다. 스틸 밴드도 이제는 요란한 소리를 거두고 조용해졌다. 팀은 테라스가 내려다보이는 식당 창가에 서 있었다. 이윽고 그는 손님이 가버린 테이블의 조명을 몇 개 껐다.

그때 등 뒤에서 목소리가 들려왔다.

"팀, 잠깐 할 이야기가 있어요."

팀은 깜짝 놀랐다.

"저런, 이블린, 무슨 일로?"

이블린은 조심스럽게 주위를 둘러보았다.

"이쪽 테이블에 와서 잠깐 앉아요."

그녀는 그를 이끌고 테라스 맨 끄트머리에 가서 앉았다. 주위에는 그들 말고는 아무도 없었다.

"팀, 이런 말을 하면 어떻게 생각할지 모르지만 몰리가 걱정스러워요."

그의 낯빛이 순식간에 바뀌었다.

"몰리가 왜 어떻습니까?" 그는 딱딱한 어조로 물었다.

"내가 보기엔 몰리가 썩 좋지 않아요. 무척 괴로운 것 같더군요."

"요즘 와서 특히나 더 쉽게 흥분하긴 하더군요."

"내가 보기엔 꼭 의사를 불러야 할 듯싶던데."

"예, 그건 나도 압니다. 하지만 몰리가 도통 말을 들질 않아요. 의사 보기를 꺼리거든요."

"왜지요?"

"예? 그건 무슨……."

"왜 의사한테 보이기를 싫어하냐는 거예요."

"글쎄요……." 팀이 모호한 투로 대꾸했다.

"그야 그런 사람들이 가끔 있잖습니까. 의사라면 덮어놓고 무서워하는."

"당신도 몰리 때문에 걱정스럽지요, 안 그래요, 팀?"

"그렇습니다. 무척 걱정스러워요."

"그녀의 가족 중에서 누구 여기 와서 함께 있어 줄 사람이 없나요?"

"아뇨, 그랬다간 오히려 더 나빠질 겁니다."

"대체 무슨 문젯거리가 있는 건가요, 그녀의 가족 문제인가요?"

"아, 예, 그저 흔한 일이지요. 아마 가족들하고 충돌이 있었나 봅니다. 가족들하고 어울리지 못한 거예요. 특히 어머니하고 옛날부터 그랬답니다. 그 가족들은 좀……, 괴상한 사람들이라서 말입니다. 그래서 도망쳐 나온 거지요. 오히려 일이 잘됐어요."

이블린은 머뭇거렸다.

"그런데 몰리는 가끔 일시적인 망각 증세가 있는 모양이더군요. 그렇게 말하던걸요. 그리고 사람이 두렵다는 거예요. 꼭 피해망상증 같아요."

"그런 말씀 마세요!" 팀이 분개하여 소리쳤다.

"피해망상증이라니! 사람들은 걸핏하면 다른 사람들한테 그런 이름을 붙인다니까요. 하지만 몰리는 그저 신경이 좀 예민하다 뿐이지요. 고국에서 멀리 떨어져 여기 서인도제도까지 왔으니 말입니다. 게다가 주위엔 모두 검은 얼굴들뿐이잖습니까! 아시다시피 사람들 가운데는 간혹 서인도제도니 유색인종에 대해 신경을 곤두세우는 사람들도 있지요."

"몰리는 그런 여자가 아니잖아요?"

"하지만 다른 사람이 뭘 무서워하는지 모르는 일 아닙니까? 고양이하고 한 방에만 있어도 무서워하는 사람들도 있으니까요. 그리고 자벌레가 떨어지기만 해도 기절하는 사람들도 있고요."

"이런 말 하긴 뭣하지만, 혹시 정신과 의사한테 가봐야 한다고는 생각지 않으세요?"

"말도 안 되는 말씀 마십시오!" 팀이 울화를 터뜨렸다.

"그런 사람들이 몰리를 가지고 희롱하게 놔둘 수는 없어요! 난 그런 사람들을 하나도 믿지 않습니다. 그런 의사들은 괜한 사람들까지 더 나쁘게 만들기 일쑤라고요. 몰리의 어머니도 정신과 의사를 찾아가지 않았던들……."

"그럼, 몰리의 가족에게 그런 문제가 있는 거로군요. 말하자면……."

그녀는 조심스럽게 말을 골랐다.

"가족 중에 정신질환자가 있다던가?"

"그 얘긴 하고 싶지도 않습니다. 어쨌든 난 그녀를 그 모든 것에서 구해 왔고, 지금 그녀는 아주 안전한 상태입니다. 요즘 와서 신경이 좀 예민해지기는 했지만……, 하지만 그런 것은 유전병이 아니지요. 요즘 사람들치고 그런 걸 모르는 사람이 있습니까? 그런 생각은 벌써 과학적으로도 부정되고 있지요. 몰리는 더할 나위 없이 안전합니다. 단지, 예, 그래요! 단지 그 가련한 팰그레이브 소령이 갑작스럽게 죽어서 그렇게 된 겁니다."

"그럴 테지요." 이블린은 심각하게 중얼거렸다.

"하지만 팰그레이브 소령이 죽은 일이 무슨 걱정거리가 되나요?"

"그야 걱정할 만한 일은 없지요. 하지만 아무래도 사람이 너무나 갑작스럽게 죽으면 쇼크를 받게 되잖습니까?"

그의 얼굴이 너무도 필사적이고 또 의기소침한 표정이라 이블린은 그만 마음이 여려지고 말았다.

그녀는 위로하듯이 그의 팔에 손을 얹었다.

"물론 당신이 잘 알아서 할 테지요, 팀. 하지만 내가 도움될 만한 일이 있으면―예를 들면 몰리하고 같이 뉴욕으로 간다든지, 아니면 마이애미나 어디 일류 병원의 진찰을 받을 수 있는 곳으로 간다든지……."

"정말 친절한 말씀이시군요. 하지만 안심하십시오, 몰리는 괜찮으니까요. 이젠 그럭저럭 나아가고 있고요."

이블린은 의심스러운 눈길로 고개를 저었다. 이윽고 천천히 몸을 돌린 그녀는 테라스의 난간을 따라 눈길을 돌렸다.

대부분의 손님들이 이제는 자기 방갈로로 돌아가고 없었다. 그녀는 혹시 잊은 것이 없나 해서 자기 테이블을 향해 발걸음을 옮겼다.

그때 팀이 외마디 비명을 지르는 것이 들렸다. 이블린이 확 고개를 돌리니 팀은 테라스 끄트머리에 있는 계단을 뚫어지게 바라보고 있었다. 그녀는 얼른 그의 시선을 따라가다가 곧 숨을 죽이고 말았다.

몰리가 해변에서부터 이어진 계단을 올라오는 중이었다. 그녀는 목구멍에서 끄윽 하고 신음 섞인 울음소리를 내며 숨 가쁘게 올라오고 있었다. 방향도 모르는 채 달려오는 사람처럼 발걸음이 심하게 흔들렸다.

팀이 외쳤다.

"몰리! 무슨 일이오!"

앞으로 내닫는 그의 뒤를 이블린이 따랐다.

몰리는 계단을 다 올라오더니 멈춰 서서 양손을 등 뒤로 감춘 채 여전히 흐느꼈다.

"그녀를 발견했어요…… 수풀 속에 있었어요. 저기 수풀 속에……, 내 손을 좀 보세요……. 내 손"

이블린은 그녀가 내미는 손에서 거무스름한 얼룩을 보고 다시금 숨을 멈추었다. 주위가 어둑어둑했으므로 검은색처럼 보였지만 진짜 색깔은 빨갛다는 것을 알 수 있었다.

"아니, 이게 어찌 된 일이오, 몰리!" 팀이 다시금 외쳤다.

"저기, 저 수풀 속에……."

몰리는 말을 잇지 못했다. 몸이 불안하게 흔들리고 있었다.

팀은 잠시 망설이다가 이블린을 흘끗 쳐다본 다음 몰리를 그녀가 있는 쪽으로 가볍게 밀어내고 나서 계산을 달려 내려갔다.

이블린은 떨고 있는 몰리를 껴안았다.

"자, 이리 앉아요, 몰리. 우선 뭘 좀 마시는 게 좋겠어요"

몰리는 쓰러지듯이 의자에 앉아 엎드려 포개놓은 팔에 이마를 묻었다.

이블린은 아무것도 묻지 않았다. 잠시 그녀가 제정신이 돌아오도록 놔두는 것이 더 나으리라고 생각했던 것이다.

이윽고 그녀는 천천히 입을 열었다.

"자자, 차츰 괜찮아질 거예요. 괜찮아질 거야."

"모르겠어요, 난, 무슨 일이 났는지 도통 모르겠어요!"

몰리가 되뇌듯 말했다.

"아무것도 모르겠어요. 기억이 안 나요, 난……."

그녀는 고개를 핵 들었다.

"대체 내가 어떻게 된 거죠? 내가 어떻게 됐어요?"

"괜찮아요, 몰리, 이젠 괜찮아."

팀이 천천히 층계 위로 올라오고 있었다. 얼굴이 납빛이었다.

이블린이 그를 올려다보며 질문하듯이 눈썹을 추켜세웠다.

"호텔 여종업원 중 한 사람입니다. 이름아—예, 빅토리아예요. 누군가가 칼로 찔렀습니다."

## 심문

1

　몰리는 침대에 누워 있었다. 침대 한쪽 옆에는 그레이엄 의사와 서인도제도 경찰의인 로버트슨이 서 있었고, 한쪽에는 팀이 서 있었다. 로버트슨 의사는 몰리의 맥을 짚어보더니 침대 발치에 서 있는 경찰 제복 차림의 늘씬한 흑인 한 사람에게 고개를 끄덕였다. 생 토노레 경찰국의 웨스턴 경감이었다.

　로버트슨이 잘라 말했다.

　"간단한 질문만 해주시오. 그 이상은 안 돼요."

　경감은 고개를 끄덕였다.

　"자, 켄들 부인, 우선 그 아가씨를 어떻게 발견하게 되었는지부터 설명해주시지요."

　침대 위에 누운 몰리는 한순간 그의 말소리가 들리지 않은 것 같았다. 하지만 곧이어 그녀는 꺼져 들어가는 목소리로 맥없이 중얼거렸다.

　"수풀 속에 흰 것이……."

　"수풀 속에서 하얀 것을 발견하고는, 그게 뭔지 보러 갔단 말이죠, 그렇잖나요?"

　"예, 하얀 것이 누워 있기에 그것을, 아니, 그녀를 안아 일으키려고 했는데 피가 양손을 적시는 거였어요."

　그녀는 온몸을 와들와들 떨기 시작했다.

　그레이엄 의사가 경감을 향해 고개를 내저었다.

　로버트슨이 속삭였다.

　"더 이상은 안 돼요."

　"그런데 해변 근처 오솔길에서는 무엇을 하고 있었습니까, 켄들 부인?"

"날씨가 따뜻하고, 기분이 좋아서, 그냥 바닷가에서……."

"그 아가씨가 누군지 알았습니까?"

"빅토리아예요. 착한 아이인데, 웃길 잘했지요. 오오, 그런데 이젠, 웃지 못할 거예요! 다시는 웃지 못할 거예요. 난 평생 잊을 수 없어요. 평생, 절대로……."

그녀의 목소리가 히스테릭하게 드높아졌다.

"몰리, 이젠 말하지 마." 팀이 말했다.

"자자, 진정하시고……."

로버트슨 의사가 전문가답게 위엄 있는 목소리로 달랬다.

"이제는 마음을 놓아요. 긴장을 풀고 주사를 좀 맞아야겠군요."

이윽고 그는 주사기를 빼며 말했다.

"적어도 24시간 안에 심문을 한다는 것은 무리요. 부인이 좀 회복이 되면 그때 내가 연락하리다."

## 2

체구가 크고 잘생긴 흑인이 테이블을 둘러싸고 앉아 있는 남자들을 하나씩 건너다보았다.

"맹세하지만 내가 아는 것은 이게 전부입니다. 방금 말씀드린 것 말고는 아무것도 몰라요."

그의 이마에서 땀방울이 배어 나오고 있었다. 행정 당국의 데이븐트리는 한숨을 내쉬었다.

심문을 주재하던 생 토노레 경찰국의 경감 웨스턴은 그만 가도 좋다는 손짓을 했다. 커다란 체구의 짐 엘리스는 허청거리며 방에서 나갔다.

"그게 전부가 아닐 겁니다."

웨스턴이 입을 열었다. 섬사람 특유의 부드러운 억양이었다.

"하지만 더 알아내려고 해봤자 헛수고일 테죠."

"저 사람이 결백하다고 보세요?" 데이븐트리가 물었다.

"그렇소, 두 사람은 퍽 사이가 좋았던 것 같소"

"결혼은 하지 않았나요?"

웨스턴 경감의 입가에 희미한 미소가 떠올랐다.

"그래요, 결혼은 하지 않았습니다. 이 섬의 남녀들은 결혼을 거의 하지 않으니까. 물론 아이들에게는 세례를 받게 하지요. 저 사람은 빅토리아와의 사이에 아이가 둘 있습니다."

"저 사람이 빅토리아와 공모했을까요? 무슨 공모인지는 아직 모르니까 별도로 하고라도"

"아마 그렇진 않을게요. 그런 일에는 꽤 소심한 사람 같으니. 덧붙여 내 생각을 말하자면 빅토리아라는 여자가 아는 것도 뭐 대단한 건 못될 겁니다."

"누굴 협박할 만큼은 아니었겠지요?"

"글쎄, 지금으로서는 그걸 협박이라고 부를 수 있는 것인지조차 잘 모르겠소. 그 여자가 협박이라는 말의 의미조차 알고 있었는지도 의심스럽군요. 입다무는 대가의 요구를 꼭 협박이라고 생각할 수만은 없으니까. 사실 이곳에 묶고 있는 사람들 중에는 돈 많은 플레이보이가 많기 때문에 조금만 캐면 그런 사람들의 비행이야 금방 드러나지요"

"그 밖에도 여러 종류의 사람들이 있긴 하지요"

데이븐트리가 맞장구쳤다.

"예를 들어 자기가 이 남자 저 남자와 자고 돌아다니는 것을 알리고 싶지 않은 여자가 있어서 하녀에게 선물 공세를 한다고 합시다. 그럴 때, 그것은 비밀을 지켜달라는 대가라고 볼 수 있지요"

"물론이오"

"하지만 이건 그런 종류하고는 전혀 다릅니다. 이건 살인이니까요"

"그래도 난 죽은 여자가 자기가 알고 있는 일을 중대한 것이라고 생각했다고는 여겨지지 않습니다. 그녀는 뭔가를 봤어요. 이 약병과 관련 있는 무슨 미심쩍은 것을. 아마 다이슨 씨 것이라죠? 이번엔 그 사람을 불러들여야겠군."

그레고리가 언제나처럼 활기 있게 방 안에 들어왔다.

"부르시는 대로 왔는데 뭘 말씀드릴까요? 그 아가씨 일은 정말 안됐습니다.

착한 아가씨였는데. 우리 부부 마음에 꼭 들었답니다. 남자하고 무슨 다툼이라도 벌어서 그렇게 된 것이 아닌가 추측했었지만. 그 아가씨는 언제나 아주 명랑하고 무사태평해 보였단 말입니다. 어젯밤에도 나는 그녀와 쓸데없는 우스갯소리를 나누었지요."

"다이슨 씨, 듣기로는 세레나이트라고 하는 약을 들고 계시다던데……."

"예, 그렇습니다. 조그마한 핑크빛 알약이지요."

"처방전은 의사가 써준 겁니까?"

"그렇습니다. 원하신다면 보여 드릴 수도 있지요. 고혈압 증세가 좀 있어서요. 뭐 요즘 사람들은 흔히 그렇습니다만."

"그런데 당신이 그 약을 먹고 있다는 사실을 아는 사람은 퍽 드문 것 같더군요."

"그야 그런 일을 수다스럽게 떠들고 다니진 않았으니까요. 난 언제나 튼튼하고 활기찬 모습만 보이려 애쓴답니다. 매일 자기 병 타령이나 하는 사람은 질색이거든요."

"알약은 얼마나 들고 계십니까?"

"하루에 세 번, 두 알씩 먹지요."

"가지고 계신 약이 많은가요?"

"예, 한 여남은 개 되지요, 병으로. 하지만 옷가방에 넣어두고 열쇠로 잠가두고 있습니다. 그중에서 하나씩만 내놓고 먹는데, 이 병은 요즘 먹는 것이지요."

"그런데 얼마 전에 이 병을 잃어버리셨다지요?"

"그렇습니다."

"그래서 빅토리아 존슨에게 어디서 그걸 찾았느냐고 물어보셨지요?"

"그랬지요."

"그랬더니 뭐랍디까?"

"마지막으로 본 건 우리 방 욕실 선반에서였다고 합니다. 내가 잃었다고 하자 찾아보겠다고 했지요."

"그러고는?"

"얼마 있자니까 돌아와서 그 병을 돌려주더군요. 내가 잃어버린 병이 맞지 않느냐고 하면서."

"그래서 뭐라고 하셨습니까?"

"맞다, 대체 어디서 찾았느냐고 했지요. 그랬더니 돌아가신 팰그레이브 소령님 방에 있었다더군요. 그래서 내가, '대체 이게 어떻게 해서 거기로 기어간 거지?' 하고 물었죠."

"그 대답을 뭐라고 하던가요?"

"자신도 잘 모르겠다고 하더군요. 하지만……." 그레고리는 잠시 망설였다.

"그래서요, 다이슨 씨?"

"아, 예, 그 여자는 말하는 품이 내게 말한 것보다는 더 많이 아는 듯한 느낌이었습니다. 하지만 뭐 그다지 신경을 쓰지는 않았죠. 뭐 별로 중요한 일도 아니었으니까요. 말했다시피 다른 약병들은 그대로 있었고요. 그래서 난 내가 레스토랑이나 어디에 잊고 놔둔 것을 무슨 일로 팰그레이브 소령이 집어간 것이 아닌가 했죠. 혹시 내게 돌려주려고 주머니에 넣었다가 잊어버렸는지도 모르고요."

"아시는 건 그게 전부인가요, 다이슨 씨?"

"예, 전부입니다. 별 도움이 되어 드리지 못해 죄송하군요. 그런데 그게 중요한 일인가요? 왜지요?"

웨스턴은 어깨를 들썩했다.

"일이 일이니만큼 지금으로서는 어떤 일이라도 다 중요하달 수 있지요."

"하지만 이번 일이 알약과 무슨 관계가 있는지 모르겠군요. 아마 그 가련한 아가씨가 칼에 찔렸을 때의 내 행적을 알고 싶겠지요. 그 점에 대해서는 이미 최대한 자세하게 써왔습니다."

웨스턴 경감은 잔뜩 생각에 잠긴 얼굴로 그를 바라보았다.

"그렇습니까? 이렇게 도와주셔서 정말 감사합니다."

"서로들 노고를 덜어야 할 테니까요."

그레그는 이렇게 말하면서 종이 한 장을 테이블 위로 밀어놓았다.

웨스턴 경감은 그 종이에 적힌 내용을 면밀하게 훑어보았다. 데이브트리는 의자를 좀 바싹 당기고는 경감의 어깨너머로 들여다보았다.

이윽고 웨스턴 경감이 입을 열었다.

"아주 일목요연하군요. 당신과 부인께서는 방갈로에서 9시 10분 전까지 저녁식사를 위해 옷을 갈아입고 계셨군요. 그런 다음에 테라스로 내려가 그곳에서 드 카스페아로 부인과 한잔 나누셨습니다. 9시 15분이 되자 힐링던 대령 부부가 합류해 모두들 식사를 하기 위해 식당으로 들어갔고, 당신의 기억으로는 11시 30분경 취침하러 떠났다는 말씀이군요."

"맞습니다. 그 아가씨가 살해된 시각은 정확히 모르겠지만……."

그 말에는 이쪽에다 대고 묻는 듯한 기색이 엿보였다. 하지만 웨스턴 경감은 모르는 척하기로 했다.

그레고리 다이슨이 다시 말을 이었다.

"켄들 부인이 발견했다지요? 굉장한 충격이었겠군요."

"예, 로버트슨 의사가 진정제를 주사해야 할 지경이었죠."

"그때가 상당히 늦은 시간 아니었습니까? 거의 모두 잠자러 간 시간이 아니었던가요?"

"그렇지요."

"그녀는 죽은 지 오래됐었나요? 켄들 부인이 발견했을 때 말입니다."

"정확한 사망시각은 아직 확실히 모릅니다."

웨스턴 경감이 슬쩍 넘겼다.

"가엾은 몰리, 아마 대단한 충격이었을 테죠. 사실 난 어젯밤에는 그녀의 모습을 보지 못했습니다. 하지만 두통이라도 생겨 누워 있는 줄로만 알았지요."

"당신이 켄들 부인을 마지막 본 것은 언제입니까?"

"아, 예, 아주 이른 초저녁이었어요. 옷을 갈아입으러 가기 전이었죠. 몰리는 테이블 장식을 다시 정리하고 나이프를 가지런히 늘어놓더군요."

"그렇습니까?"

"그때만 해도 무척 명랑했답니다. 농담도 하고 그랬어요. 정말 근사한 여자지요. 우린 모두 그녀를 좋아한답니다. 팀은 운 좋은 남자예요."

"예, 그만, 감사합니다, 다이슨 씨. 그런데 한 가지 더, 혹시 빅토리아라는 아가씨가 약병을 돌려드릴 때 무슨 말을 했는지 더 기억나시는 건 없습니까?"

"아뇨……, 말씀드린 것뿐입니다. 그게 내가 찾는 약병이냐고 하더군요. 그러고는 팰그레이브 소령의 방에서 찾아냈다고 했어요."

"누가 병을 거기다 갖다놓았는지는 모르는 것 같던가요?"

"그런 것 같았습니다. 아니, 실은 기억이 잘 안 납니다만."

"자, 다시 한 번 감사 드립니다, 다이슨 씨."

그레고리는 방에서 나갔다.

"아주 생각이 깊은 사내로군."

웨스턴 경감은 손톱 끝으로 그레고리가 준 종이를 톡톡 두드리며 말했다.

"어젯밤 자신이 어디 있었는지를 우리에게 알려주려 애쓰다니 말이오."

"지나치게 앞질러서 걱정하는 것 같지는 않습니까?"

데이븐트리가 말했다.

"그거야 뭐라 단정 지을 수 없지요. 세상에는 선천적으로 자기 자신의 안전에만 신경을 쓰고 괜한 일에 말려들까 봐 걱정하는 사람들이 있으니까. 하지만 그렇다고 해서 그 사람들이 죄다 사건과 관계가 있거나 의심할 만한 사람들은 아니지요. 물론 그런 경우도 있겠지만."

"기회라는 점에 대해서는 어떨까요? 아무도 제대로 알리바이를 갖고 있지 않으니까요. 밴드의 음악에다 춤, 그리고 수없이 들락거리는 사람들투성이였지 않습니까? 일어나서 테이블을 떠났다 되돌아와 앉는 사람들도 있었을 테고 여자들은 콧잔등에 분가루를 바르러 자리를 뜨기도 했을 테고요. 남자들은 산책했는지도 모르지요. 그동안 다이슨이 슬쩍 빠져나갔는지 누가 알겠습니까? 그런 상황에서는 아무라도 다른 사람 눈에 뜨이지 않고 빠져나갈 수 있으니까요. 하지만 그는 자신이 그런 일을 하지 않았다는 것을 증명하려고 지나치게 열심이더군요."

그는 곰곰이 종잇조각을 들여다보았다.

"켄들 부인은 테이블 위에 나이프를 새로 늘어놓고 있었다. 혹시 이건 그가 일부러 써넣은 것인지도 모르겠는데."

"그렇게 보이나요?"

데이븐트리는 잠시 곰곰이 생각해보더니 대답했다.

"그럴 가능성도 있다고 여겨집니다."

두 남자가 앉아 있는 방 밖에서 갑자기 시끄러운 소리가 들려왔다. 누군가가 높은 목소리로 들여보내 달라고 외치고 있었다.

"얘기할 것이 있단 말입니다! 꼭 말씀드릴 것이 있어요. 경찰이 있는 곳으로 들여 보내줘요!"

제복 경찰 한 사람이 문을 열었다.

"이곳 주방 요리사인데 꼭 뵙자고 합니다. 꼭 아셔야 할 일이 있다면서."

잔뜩 겁에 질린 표정의 흑인 한 사람이 요리사 모자를 쓴 채 경관을 밀쳐내고 달려 들어왔다. 수습요리사 중 한 사람인데 생 토노레 토박이는 아니고 쿠바인이었다.

"말씀드릴 것이 있습니다. 그녀가 주방을 지나갔어요. 그리고 손에는 나이프를 들고 있었고요. 예, 나이프입죠. 분명히 손에 나이프를 들고 있었습니다. 주방을 가로질러 문밖으로 나갔다고요. 호텔 뜰 안으로. 내 눈으로 똑똑히 보았습니다."

"진정해요, 진정해." 데이븐트리가 말했다.

"대체 누구 이야길 하는 거요?"

"아니, 누구 이야기라니요, 주인마님이지 누구겠습니까? 켄들 부인 말씀이에요. 손에 나이프를 쥔 채 어두운 바깥으로 나갔었습니다. 그때가 저녁때였는데, 그다음에는 '돌아오지 않았지요.'"

제15장

계속되는 심문

1

"이야기 좀 할 수 있을까요, 켄들 씨?"

"그야 물론이죠"

팀은 책상에서 고개를 들었다. 그는 보고 있던 서류를 한옆으로 치우며 의자를 권했다. 하룻밤 새 그는 얼굴이 쏙 들어가고 비감한 표정이었다.

"그래, 수사는 잘되어 가십니까? 뭐 단서라도 잡았습니까? 이놈의 곳도 이젠 끝장날 운명인 것 같습니다. 손님들이 모두 항공편을 물어보면서 호텔을 뜨려 하고 있어요. 사업이 막 성공한 것처럼 보이던 참인데……. 오오, 당신은 모르실 겁니다, 나와 몰리에게 이 호텔이 얼마나 중요한 의미가 있는 곳인지를 말입니다. 우린 갖고 있는 모든 것을 이곳에 걸었지요"

"예, 정말 견디기 어려운 일일 테죠" 웨스턴 경감이 위로했다.

"우리가 그만한 동정심도 없는 사람들이라고는 생각지 마십시오"

"제발 빨리 사건이 풀리기만 한다면, 빅토리아라는 여자만 없었다 해도—오오, 이런 말을 해서는 안 되겠지요! 빅토리아는 좋은 여자였습니다. 하지만 알고 보면 이유는 간단하겠지요. 무슨 치정관계라든가 삼각관계 같은 것 말입니다. 그래서 혹시 남편이……"

"짐 엘리스는 남편이 아닙니다. 아울러 두 사람은 꽤 사이가 좋은 한 쌍이었고요"

"어쨌든 사건이 빨리만 해결이 나준다면……."

팀은 다시 말하다가 말고 멈칫했다.

"아, 이거 죄송합니다. 그런데 하고 싶은 말이 있다고 하셨죠? 물어보십시오"

"그럽시다. 어젯밤에 대한 겁니다. 의사의 소견에 따르면 빅토리아의 사망

추정 시간은 오후 10시 30분에서 자정 사이라고 합니다. 사실 그때 당시 상황으로 미루어 봐서 알리바이란 것은 증명하기가 쉽지 않지요. 실내에 온통 사람들이 왁자지껄하게 돌아다니기도 하고 춤을 추기도 하고, 테라스에서 나가 산책하다가 돌아오기도 했으니까요. 그런 상황이니 알리바이를 증명하기가 어디 쉬운 일이겠습니까?"

"그렇겠지요. 그렇다면 당신은 빅토리아가 우리 호텔 숙박객 중 한 사람에게 살해된 거라고 믿고 계신 겁니까?"

"글쎄요, 우선 그 가능성에 대해서도 연구해볼 필요가 있습니다, 켄들 씨. 그런데 내가 물어보고 싶은 것은 이곳 요리사 한 사람이 한 말에 대해서입니다."

"오호? 그게 누굽니까? 뭐라고 했는데요?"

"쿠바인이라더군요."

"여긴 쿠바인이 둘, 푸에르토리코인이 하나 있답니다."

"엔리코라는 사람인데, 그는 당신 부인이 식당에서 주방을 지나쳐 정원 쪽으로 나갔다고 합니다. 손에는 나이프가 들려 있었다더군요."

팀은 한 대 맞은 얼굴로 멍하니 그를 바라다보았다.

"몰리가, 나이프를 들고 나갔다고요? 하지만 그야 있을 수 있는 일 아닙니까? 내 말은, 아니, 당신은 설마, 대체 무슨 말씀을 하시려는 거지요?"

"내가 말하는 시간은 사람들이 식당 안으로 들어오기 전을 말하는 겁니다. 아마 8시 30분경이었을 테죠. 당신이 식당에서 급사장인 페르난도에게 지시를 내리고 있었을 때겠지요."

팀은 기억을 더듬었다.

"예, 그렇습니다. 기억이 나는군요."

"그때 부인은 테라스에서 들어오셨습니까?"

"예, 그랬지요. 그맘때쯤이면 언제나 테라스의 테이블을 점검하러 나가보곤 하니까요. 보이들이 종종 집기를 잘못 놓거나 나이프나 포크를 잊고 안 놓는 경우가 있거든요. 어제도 아마 그런 일로 해서 나갔을 겁니다. 나이프나 식기를 제대로 맞춰놓고 있었던 거지요. 그러다 보니 손에 여분의 나이프나 스푼 하나 정도 들고 있을 수는 있는 일 아니겠습니까?"

"어쨌든 부인은 테라스에서 식당으로 들어오셨단 말씀이죠? 당신에게 말을 걸던가요?"

"예, 한두 마디 나누었죠."

"무슨 말을 하시던가요? 기억해주실 수 있습니까?"

"내가 그녀에게 같이 이야기하던 사람이 누구냐고 물었던 것 같습니다. 테라스 쪽에서 아내 음성이 들렸거든요."

"그랬더니 누구와 이야기를 했다고 하시던가요?"

"그레고리 다이슨입니다."

"아, 예, 그 사람도 그렇게 말하더군요."

팀은 자세히 설명했다.

"그가 몰리에게 추파를 던졌다는 겁니다. 그는 그런 짓을 하고도 남을 남자지요. 난 그 얘길 듣고 분통이 터져 '맛 좀 보여줘야겠다.'라는 둥 어쩌고 하면서 흥분했더니 몰리는 웃으면서 필요할 때면 자기가 어련히 알아서 맛을 보여주겠느냐는 것이었어요. 그런 점에 있어선 몰리는 꽤 솜씨 있는 여자지요. 아시다시피 언제나 쉽지 않은 처지니까요. 손님을 모욕할 수도 없는 일이고 그러니 아내처럼 매력적인 여자는 그저 웃어넘길 수밖에 없는 일이죠. 한데 그레고리 다이슨은 조금 예쁘장한 여자다 싶으면 치근대지 않고는 못 배기는 사람이거든요."

"두 사람이 말다툼 같은 건 벌이지 않았을까요?"

"아뇨, 그런 일은 없었을 겁니다. 말씀드렸다시피 몰리는 언제나처럼 웃어넘겼을 테니까요."

"하지만 당신은 부인이 나이프를 들고 있었는지 어땠는지는 확실히 기억하지 못하실 테죠?"

"글쎄요, 기억은 안 나지만, 가지고 있지 않았다고 거의 확신은 합니다만……, 아니, 분명히 갖고 있지 않았습니다."

"하지만 당신은 조금 전에 분명히……."

"이것 보세요, 내 말은 그녀가 식당이나 주방에 있었다면 나이프 하나쯤 집어들 수도 있고 손에 들고 있을 수도 있다는 뜻입니다. 하지만 분명히 기억하건대 식당에서 들어올 때 손에는 아무것도 들고 있지 않았어요. 그래요, 분명히 손에는 아무것도 없었습니다."

"예, 알았습니다."

팀은 거북스러운 얼굴로 웨스턴 경감을 바라보았다.

"대체 묻는 의도가 뭐죠? 그 멍청이 같은 엔리코가, 아니면 마누엘이 대체 뭐라고 했습니까?"

"그는 당신 부인이 성난 얼굴로 주방에 들어갔는데 나갈 때 보니까 손에 나이프를 쥐고 있더란 겁니다."

"그건 그 녀석이 수작을 부린 겁니다."

"당신은 저녁식사 시간, 또는 그 뒤에 부인과 이야기를 나눈 적이 있나요?"

"아뇨, 그런 적 없었습니다. 무척 바빴으니까요."

"식사시간에 부인은 식당에 내내 계셨나요?"

"그게, 글쎄……, 식사시간이면 우리 부부는 손님들 사이를 오가면서 돌봐야 하거든요. 식사가 제대로 나오고 있는지 살펴보아야 하기 때문이죠."

"부인과는 말을 나눈 적이 있습니까?"

"아뇨, 한마디도 못했습니다. 식사 때면 정신없이 바쁘니까요. 그럴 때면 서로 뭘 하는지 살펴볼 시간도 없고, 서로 이야기를 나눌 시간은 더구나 없죠."

"그러니까 당신은 부인이 세 시간쯤 뒤에 시체를 발견하고 나서 층계를 올라올 때까지는 전혀 부인과는 말씀을 나눈 적이 없다는 거지요?"

"몰리한테는 끔찍한 충격이었을 겁니다. 극도로 겁에 질려 있더군요."

"짐작이 갑니다. 생각하기도 싫은 끔찍한 경험이었을 테지요. 그런데 어째서 부인께서는 해변의 오솔길을 혼자 걷게 되었을까요?"

"한창 바쁜 저녁식사 시간이 지나면 몰리는 기분 전환을 하려고 산책하러 나가곤 한답니다. 손님들한테서 잠시 벗어나 한숨 돌리는 거지요."

"부인이 돌아오셨을 때 당신은 힐링던 부인과 이야기를 나누고 계셨다지요?"

"그렇습니다. 다른 사람들은 모두 자러 갔을 때입니다."

"힐링던 부인과는 어떤 이야기를 나누셨는지요?"

"뭐 별것도 없었습니다. 한데 왜 물으시지요? 힐링던 부인이 무슨 말을 하던가요?"

"아직은 아무것도 들은 바 없습니다. 묻지를 않았으니까요."

"우린 그저 이 얘기 저 얘기를 했을 뿐입니다. 몰리 얘기며 호텔 경영에 관한 얘기, 그런 것들이죠."

"그러고 있는데 부인이 테라스 계단을 올라와 시체를 발견했다고 알렸군요."

"예, 그렇습니다."

"그때 부인의 손에는 피가 묻어 있었나요?"

"그야 물론입니다! 무슨 일인지도 모르고 빅토리아를 안아 올리려고 했으니까요. 그랬더니 피가 흥건하게 젖더라는 겁니다. 아니, 그런데 대체 무슨 말씀을 하시려는 겁니까? 말 속에 뼈가 들어 있는 것 같은데?"

이때 데이븐트리가 나섰다.

"진정하십시오, 팀. 당신의 어려운 처지야 잘 알지만 일단 사실을 명백하게 밝혀야 하니까요. 듣자 하니 요즘 부인의 건강이 그다지 좋지 않다지요?"

"당치 않은 소립니다. 몰리는 끄떡없어요. 팰그레이브 소령님이 돌아가신 일로 조금 흥분하기는 했지만, 그야 있을 수 있는 일이죠. 몰리는 감수성이 예민한 사람이니까."

웨스턴이 말했다.

"부인이 기운을 차리시는 대로 몇 가지 물어볼 말이 있습니다."

"하지만 지금은 절대 안 됩니다. 의사가 진정제를 주면서 흥분은 절대 금물이라고 했으니까요. 그녀를 흥분시키거나 겁주는 건 내가 용납 못 합니다. 아시겠어요?"

"겁주는 일이야 어디 있겠습니까? 그냥 몇 가지 사실을 분명히 하고 싶을 뿐이지요. 물론 지금은 번거롭게 해 드리진 않겠지만, 의사가 허락하는 대로 만나 뵙기로 하지요."

그의 목소리는 부드럽고 공손했으나 항의를 용납하지 않겠다는 엄격한 구석이 엿보였다.

팀은 그를 바라보며 입을 열었으나 결국 아무 말도 하지 못했다.

2

이블린 힐링던은 언제나처럼 차분하고 냉정하게 경찰이 권하는 의자에 앉았다. 그녀는 질문 하나하나를 충분히 음미해본 뒤 대답에 응했다. 검고 이지적인 눈동자는 웨스턴을 그윽하게 응시하고 있었다.

"예, 켄들 부인이 계단을 올라와서 살인사건이 났다고 알렸을 때 나는 켄들 씨와 이야기를 나누고 있었죠."

"그때 남편께서는 자리에 없었습니까?"

"예, 에드워드는 이미 잠자리에 들었으니까요."

"켄들 씨하고 이야기를 나눈 뭐 특별한 용무라도 있었습니까?"

이블린은 눈썹 연필로 가느다랗게 그린 눈썹을 치켜들었다. 그 표정은 영락없는 비난의 표정이었다.

이윽고 그녀는 싸늘한 어조로 입을 열었다.

"별걸 다 물으시는군요. 아뇨, 뭐 특별한 용무는 없었습니다."

"켄들 부인의 건강에 대해 말씀 나누셨습니까?"

이블린은 다시금 뜸을 들인 뒤에야 대답했다.

"글쎄요, 기억이 안 나는군요."

"정말 기억이 안 나신다는 겁니까?"

"정말이냐고요? 이상한 말씀도 다 하시네. 때에 따라 이 이야기 저 이야기 나눌 수도 있는 것 아니에요?"

"켄들 부인은 요즘 건강이 썩 좋지 않은 걸로 알고 있습니다만."

"아뇨, 아주 건강해 보이던걸요. 그야 좀 피곤한 기색은 있었지만. 사실 이런 호텔을 경영하다 보면 근심거리가 한둘이 아닐 테지요. 게다가 그녀는 경험도 없는 풋내기이니까요. 가끔 혼란스러워지는 것도 무리는 아니지요."

"혼란스러워진다……." 웨스턴은 그 말을 곱씹어보았다.

"켄들 부인의 상태가 이를테면 그랬다는 말이지요?"

"그야 좀 낡아빠진 말일지도 모르지요. 하지만 요즘 쓰이는 현대적인 용어들, 툭하면 갖다 붙이는 말들에 비하면 꽤 쓸모 있는 말이 아닌가요? 요즘은 조금만 신경질을 내도 '바이러스 감염'이니 일상생활에서 생기는 자잘한 걱정거리조차 '불안 노이로제'라고 몰아붙이기 일쑤니까."

그녀는 말하며 싱긋 웃었는데, 그 웃음을 보고 웨스턴은 자기가 마치 놀림을 당한 듯한 느낌이 들었다.

'이블린 힐링던, 분명히 똑똑한 여자야.'

그는 속으로 중얼거렸다. 그리고 얼른 데이븐트리를 쳐다보았지만 그는 표정 하나 바뀌지 않았다.

'데이븐트리는 어떻게 생각하고 있을까?'

웨스턴은 못내 궁금했지만 일단 입을 열었다.

"도움이 되어 주셔서 감사합니다, 힐링던 부인."

## 3

"켄들 부인, 당신을 불안하게 해 드리고 싶진 않습니다만, 아무래도 부인이 그 아가씨 시체를 발견하기까지의 경위를 좀 들어야 할 것 같아서요. 그레이엄 의사 얘기가 이제는 말씀을 나눠서도 될 만하다고 하더군요."

"아, 예, 이젠 아주 말짱해졌어요."

그녀는 경감을 향해 다소 긴장한 미소를 지었다.

"그저 단순한 충격이었으니까요─조금 끔찍한 일이긴 했지만."

"예, 분명히 그러셨을 테지요. 듣기로는 저녁식사 뒤에 산책하러 나가셨다면서요?"

"예, 종종 그러니까요."

그때 데이븐트리는 그녀의 손이 불안하게 얽혔다 풀렸다 하는 것을 보았다. 눈동자 역시 불안하게 움직이고 있었다.

"그때가 몇 시쯤이었습니까?" 웨스턴이 다시 물었다.

"글쎄요, 잘 모르겠어요. 시간을 지켜 산책하러 나가는 건 아니니까요."

"스틸 밴드는 여전히 연주 중이었습니까?"

"예, 내 기억으로는 그랬어요. 아니, 확실히 기억은 나지 않는군요."

"산책은 어느 방향으로 가셨습니까?"

"해변 오솔길을 따라 걸었죠."

"왼쪽입니까, 오른쪽입니까?"

"아, 예, 처음에는 이쪽 길로 갔다가 그다음에는 다른 길로……, 아니, 아니에요, 잘 살펴보지 않았어요."

"왜 살펴보지 않으셨나요, 켄들 부인?"

그녀는 미간을 좁혔다.

"무슨 생각을 좀 하고 있었기 때문일 거예요."

"그럴 만한 일이라도 있었습니까?"

"아뇨, 특별한 건 없었어요. 그저, 호텔 일인데, 이것저것 손대야 할 거며……."

몰리의 손이 다시 신경질적으로 뒤엉켜 들었다.

"그러다가 문득 눈에 띄었어요. 무슨 흰 것이, 히비스커스 덤불 속에. 난 그게 뭘까 하고 궁금했죠. 그래서 발걸음을 멈추고 가봤더니……."

그녀는 마른 침을 꿀꺽 삼켰다.

"그랬더니 그게, 빅토리아가 아니겠어요! 몸을 잔뜩 구부리고 있길래 머리를 들어 올리려고 했더니 손에 피가!"

그녀는 두 사람을 멍하니 바라보며 도저히 있을 수 없는 일이라도 기억하는 양 중얼거렸다.

"예, 내 손에 피가, 피가 잔뜩 묻는 거였어요!"

"아하, 정말 생각하기조차 괴로운 경험이셨겠죠. 그 부분의 이야기는 더 이상 자세히 하지 않으셔도 됩니다. 그런데 그녀를 발견한 것은 산책을 시작하고 나서 얼마나 지났을 때입니까, 부인?"

"글쎄, 모르겠어요. 전혀 짐작이 안 가요."

"한 시간? 30분? 아니면 한 시간이 훨씬 넘은 뒤에……."

"아뇨, 모르겠어요." 몰리는 그 말만을 되풀이했다.

그러자 데이븐트리가 평범한 목소리로 조용하게 물었다.

"부인께선 산책하러 나가실 때 손에 나이프를 지니고 가셨습니까?"

"나이프라고요?" 몰리는 불에 덴 듯한 얼굴이었다.

"나이프라니, 그런 걸 왜 들고 나간다는 거죠?"

"이곳 주방 요리사 중 한 사람이 부인이 주방에서 정원으로 나갈 때 손에 나이프를 쥐고 있었다고 하기에 물어보는 겁니다."

몰리는 다시 미간을 좁혔다.

"하지만 난 주방에서 나가지 않았어요. 아, 그보다 이른 시간을 말씀하시는 거로군요. 저녁식사를 하기 전에. 하지만 난 그때……."

"그때 테라스 테이블 위의 집기를 다시 늘어놓고 계셨다지요, 부인?"

"예, 가끔 그래야 하니까요. 보이들이 간혹 집기를 잘못 놓는 경우가 있거든요. 나이프를 제대로 숫자만큼 놓지 않았다든가, 아니면 너무 많이 놓았다든지 하는 경우가 있거든요. 그리고 포크며 스푼을 잘못 세서 놓기도 하지요."

"그런데 어젯밤에도 그런 일이 있었단 말씀이군요?"

"그랬을지도 모르지요. 하지만, 그런 일은 생각하지 않고 자동으로 하는 일이라. 굳이 기억날 만한 것이 아니에요."

"그렇다면 어제 저녁에도 손에 나이프를 든 채 나갔을지도 모르는 일이로군요."

"아뇨, 그런 일 없어요. 분명히 그런 일은……." 그녀는 문득 덧붙였다.

"그래요, 팀이 거기 있었으니까 그가 알고 있을 거예요. 팀한테 물어보세요."

"부인은 그 아가씨가 맘에 들었습니까? 빅토리아라는, 일은 잘하던 아가씨였나요?" 웨스턴이 물었다.

"예, 빅토리아는 꽤 착한 여자였어요."

"말다툼 같은 걸 벌인 적은 없나요?"

"말다툼이라고요? 그런 적 없어요."

"그럼, 그녀가 부인을 어떤 식으로든 협박했던 적은 없습니까?"

"협박이라고요? 그게 무슨 말씀이지요?"

"아니, 뭐 별 뜻은 아닙니다. 혹시 누가 그녀를 죽였는지 짐작 가는 사람은 없습니까?"

"아무도 없어요." 그녀는 단호한 음성으로 말했다.

"됐습니다, 감사합니다, 켄들 부인." 경감은 미소를 지었다.

"뭐 그렇게 끔찍스럽게 묻지는 않았지요?"

"이제 다 된 거예요?"

"지금은 그렇습니다."

데이븐트리는 자리에서 일어나 문을 열어준 다음 그녀가 방을 나서는 것을 지켜보았다.

"'팀이라면 알고 있을 거예요'라……."

그는 자리에 되돌아와 앉으며 중얼거렸다.

"그런데 팀은 그녀가 나이프를 들고 있지 않았다고 분명히 잘라 말했단 말이야."

웨스턴이 엄숙하게 입을 열었다.

"그야 어떤 남편이라도 그렇게 얘기할 테지요."

"하지만 테이블용 나이프란 살인도구로 사용하기엔 좀 빈약한 도구 아닙니까?"

"하지만 그것은 스테이크용 나이프였습니다, 데이븐트리 씨. 그날 밤 메뉴에 스테이크가 분명히 있었으니까요. 스테이크용 나이프는 원래 날이 선뜻하게 갈려 있기 마련 아닙니까?"

"난 우리가 방금까지 이야기를 나눈 여자가 손을 피로 물들인 범인이라고는 생각할 수 없어요, 웨스턴 씨."

"아직은 그렇게 단정 지을 필요는 없을 겁니다. 켄들 부인은 식사 전 테이블에서 집어들었던 나이프를 들고 정원으로 나갔을지 모릅니다. 하지만 자기가 나이프를 들고 있다는 것을 알아차리지 못하고 산책을 하다가 어디다 놓거나 떨어뜨렸을지도 모르지요. 그런데 누군가가 그걸 발견하고 썼을 가능성도 있는 겁니다. 사실 나 역시 그녀가 살인자라고는 생각되지 않아요."

데이븐트리는 신중한 어조로 입을 열었다.

"하지만 그녀가 자기가 아는 바를 다 말하지 않았다는 것만은 분명해요. 우선 시간을 그처럼 기억하지 못하는 게 이상하지 않습니까? 대체 그녀는 어디 있었고 뭘 하고 있었는가 말입니다. 한데 지금은 아무도 그날 저녁 그녀가 식당에서 뭘 하고 있었는지 알고 있는 것 같질 않습니다."

"남편은 여느 때나 마찬가지로 식당에 있었는데 아내는 그렇지 않았다……."

"그럼, 그녀가 누군가를 만나러, 빅토리아 존슨을 만나러 갔다고 생각합니까?"

"그럴지도 모르지. 아니면 빅토리아를 만나러 간 누군가를 보게 되었는지도 모르고."

"그레고리 다이슨을 말하는 겁니까?"

"그전에 그가 빅토리아와 이야기를 나눈 것은 이미 아는 사실이지요. 그때 그는 나중에 그녀를 다시 만날 약속을 했는지도 모릅니다. 테라스 위에서는 누구나 거리낌 없이 돌아다녔다는 걸 기억하기 바랍니다. 춤을 추기도 하고 술을 마시기도 하면서 바를 마음대로 들락거린 게요."

"스틸 밴드만은 유일하게 단단한 알리바이를 가진 셈이로군요."

데이븐트리가 쓰디쓰게 말했다.

제16장

마플 양, 도움을 청하다

누가 점잖게 생긴 노부인이 방갈로 밖의 발코니에 서서 무슨 생각인가를 곰곰이 하는 것을 보았다고 치자. 하지만 그렇다 해도 그 사람은 그 노부인의 마음을 잔뜩 차지하는 것이 그날의 행동계획—클리프 성의 탐사여행이라든지 제임스타운의 방문, 또는 펠리컨 곶으로의 즐거운 드라이브와 점심식사, 그것도 아니면 그저 해변에서 조용한 오전 시간을 보낼 계획 정도라고만 생각할 뿐이지 그 이상의 것을 생각하고 있으리라고는 꿈에도 생각지 못하리라.

하지만 그 점잖은 노부인의 머릿속에는 기상천외한 생각들이 펼쳐지고 있었다. 한마디로 말해서 그녀는 지금 호전적인 의욕에 불타는 것이다.

"한시바삐 무슨 대책을 마련해야 해." 마플 양은 속으로 중얼거렸다.

게다가 그녀가 생각한 일은 한시라도 지체할 수 없었다. 사태는 바야흐로 풍전등화다. 하지만 대체 이러한 사실을 누구에게 설득시킬 수 있을 것인가?

물론 시간만 충분하다면 그녀 힘으로도 혼자 충분히 사실을 캐낼 수 있다. 이미 확보된 사실은 꽤 있다. 하지만 그것만으로는 절대 충분치 않다. 그리고 그에 비해 그녀에게 남아 있는 시간 역시 충분치가 않다.

이 낙원 같은 섬에서 그녀는 여느 때하고는 달리 자기편으로 삼을 인물이 하나도 없었다. 그 사실은 그녀도 속이 쓰리지만 일단 시인해야 했다. 이럴 때 영국에 두고 온 친구들이 있으면 좋으련만.

언제나 그녀의 이야기를 열심히 들어주는 헨리 클리더링 경, 그리고 런던경시청에서 꽤 지위가 올랐는데도 마플 양이 뭔가 의미심장한 의견을 말하면 기꺼이 들어줄 태세가 되어 있는 헨리 경의 손자 더못.

하지만 이 섬의 그 부드러운 음성으로 말하는 토박이 경찰 간부가 과연 급박하다고 하는 이 노부인의 말에 귀를 기울여 줄까? 그레이엄 의사는 또 어떨까? 하지만 그는 그녀가 필요로 하는 사람이 결코 못 되었다. 너무나 고지식하고 우유부단하여 재빠른 결단력과 행동력하고는 거리가 먼 사람이다.

마플 양은 자신이 조물주의 비천한 사자라도 된 듯한 기분에 젖어 성경에 나오는 말로 자신의 급박한 심정을 토로했다.

누가 나 대신 가주려는가? 누굴 대신 보내야 하는가?

그때 그녀의 귓전에 들려온 음성, 그 음성이 자기의 기도에 대해 하나님이 내려준 답변임을 그녀가 깨달은 것은 얼마가 지나서였다. 하지만 한순간 그 음성은 자기 개를 부르는 남자의 음성으로 그녀의 머릿속 뒷전으로 밀려났을 뿐이었다.

"어이!"

마플 양은 자기 생각에만 골똘히 빠져 그 목소리에는 미처 귀를 기울이지 못했다.

"어이!" 음성이 한결 높아졌다.

마플 양은 멍하니 돌아보았다.

"어이!"

래필 씨가 초조한 음성으로 소리치고 있었다. 그러고는 재빨리 덧붙였다.

"거기 당신 말이오."

마플 양은 그때야 비로소 래필 씨가 '어이!'라고 부른 것이 자신임을 깨달았다. 그녀는 지금까지 살아오면서 누가 자신을 '어이!'라고 부르는 것을 들어본 적이 없었다. 물론 그것은 결코 신사다운 점잖은 호칭이 아니었다.

하지만 마플 양은 탓할 마음은 들지 않았다. 왜냐하면 사람들은 래필 씨의 어딘가 제멋대로인 태도에 대해 그다지 화를 내질 않았기 때문이었다. 그는 자신이 법률이었으므로 사람들은 그러려니 하고 넘기기 마련이었다.

마플 양은 자신의 방갈로와 그의 방갈로 사이의 공간을 내려다보았다. 래필 씨는 발코니의 긴 의자에 앉아 그녀에게 손짓을 보내고 있었다.

"나를 부르고 계셨나요?"

이윽고 그녀가 물었다.

"그럼, 당신이지 누구겠소! 내가 누굴 부르는 줄 알았단 말이오? 고양이라도 부르는 줄 알았나? 자, 이쪽으로 건너와요."

마플 양은 손가방을 집어들고 그의 방갈로로 걸어갔다.

"난 남이 도와주지 않으면 당신이 있는 쪽으로 건너갈 수가 없잖소. 그러니 당신 쪽에서 나한테 와야 할밖에."

래필 씨가 설명이랍시고 말했다

"예, 그야 물론이지요. 이해합니다."

래필 씨는 곁에 있는 의자를 가리켰다.

"자, 앉아요. 얘기할 것이 있으니까. 이 섬에는 지금 이상한 일이 벌어지고 있소"

"예, 바로 그렇답니다."

마플 양은 그의 말에 맞장구치며 의자에 앉았다. 버릇은 어디다 못 버리는 지 그녀는 앉자마자 손가방에서 뜨개질감을 꺼내 들었다.

"그놈의 뜨개질은 그만두시오." 래필 씨가 내쏘았다.

"뜨개질만 보면 참을 수가 없으니까. 난 여자가 뜨개질하는 건 딱 질색이오. 괜히 기분이 초조해지니까."

마플 양은 순순히 뜨개질감을 손가방 속에 넣었다. 그 태도는 고분고분하다기보다는 변덕스러운 환자를 너그러이 참아주는 사람의 태도였다.

래필 씨가 다시 입을 열었다.

"온통 말들이 많은 모양이오만 당신은 그중에서도 선두겠지. 당신하고 그 신부 남매 말이오."

"말들이 많은 것이 당연하지요. 현재 상황이 상황이다 보니."

마플 양은 단호하게 대꾸했다.

"섬 아가씨가 나이프에 찔려 수풀 속에서 발견되었다. 이건 흔히 있을 수 있는 일 아니오? 같이 살고 있다던 그 남자가 여자한테 딴 남자가 생긴 걸 질투해서 그랬을 수도 있고 아니면 남자 쪽에서 딴 여자를 쳐다보자 죽은 여자가 질투를 해서 티격태격하다 그랬을 수도 있고. 열대 섬의 치정사건. 뭐 그런 것 아니겠소? 당신은 어떻게 생각하시오?"

"난 그렇게 생각하지 않아요." 마플 양은 고개를 내저었다.

"경찰도 그렇게 생각하지 않은 듯합디다만."

"경찰은 나보다 당신에게 더 많은 것을 알려 드렸을 테지요."

마플 양이 정곡을 찔렀다.

"하지만 내 보기엔 당신이 내가 아는 것보다 더 많은 것을 알고 있을 게 틀림없소. 당신은 사람들의 수다 같은 건 놓치지 않았을 테니까."

"그야 그렇지요."

"수다를 듣고 다니는 것 외에는 달리 할 일도 없을 테고 말이오?"

"사람들의 수다가 늘 쓸데없는 것만은 아니랍니다."

래필 씨는 그녀를 유심히 바라보았다.

"솔직히 말하면 난 당신을 잘못 보았던 것 같소. 그런 실수는 좀처럼 하지 않는 난데. 아마 당신한테는 내가 생각했던 것 이상의 이면이 숨겨진 모양이오. 팰그레이브 소령과 그가 떠벌인 이야기들에 대해 소문이 무성한가 보던데, 당신은 정말 그가 살해되었다고 믿고 있소?"

"예, 그렇게 의심을 하고 있답니다."

"사실이 그렇소." 래필 씨가 잘라 말했다.

마플 양은 심호흡을 했다.

"아주 단정적으로 말씀하시는군요."

"그야 사실이 단정적이니까. 데이븐트리한테 들은 얘기요. 어차피 검시 결과가 나올 테니까 군이 비밀을 폭로하는 것도 아니지. 당신이 그레이엄에게 무슨 얘기를 하자 그레이엄이 데이븐트리에게 가서 말했고, 데이븐트리는 곧장 행정 당국의 높은 양반에게 말한 게요. 그러자 수사과에 지시가 내려갔고, 양쪽에서 뭔가 수상하다는 데 의견의 일치를 보고는 팰그레이브 소령의 무덤을 파헤쳐 다시 조사하게 된 거라오."

"그래서 알아냈나요?" 마플 양은 초조하게 물었다.

"조사해보니 소령은 전문적인 의사나 제대로 알 만한 무슨 독약을 먹은 모양이오. 내 기억이 가물거려서 확실히는 모르겠지만 '다이플로, 헥사고날—에틸카르벤졸'이라나 하는 약이었던 것 같소. 뭐 꼭 그 이름이라는 것은 아니지만 대충 그렇소. 경찰에선 독의 종류가 확실히 무엇인지를 사람들한테 알리고 싶지 않아 일부러 그런 어려운 약명을 썼을 거요. 그 독약에도 에비판이니 베로날이니 이스턴스 시럽이니 하는 간단한 이름이 있을 텐데. 이건 순전히 공식적인 약명으로 눈가림하자는 게지. 어쨌든 그 알약을 많이 먹으면 사망하게 된다던데, 그 징후는 고혈압 환자가 흥거운 나머지 술을 지나치게 들이켜서 사망했을 때 나타나는 증상과 아주 흡사하다는군요. 그 때문에 사람들은 으레 있을 수 있는 일이거니 하고 여기고는 아무도 의심을 품지 않은 게지요. '가엾은 양반 같으니' 뭐 어쩌고 하면서 재빨리 파묻어 버리는 게 고작이었지. 그런데 이제 와서는 모두 과연 소령이 고혈압 증세가 있었는지 어땠는지조차 의심하고 나서고 있소. 자기한테 고혈압 증세가 있다고 자기 입으로 당신에게 말합디까?"

"아니요."

"그것 좀 봐! 그런데도 모두 그걸 기정사실로 생각하고 있었으니."

"하지만 다른 사람들에게는 고혈압 증세가 있다고 말했는지도 모르지요."

"그건 마치 유령을 봤다는 이야기나 마찬가지요. 막상 유령을 봤다는 당사자는 코빼기도 안 보이기 마련이지. 그러고는 언제나 자기 아주머니의 육촌이나 친구 아니면 친구의 친구에게 들었다는 식이오. 그 이야기는 잠깐 밀어두기로 합시다. 어쨌든 사람들은 소령이 고혈압 증세가 있었다고 생각하고 있었소. 왜냐, 그의 방에서 혈압을 조절하는 약병이 발견되었으니까. 하지만(이게 요점인데), 내가 듣기로는 그 아가씨가 살해된 건 그 약병을 누군가가 소령의 방에 갖다놓았고, 실제 임자는 그레그라는 친구였다는 말을 퍼뜨렸기 때문이라던데……."

"다이슨 씨는 혈압이 높지요. 그의 부인이 확인해주었으니까요."

마플 양이 대꾸했다.

"어쨌든 소령의 방에 그 약병이 놓인 것은 그가 혈압으로 고생하고 있었음을 알리고, 그의 죽음을 자연스러운 것으로 여기게끔 하기 위해서가 아니오?"

"그렇답니다. 그러고는 누군가가 교묘하게 소령이 자기 입으로 사람들에게 고혈압이 있다고 했다는 말을 퍼뜨린 거예요. 하지만 그런 소문을 퍼뜨리는 거야 식은 죽 먹기잖아요. 아주 쉽답니다. 지금까지 그런 거야 수도 없이 봤으니까."

"그랬을 테지." 래필 씨가 한마디 했다.

"그가 여기저기서 수군거리고 다니면 그걸로 충분해요. 자기가 알아냈다고 할 필요도 없이 B부인이 C대령한테서 들은 이야기를 전해 들었다는 식으로만 하면 충분하답니다. 즉, 언제나 남에게서 한 다리 두 다리 건너 들었다는 식으로 해두면 그 소문의 진원지를 알아내기란 지극히 어렵지요. 예, 그래요, 그런 식으로 얼마든지 가능하답니다. 그렇게 말해두면 당신에게서 이야기를 전해 들은 사람은 마치 자기가 직접 알아낸 일인 양 다른 사람들한테 그 이야기를 퍼뜨리고 다니게 되지요."

"꽤 똑똑한 작자로군."

래필 씨가 생각에 잠겨 중얼거렸다.

"예, 대단히 똑똑한 사람이 한 짓이에요."

"그리고 그 죽은 아가씨는 무엇을 보았거나 알고 있다가 협박을 하려 했을 거요."

"하지만 자신의 말이 협박이었는지 미처 몰랐을 수도 있어요. 이런 호텔의 여종업원들이란 흔히 손님들이 남들한테 알리고 싶지 않은 것을 알고 있는 경우가 많답니다. 그렇게 되면 손님들은 팁을 듬뿍 주거나 뇌물로 큰돈을 쥐여 주게 되지요. 그 아가씨도 처음에는 자신이 알고 있는 일의 중대성을 깨닫지 못했을 거예요."

"그래도 결국엔 등에 칼을 맞고 죽지 않았소."

래필 씨가 퉁명스럽게 말했다.

"예, 누군가가 그녀가 입을 놀리게 해서는 안 된다고 생각한 게 분명해요."

"어허, 그렇다면 당신의 의견을 듣고 싶소."

마플 양은 래필 씨를 뚫어지게 바라보았다.

"왜 내가 당신보다 더 많은 것을 알고 있으리라고 생각하시는 거죠, 래필 씨?"

"그야 당신도 내가 아는 것보다 모를 수도 있지. 하지만 내가 알고 싶은 건 당신이 알고 있는 것에 대한 의견이라오."

"아니, 어째서 알고 싶으시다는 거예요?"

"이 섬에서는 돈 버는 것 말고는 달리 할 일이 없기 때문이오."

래필 씨의 말에 마플 양은 좀 놀란 얼굴이었다.

"돈을 벌다니요, 여기서 말인가요?"

"맘만 먹으면 여기서도 매일 암호 전보를 반 다스 씩 날려 보낼 수 있소. 그런 식으로 즐겁게 사업운영을 하는 거지."

"증권거래 같은 건가요?"

마플 양은 마치 외국어라도 발음하는 양 자신 없는 억양으로 물었다.

"그런 거지. 다른 사람들하고 항상 머리싸움을 벌이는 게요. 다만 곤란한 점은 그것만 가지고는 별달리 시간을 들일 일이 없다는 거요. 그래서 난 이번 사건에 흥미가 있다오. 팰그레이브 소령은 당신하고 얘기하는 걸 무척이나 즐긴 모양이오. 그건 아마도 다른 사람들은 소령 이야기를 귀담아들으려고 하지 않았기 때문일 테지. 그래, 그 사람이 당신한테 무슨 이야기를 합디까?"

"여러 가지 이야기를 했지요." 마플 양이 대답했다.

"그랬을 거요. 대개가 따분하기 그지없는 이야기일 게 뻔하지만. 게다가 한 번만 들은 게 아닐 게요. 소령의 눈에만 뜨이면 세 번이고 네 번이고 지치도록 들었겠지."

"그래요. 안타깝게도 신사분들이란 나이를 먹어갈수록 그렇게 되는 모양이더군요."

래필 씨는 험상궂게 그녀를 쏘아보았다.

"난 한 이야기를 또 하거나 그러진 않소. 어쨌든 계속해봐요. 모든 사건의 발단은 팰그레이브 소령의 회고담으로부터 비롯된 것 아니오?"

"소령님은 자신이 살인자를 알고 있다고 말했어요. 하지만 그것만 갖고는 그다지 유별난 것은 아니었지요."

그녀는 상냥한 목소리로 설명하듯이 덧붙였다.

"왜냐하면 그런 일은 거의 모든 사람이 경험해보는 일이니까요."

"무슨 소리인지 모르겠소."

"별다른 뜻은 없어요. 하지만, 래필 씨, 당신도 지금까지 살아오면서 겪은 여러 가지 일들을 마음속으로 한번 되감아 보세요. 그럼, 그런 경험이 분명히 떠오를 거예요. 누군가가 부주의하게시리, '아, 예, 그 아무개라면 잘 압니다. 아주 갑작스럽게 돌아가셨죠. 듣자 하니 그 부인이 살해했다고 하는데, 그야 당치 않은 소문 아니겠습니까?' 하고 말하던 경험을. 안 그런가요?"

"글쎄, 그럴 법하군. 그래, 그런 일이 있긴 하지. 하지만 그런 건 별로 진지하게 귀 기울여 듣질 않았소."

"예, 사람들은 대부분 그렇답니다. 하지만 팰그레이브 소령님은 매우 진지한 분이셨어요. 그분은 그 이야기를 하는 것을 퍽 즐기셨던 것 같아요. 살인자의 스냅 사진까지 간직하고 있었으니까. 그래서 그걸 내게 보여주려 했는데 그만, 보여주지 못했지요."

"그건 왜요?"

"왜냐하면 그때 소령님이 무엇을 보았기 때문이죠. 아니, 누군가를 보았다고 해야겠죠. 그러자 소령님은 얼굴이 자줏빛이 되더니 허둥지둥 그 스냅 사진을 지갑 속에 도로 집어넣고는 다른 화제를 꺼내기 시작했어요."

"소령이 누굴 보았다는 거요?"

"나도 그 점에 대해서 수없이 생각해보았답니다. 나는 내 방갈로 바깥에 나와 앉아 있었고, 소령님은 나하고 거의 똑바로 맞은편에 앉아 있었지요. 그런데 무엇인지는 몰라도 소령님은 내 오른쪽 어깨너머로 분명히 보았어요."

"그때 당신의 오른쪽 어깨너머, 그러니까 작은 시냇물과 주차장 사이의 오솔길에서 누군가가 다가왔단 말이지."

"예, 그렇답니다."

"그럼, 누가 그 오솔길을 걸어왔었소?"

"다이슨 씨 부부하고 힐링던 대령 부부였지요."

"그밖에 다른 사람은?"

"다른 사람은 보지 못했어요. 물론 소령님의 눈길을 따라가면 당신의 방갈로도 그 안에 있었지만……."

"아하! 그럼 에스터 월터스와 잭슨이라는 친구까지 포함해야겠군. 그럼 되겠소? 그 두 사람 중 하나가 방갈로에서 나갔다가 당신이 보지 못하는 사이에 들어올 수도 있었겠지."

"그랬을 수도 있지요. 난 소령님의 눈길을 따라 금방 고개를 돌린 건 아니니까요."

"다이슨 부부, 힐링던 부부, 에스터, 잭슨—이들 중 한 사람이 살인자란 말이지. 아, 물론 나까지 포함해서."

그는 그제야 생각이 났다는 듯이 덧붙였다.

마플 양은 입가에 슬쩍 미소를 떠올렸다.

"그런데 소령은 살인자가 남자라고 합디까?"

"그랬지요"

"좋소. 그렇다면 이블린 힐링던과 러키, 그리고 에스터 월터스는 일단 제외해야겠군. 그렇다면 그 살인자는, 아니, 그 엉터리 공상 같은 이야기가 일단 사실이라고 친다면, 살인자는 다이슨, 힐링던, 그리고 아부가 심한 우리 잭슨 이렇게 세 사람으로 압축될 수 있겠군."

"당신하고요."

래필 씨는 그녀의 말을 싹 무시했다.

"괜한 소릴 해서 날 화나게 하지 말아요. 그리고 당신은 미처 생각지 못한 것 같은데, 당신의 이야기를 듣고 퍼뜩 내 머릿속에 떠오른 것은, 만일 범인이 그 세 사내 중 하나라면 왜 팰그레이브 소령이 애초에 그를 알아보지 못했겠소? 다른 거야 둘째치고라도 지난 2주간 걸핏하면 마주쳐서 서로를 바라보았었는데 말이오. 그건 도저히 납득이 가지 않는 소리요."

"아뇨, 납득이 갈 수 있어요."

"그럼, 그 이유를 한번 설명해보시오"

"아시다시피 팰그레이브 소령님의 이야기를 들어보면 소령님은 그 살인자를 한 번도 눈으로 본 적이 없다고 했어요. 그 이야기도 친구인 의사한테서 전해 들은 것에 불과하고요. 그 의사는 참으로 이상한 일이라고 하면서 그 사진을 소령님에게 건네주었대요. 소령님은 사진을 받았을 당시에는 그 사진을 보고 또 보았겠지만 그 뒤에는 그저 기념으로 지갑 속에 넣어 가지고 다녔겠지요. 그 뒤에도 물론 종종 사진을 꺼내서 그 이야기를 들려주는 상대에게 꺼내 보여 주었겠지요. 그리고 또 한 가지—이것 보세요, 래필 씨, 우리는 그 살인사건이 언제 이야기인지조차 모르고 있어요. 소령님은 그 이야기를 했을 때 그 점에 관해서는 전혀 언급하지 않았으니까요. 즉, 그 이야기는 소령님이 여러 해 동안 거듭 사람들에게 해온 것일지도 모르는 거예요. 5년, 10년, 아니면, 혹시 그보다 더 오래인지도 모르지요. 예를 들어 그분의 호랑이 사냥 이야기만 해도 20년이나 전의 일이니까요."

"그럴 테지!" 래필 씨가 맞장구쳤다.

"그래서 소령님은 이곳에서 그 사람과 마주쳤다고 해도 한동안 그 사진 속의 얼굴이라고는 깨닫지 못했을 거예요. 내 생각에 진상은(거의 틀림없는 진상이라고 여겨집니다만), 소령님은 이야기하면서 스냅 사진을 뒤져서 뚫어지게 그 얼굴을 내려다보았어요. 그러다가 문득 고개를 드니 거기에 사진과 '똑같은 얼굴'이 있었던 거예요. 아니, 10피트(약 3m) 혹은 20피트(약 6m) 떨어진 곳에서 그와 아주 비슷한 얼굴이 다가오는 걸 본 거지요."

래필 씨는 생각을 정리하려는 듯이 신중하게 입을 열었다.

"그렇군, 있을 법한 일이오."

"그래서 소령님은 화들짝 놀라서는 얼른 사진을 지갑 속에 쑤셔넣고 다른 얘기를 요란스럽게 떠버리기 시작했지요."

"하지만 확신할 수 없었을지도 모르지."

래필 씨가 날카롭게 지적했다.

"예, 아주 딱 잘라 확신할 수는 없었겠지요. 하지만 그 뒤에 소령님은 스냅 사진을 자세히 살펴보고는 다시 실재 인물을 살펴보면서 단지 닮은 사람이냐, 아니면 정말로 같은 인물인가를 확인하려 애썼을 게 분명해요."

래필 씨는 잠시 곰곰이 생각해보더니 이윽고 머리를 내저었다.

"하지만 당신 말에는 미심쩍은 데가 있소. 동기가 불충분하단 말이오. 전혀 불충분해. 소령은 당신에게 큰소리로 이야기하지 않았소?"

"예, 그랬지요. 여느 때도 그랬지만."

"그렇지, 거의 소리치다시피 떠들어대곤 했으니까. 그렇다면 소령 가까이에 있었던 사람이면 누구라도 소령의 이야기를 들을 수 있지 않았겠소?"

"예, 꽤 먼 곳까지도 들렸으리라 생각해요."

래필 씨는 다시금 고개를 내저었다.

"이건 너무 공상적인 이야기요. 그런 이야기를 들으면 누구나 포복절도하고 말게요. 어떤 노인이 자기 친구가 들려준 살인 이야기를 하면서 스냅 사진을 보여주었다. 그것도 벌써 오래전에 있었던 살인 이야기를! 아니, 1~2년 전의 일이라고 해도 그렇소. 대체 아무리 살인자 장본인인들 누가 그걸 걱정하겠소? 자기가 그 사진과 닮았다고 해도 그는, '아이고, 이런! 정말 비슷하군요, 하하!' 하면서 웃어넘길 수 있는 일 아니오? 팰그레이브 소령이 사진의 인물과 같다고 주장한들 누구도 진지하게 귀를 기울이지는 않았을 테고 말이오. 나 역시 그런 이야기는 믿지 않았을 테니까. 그리고 설사 그 사나이가 바로 장본인이었다고 해도 두려워할 것이 뭐가 있겠소? 그 정도의 의심이야 농담으로 웃어넘길 수 있는 거니까. 그런데 왜 굳이 팰그레이브 소령을 살해하려 들겠소? 조금도 그럴 필요가 없는데. 당신도 그 점은 인정해야 하오."

"그야 인정하고말고요. 나도 당신의 의견에 적극 찬성이랍니다. 하지만 그것이 바로 나를 불안하게 만드는 점인걸요. 덕분에 간밤에는 잠을 한숨도 못 잤지요."

래필 씨는 뚫어져라 그녀를 응시했다. 마침내 그는 나직하게 입을 열었다.

"그럼, 대체 무슨 생각을 하고 있는지 들어나 봅시다."

"하지만 너무 엉뚱한 생각일지도 몰라요."

마플 양은 머뭇거렸다.

"그렇겠지." 래필 씨가 여느 때처럼 무례한 태도로 대꾸했다.

"하지만 그동안 짧은 시간에 당신이 뭘 구시렁거리며 생각해 냈는지 들어보기나 합시다."

"어쩌면 아주 강력한 동기가 있을 수도 있어요. 만일……"

"만일 뭐요?"

"만일, 범인이 또 한 번의 살인을, 그것도 아주 가까운 장래에 계획하고 있다면……."

래필 씨는 한동안 그녀를 바라보다가 의자에서 몸을 추슬러 앉았다.

"얘기를 좀더 분명히 해봅시다."

"난 원체 설명에 서툴러서요."

마플 양은 빠르고 좀 두서없이 말을 이었다. 그녀의 뺨에 홍조가 피어올랐다.

"만일 범인이 또 하나의 살인을 계획하고 있다고 가정해보세요. 기억하시겠지만 팰그레이브 소령님이 내게 들려준 이야기는 아내가 좀 의심스러운 정황에서 죽어버린 이야기였어요. 그 남자의 이름은 다르지만 공교롭게 거의 똑같은 방식으로 아내가 죽은 남자가 있었지요. 그런데 그 이야기를 들려준 의사는 남자가 이름만 바꾸었지 똑같은 남자라고 생각했어요. 그렇다면 그 남자는 살인이 습관처럼 되어버린 살인자라고 생각되지 않으세요?"

"'욕조 속의 신부' 사건을 일으킨 스미스처럼 말이오? 그래요, 그렇게 생각되는군."

"아울러 내가 추측하기에는, 그리고 지금까지 듣고 읽은 바로는 그렇게 사악한 일을 저질러 첫 번째에 성공한 사람은, 괴로운 일이지만 그 일에 우쭐해지기 마련이랍니다. '이거 쉬운 일인데? 역시 나는 머리가 좋아!' 이렇게 생각한다는 거지요. 그렇게 되면 방금 말씀하신 '욕조 속의 신부' 사건을 일으킨 스미스처럼 살인을 되풀이 저질러 마침내 습관이 되어버리는 거예요. 물론 장소는 그때마다 다르고 이름까지 바꿔가면서 말이에요. 하지만 범행수법은 모두가 똑같지요. 그래서 내 생각엔, 물론 내 생각이 전적으로 틀릴지도 모르지만."

"하지만 당신 자신은 틀림없다고 생각하고 있잖소?"

래필 씨가 다시 날카롭게 정곡을 찔렀다.

마플 양은 그 말에는 대꾸도 하지 않고 자기 말만 계속했다.

"그래서 내 생각엔 만일 상황이 조금 전에 말씀드린 것 같은 상태이고, 또 그 문제의 살인자가 여기서도 역시 살인을 계획하고 있다면, 이를테면 아내를 또 한 사람 해치울 일을 계획하고 있고, 게다가 그 아내가 세 번째나 네 번째 아내라면 팰그레이브 소령님의 존재가 거치적거렸을 거라는 사실이에요. 소령님이 이전의 살인사건을 아는 이상 그와 비슷한 살인사건을 또다시 저지를 수는 없으니까요. 기억하실지 모르겠지만 스미스가 체포된 것도 바로 그런 연유에서였지요. 사건 정황이 우연히도 그전에 일어난 다른 사건이 실린 신문 기사를 오려두었던 어떤 사람의 주의를 끈 거지요. 그러므로 만일 이 사악한 살인자가 또 다른 범죄를 계획하고 바야흐로 실행에 옮길 단계에 와 있다면, 그 사람으로서는 팰그레이브 소령이 예전의 살인사건 이야기를 하면서 스냅 사진을 꺼내 보여주게 놔둘 수는 없는 일이었지요."

그녀는 문득 말을 멈추고 동조를 구하려는 듯이 래필 씨를 바라보았다.

"그렇다면 그 사람은 될 수 있는 대로 빨리 모종의 조치를 취해야 하지 않았겠어요?"

래필 씨가 대꾸했다.

"그것도 그날 밤 안으로 말이오?"

"그렇지요."

"너무 서둘렀군. 하지만 충분히 가능한 일이오. 소령의 방에 약병을 가져다 놓고 소령이 고혈압 증세가 있다는 소문을 퍼뜨리는 거지. 그리고 그 몹시 복잡한 이름의 독약을 소령의 플랜터스 펀치에 타 넣는다. 말하자면 그런 식 아니오?"

"예, 바로 그런 식이지요. 하지만 그건 이미 지나간 일입니다. 굳이 이제 그 일을 걱정할 필요는 없지요. 문제는 앞으로의 일, 지금의 일이랍니다. 팰그레이브 소령을 해치우고 문제의 스냅 사진도 없애버렸으니 '살인자는 계획대로 살인을 실행할 테니까요."

래필 씨는 휘익 하고 휘파람을 불었다.

"아마 당신은 이미 그 일에 대비해 계획을 짜두었겠지, 그렇지 않소?"

마플 양은 고개를 끄덕였다.

그녀의 음성은 평소와는 달리 단호하기 그지없었으며 명령조에 가까웠다.

"그리고 이젠 우리가 그 일에 제동을 걸어야 해요. 당신이 말이에요, 래필 씨."

"내가?" 래필 씨는 믿어지지 않는 얼굴이었다.

"아니, 왜 나란 말이오?"

"왜냐하면 당신은 부유한 저명인사이기 때문이에요."

마플 양은 딱 부러지게 말했다.

"그래서 사람들은 당신이 무슨 말을 하거나 암시하면 귀 기울여 들을 거예요. 나라면 아무도 들으려 하지 않겠지만. 내가 무슨 말을 해도 노파가 쓸데없는 공상만 한다고 생각할 테니까요."

"그럴지도 모르지. 하지만 만일 그렇다면 모두 바보로군. 그야 사람들은 아무도 당신 머릿속에 뛰어난 두뇌가 들어 있으리라고는 생각지 못하니까, 당신 말을 귀 기울여 들을 엄두도 내지 않는 게 당연하지. 하지만 당신은 매우 논리정연한 두뇌를 갖고 있소. 그건 여자들에겐 아주 드문 일이지."

그는 말하면서 거북스러운 듯이 몸을 뒤척거렸다.

"그런데 에스터나 잭슨은 모두 어딜 갔을까? 자리를 다시 잡아야 하는데. 아니, 당신은 소용없소. 그만한 힘이 없을 테니까. 대체 나를 이렇게 혼자 내버려두다니 무슨 속셈일까?"

"내가 가서 찾아오지요."

"아니, 그럴 필요 없소. 당신은 그냥 앉아서 얘기나 끝장을 보기로 합시다. 어떤 녀석일까? 그 얼빠진 그레그일까? 아니면 말 없는 에드워드 힐링던일까, 우리 잭슨일까? 어쨌든 그 세 사람 중 하나가 아니겠소?"

제17장

래필 씨, 임무에 나서다

"글쎄요, 그건 나도 모르지요." 마플 양이 대답했다.

"그게 무슨 소리요? 지금까지 20분 동안 이야기한 게 도로아미타불이란 말이오?"

"내 생각이 틀릴지도 모른다는 생각이 떠올랐기 때문이에요."

래필 씨는 멍하니 그녀를 바라보았다.

"여하튼 늙다리 할멈들이란! 그렇게 자신 있게 얘기해 놓고선"

진절머리난다는 듯한 말투였다.

"아, 그야 살인에 대해서는 자신 있어요. 자신 없는 건 살인자예요. 사실 내가 알아보는 바에 의하면 소령님이 이야기하고 다닌 살인 이야기는 한 가지뿐이 아니에요. 우선 당신만 하더라도 루크리지아 보르지아와 비슷한 살인 이야기를 하잖았나요?"

"그랬지. 하지만 그건 이 이야기하고는 전혀 다른 게요."

"그건 나도 알아요. 그리고 월터스 부인 얘기로는 가스 오븐에 얼굴을 들이박고 죽은 사람 이야기도 하더란 거예요."

"하지만 당신에게 한 이야기는……."

마플 양은 래필 씨의 이야기를 단호하게 가로막았다.

래필 씨로서는 극히 드물게 경험하는 일이었다. 마플 양의 말에 열기가 더해졌다. 게다가 적당히 사이를 두어 강조하는 말투였다.

"이런 일에 확신을 한다는 게 얼마나 어려운지 모르시고 하는 말씀이에요. 중요한 점은, 사람들은 대개 상대가 하는 이야기를 귀 기울여 듣지 않는다는 점이지요. 월터스 부인에게 한번 물어보세요. 그녀도 같은 말을 했으니까요. 누군가가 이야기를 시작하면 처음에는 잘 듣는답니다. 그런 다음에는 주의가 딴 곳으로 흘러가기 마련이지요. 이리저리 딴생각을 하다 보면, 문득 중간에 몇 마디 놓쳤다는 것을 알게 되지요. 그래서 나는 소령님이 내게 들려주시던 살인자 얘기 중에 아주 작은 틈이, 소령님이 지갑에서 사진을 꺼내기 전까지의 사이에 아주 작은 틈이라도 있었지 않았는가 하는 거예요. '자, 살인자의 사진을 한번 보시겠습니까?' 하며 사진을 꺼내기 전 그 사이에 말이에요."

"하지만 당신은 그것이 소령이 이야기하던 문제의 그 남자 사진이라고 생각해버렸단 말 아니오?"

"예, 그야 그렇게 생각했지요. 혹시 그게 아닐지도 모른다는 생각은 꿈에도 하지 않았으니까요. 하지만 이제 와선, 그걸 확인해볼 방법이 없잖아요?"

래필 씨는 생각에 잠긴 얼굴로 그녀를 응시하다가 입을 열었다.

"당신의 문제점은 지나치게 신중하다는 점이오. 그건 커다란 결점이오. 일단 마음을 먹으면 망설이질 말아요. 처음에는 망설이질 않던데, 왜 그렇소? 내 생각을 말하라면 당신은 그 신부의 누이동생이며 다른 사람들과 이야기를 나누다가 아마 뭔가 마음이 불안해질 만한 것을 주워들은 모양이구려."

"그럴지도 모르지요."

"하지만 그 점에 대해서는 잠시 뒤로 미루기로 합시다. 애초에 당신이 꺼낸 그대로 밀고 나가는 거요. 왜냐하면 누구나 십중팔구는 처음에 직감적으로 판단한 것이 옳기 마련이니까. 적어도 내 경험으로는 그렇소. 우선 우리에게는 용의자가 셋 있소. 그 사람들부터 진찰대위에 꺼내놓고 자세히 검토하기로 합시다. 누굴 제일 먼저 했으면 좋겠소?"

"글쎄요, 세 사람 모두 너무나 살인하고는 거리가 먼 사람들 같아서."

"그럼, 그레그를 제일 먼저 살펴보기로 합시다. 난 어쩐지 그 친구가 질색이오. 그렇다고 해서 무작정 그 사람을 살인자라고 볼 수는 없지. 하지만 그 사람한테는 불리한 점이 한두 가지 있소. 혈압조절약이 든 병이 그 사람 것이었다는 사실이오. 즉, 그 말은 그레그가 언제 어느 때고 그 약을 사용할 수 있다는 뜻이오."

"하지만 그렇게 되면 너무 노골적이잖을까요?"

마플 양은 반론을 제기했다.

"글쎄, 꼭 그렇지도 않을 듯싶은데. 어쨌든 그 사람으로서는 한시라도 빨리 조치를 취해야 하는 거였소. 그런데 우연히도 약을 갖고 있었던 거지. 게다가 그 약을 갖고 있을 만한 딴 사람을 금세 찾아내기도 어려웠소. 그렇다면 일단 그레그라고 단정하고 시작해봅시다. 하지만 만일 그가 그의 사랑하는 아내 러키를 해치울 생각을 했다고 가정한다(해볼 만한 짓이오, 내가 보기엔. 사실 난 그 친구를 동정한다오). 사실 그에겐 뚜렷한 동기가 없소. 사람들 말을 들어보건대 그는 부자인 모양이니까. 전처에게 물려받은 유산만 해도 충분한 모양이오. 그 점에 있어선 그 역시 아내를 살해한 용의자라고 볼 수 있소. 하지만 그 일은 이제 벌써 끝난 일이오. 만일 그의 짓이라면 아주 근사하게 해치운 셈이지. 하지만 러키는 전처와 친척이기는 하지만 가난한 여자였소. 돈이라고는 한 푼도 없었고, 그 때문에 만일 그가 그녀를 처치하려고 든다면 그것은 누구 딴 여자하고 결혼하기 위해서요. 그 점에 대해서는 뭐 들리는 이야기가 없소?"

마플 양은 고개를 내저었다.

"아뇨, 들은 바 없어요. 그 사람은 여자라면 모두 추파를 던지니까요."

"허어, 그것참 점잖고 고풍스러운 표현이구려. 그렇소, 그는 호색가요. 여자라면 사족을 못 쓰고 꼬이려고 들지. 하지만 그것 갖고는 안 돼요. 그를 살인자로 만들기에는 충분치 않단 말이오. 자, 이번에는 그럼 에드워드 힐링던으로 넘어갑시다. 제일 유력한 후보가 있다면 바로 이 사람이오."

"하지만 그는 행복한 사람이 아니에요."

래필 씨는 그녀의 말을 음미하려는 듯이 뚫어지게 바라보았다.

"살인자란 꼭 행복한 사람이어야 한다고 생각하는 게요?"

마플 양은 헛기침을 했다.

"예, 적어도 내 경험으로는 언제나 그랬지요."

"당신의 경험이 그렇게 풍부하리라고는 전혀 생각되지 않는데."

마플 양은 그의 단정이 틀렸다고 말할 수도 있었다. 하지만 그녀는 굳이 그의 말에 반론을 펴지 않았다. 신사란 자기 말을 누가 틀렸다고 바로잡는 것을 별로 좋아하지 않는 법이기 때문이다.

"나로서는 힐링던이라는 친구가 그럴 듯해 보이는데. 그 남자와 부인 사이에는 묘한 일이 있다는 느낌이 드는 게요. 당신도 그런 걸 눈치 챘소?"

"아, 예, 물론 눈치 챘지요. 그야 그 부부도 사람들이 보는 앞에서야 내색하지 않고 완벽하게 행동하지만, 그 정도의 연기야 당연하지요."

"그렇다면 당신은 내가 아는 것보다 그런 사람들에 대해 더 많이 아는 모양이구려. 자, 그럼 이렇게 말할 수 있겠군. 겉으로야 아무것도 흠잡을 데 없이 행동하고 있지만, 에드워드 힐링던은 신사다운 면모와는 달리 어떻게 하면 이블린 힐링던을 없애버릴까 하는 궁리를 하고 있다고. 어떻소, 동감이오?"

"만일 그렇다면 제3의 여자가 있어야 하지요."

마플 양은 이렇게 말하면서 불만스러운 얼굴로 고개를 내저었다.

"난 아무래도 문제가 그렇게 간단하지만은 않다고 생각해요."

"그렇소? 그럼, 다음은 누구지, 잭슨인가? 나는 일단 제외하기로 하고"

마플 양이 비로소 미소를 띠었다.

"왜 당신은 제쳐놓으라는 거지요, 래필 씨?"

"왜냐하면 만일 당신이 내가 범인일지도 모른다는 이야기를 하려면 다른 사람하고 이야기하지 나하고 이야기하겠소? 그러니 나에 대해 이야기하는 것은 시간낭비일 뿐이오. 게다가 진정으로 묻겠는데, 내가 어디 그 일에 적합한 사람으로 보이오? 제 몸 하나 움직이지도 못하고, 잠자리에서 내려올 때도 허수아비처럼 질질 끌려서 내려와야만 하고, 게다가 언제나 휠체어에 앉은 채 산책이나 하는 게 고작인데. 대체 내가 언제 어떻게 내 발로 걸어가서 사람을 죽일 틈이 있단 말이오?"

"여느 사람이나 똑같이 기회가 있는지도 모르지요."

마플 양이 잘라 말했다.

"그렇소? 그럼, 어디 설명해보시지."

"당신도 자신에게 빼어난 두뇌가 있다는 점은 인정하시겠지요?"

"그야 나한테는 뛰어난 두뇌가 있소" 래필 씨가 빼기듯이 말했다.

"이 섬의 그 누구보다도 뛰어나다고 자부하지."

"뛰어난 두뇌가 있다는 것은, 즉 육체적인 장애쯤이야 능히 극복하고 살인을 저지를 수 있다는 뜻이기도 하지요."

"어허, 그것참 대단한 작업이겠구려!"

"그야 그렇지요. 쉽진 않을 거예요. 하지만 내 생각엔 래필 씨, 당신은 즐겁게 그 일을 해치울 수 있을 거예요."

래필 씨는 한참이나 그녀를 뚫어지게 바라보다가 느닷없이 너털웃음을 터뜨렸다.

"정말 강심장이시군! 당신은 겉보기처럼 상냥하고 맘 좋은 할머니는 절대 아니야. 그럼, 당신은 정말 내가 살인자일지도 모른다고 생각하고 있소?"

"아뇨, 그렇진 않아요."

"그건 또 왜 그렇소?"

"글쎄요, 당신에겐 두뇌가 있기 때문이라고 해야겠죠. 뛰어난 두뇌를 갖고 있으니만큼 당신은 굳이 사람을 죽이지 않더라도 원하는 것을 손에 넣을 수 있으니까요. 살인이란 어리석은 일이거든요."

"게다가 대체 내가 누굴 죽이고 싶어 하겠소?"

"그건 아주 흥미 있는 질문이 되겠군요. 난 아직 그 점에 대해 이론을 전개할 만큼 당신과 충분히 대화를 나누는 영광을 누리지 못했으니까요!"

래필 씨의 입이 아침에 함지박만 해졌다.

"당신하고 대화를 나누는 건 위험한 일이겠는걸."

"뭔가 감추려는 사람에게는 대화란 으레 위험하기 마련이지요."

"그 말이 옳소. 자, 그럼 이제 잭슨한테로 추리를 옮겨봅시다. 잭슨에 대한 당신 생각은 어떻소?"

"말씀드리기 좀 어렵군요. 그 사람하고도 대화를 나눌 기회를 별로 얻지 못했으니까요."

"그럼, 잭슨에 대해서는 별달리 의견이 없소?"

"그 사람한테서 어딘지 연상되는 사람이 하나 있어요."

마플 양은 기억을 더듬으며 중얼거렸다.

"내가 사는 곳 근처의 군청에서 일하는 조나스 패리라는 젊은이이지요."

"그래서?"

"사실 그다지 괜찮은 젊은이는 아니었지만……."

"잭슨도 괜찮다고는 할 수 없소. 하지만 나한테야 아주 적합한 사람이지. 마사지 일만은 일류로 해내니까. 그리고 내가 마구 욕을 해대도 신경 쓰지 않고 자기 보수가 아주 괜찮다는 것을 알고 있으니까 꾹 참고 있는 거요. 믿을 만한 자리에 놓을 인물은 아니지만 애당초 꼭 그자를 믿어야 할 필요도 없소. 과거야 흠잡을 데 없을지도 모르지만, 또 그렇지 않을지도 모르는 일이오. 신원보증서는 확실하지만 내가 보기엔, 어딘가 숨기는 것이 있는 듯싶소. 다행히 나는 죄 많은 과거의 비밀을 갖고 있지 않기에 혹시나 협박을 당할까 전전긍긍할 필요는 없소."

"비밀이 없다고요?" 마플 양은 그 말을 되뇌었다.

"하지만 사업상의 비밀 정도야 있을 것 아닌가요?"

"잭슨이 손에 넣을 만한 비밀은 없소. 사실 잭슨은 수단이 능한 사람이긴 하지만 살인자로 여겨질 만한 사람은 아니오. 살인이란 그자한테는 전혀 어울리지 않는 말이니까."

그는 잠시 말을 멈추더니 느닷없이 말했다.

"이것 봐요, 만일 한 걸음 물러서서 객관적으로 이번 일을, 그러니까 팰그레이브 소령의 괴상한 얘기며 그 밖에 일련의 사건들을 충분히 검토해본다면 한 가지 커다란 잘못이 있소. '나야말로' 살인을 당해 마땅한 사람이오."

마플 양은 놀라 그를 바라보았다.

"나야말로 피살자 역을 맡기에 적합한 사람 아니오? 살인을 다룬 소설에서 주로 피살되는 사람이 누굽니까? 대개 재산이 많은 노인 아니오?"

"그리고 주위 등장인물들은 돈을 손에 넣기 위해 노인을 처치하고 싶어 안달이고요? 그렇지 않은가요?"

래필 씨는 생각을 더듬었다.

"글쎄, 나만 해도 런던 '타임스' 지에 난 내 부고기사를 보고도 울지 않을 만한 사람이 대여섯 있소. 하지만 그 사람들은 굳이 날 죽여 없앨 만한 사람들은 아니오. 아마 그럴 정도는 아닌 모양이야. 게다가 굳이 날 죽여 없앨 이유가 어디 있겠소? 나야 언제든지 죽을 몸이니까. 오히려 그 돈깨나 밝히는 사람들도 내가 지금까지 이처럼 오래 버티는 것에 놀라마지 않는다오. 의사들도 마찬가지지."

"그야 당신은 살아가려는 강한 의지가 있으니까요." 마플 양이 대꾸했다.

"당신은 그것을 기이하게 생각하고 있겠지."

마플 양은 고개를 내저었다.

"아뇨, 전혀 이상하게 생각지 않아요. 인생이란 살아갈 만한 가치가 있으니까요. 그리고 또한 살아갈 날이 얼마 남지 않았을 때는 인생에 더욱 흥미가 가니 알 수 없는 일이지요. 그래서는 안 되는 일일지 모르지만 실상은 그렇더군요. 누구나 젊고 몸도 건강할 때는 인생이 창창하게 눈앞에 펼쳐 있는 것 같지요. 그래서 산다는 일이 별것 아니라는 생각이 들기 마련이에요. 그래서인지 실연이라든가 단순한 불안이나 근심 때문에 자살해 버리는 것은 대부분이 다 젊은이들이랍니다. 그렇지만 나이 든 사람들은 인생이 얼마나 소중한 것이며 흥미진진하다는 것을 알기 때문에 결코 그러지를 않지요."

"하아!" 래필 씨가 코웃음을 쳤다.

"늙다리 두 사람이 마주 앉아 이 무슨 넋두리란 말이오!"

"하지만 내 말이 사실 아닌가요?"

"아, 그야 사실이지. 하지만 내가 살인의 피해자에 적격이라는 내 말은 옳지 않소?"

"당신이 죽으면 이득을 얻을 사람이 누구냐에 달렸지요."

"아무도 없소. 아까도 이야기했지만 사업상의 경쟁상대를 제외하고는 별로 그럴 만한 사람이 없소. 더구나 그들도 내가 앞으로 얼마 남지 않은 사람이므로 마음 푹 놓고 있을게요. 난 내 친척들에게 막대한 유산을 나눠줄 만큼 어리석진 않소. 영국 정부에서 다 거둬들이고 나면 그 나머지를 아주 조금 손에 쥐는 게 고작이겠지. 아, 그 절차는 이미 여러 해 전에 다 끝냈소. 자선사업이며 신탁기금이며 그런 일이오."

"그럼, 예를 들어 잭슨은 당신의 죽음으로 하등의 이익을 보지 못하겠군요?"

"한 푼도 없소." 래필 씨는 유쾌하다는 듯이 대꾸했다.

"하지만 난 지금 다른 사람들보다 두 배의 급료를 주고 있소. 내 까다로운 성미를 참고 견디는 대가인 셈이지. 그 역시 내가 죽으면 낭패라는 것을 잘 알고 있소"

"월터스 부인은?"

"에스터도 마찬가지요. 그녀는 훌륭한 여자지. 일류 비서에다가 지성적이고 성격 또한 좋으니까. 게다가 내 성미를 알고 있으니까 내가 억지를 부려도 눈썹 하나 까딱하지 않고, 가끔 모욕을 주더라도 신경 쓰지 않소. 마치 제멋대로 구는 포악한 어린아이를 맡은 보모 겸 가정교사처럼 날 다룬다고나 할까. 가끔 나를 짜증 나게 하기는 하지만 누군들 그렇지 않겠소? 어쨌든 그다지 유별나다고는 할 수 없는 여자요. 여러 가지 점에서 아주 평범한 여자지만 나로선 그 여자만큼 나한테 아주 적합한 여자를 달리 못 보았소. 살면서 꽤 고생도 한 모양이오. 결혼은 했지만 상대가 그다지 탐탁치 않은 사내였소.

내가 보기엔 남자 보는 눈이 별로 좋지 않은 듯싶어. 여자들 중엔 더러 그런 사람들이 있지. 어떤 사내가 자기의 불행한 이야기를 늘어놓기라도 하면 금방 정에 빠지거든. 그런 남자에게는 여자의 포근한 이해만 있으면 다 잘되리라고 믿어버리기 일쑤지. 일단 자기 같은 여자와 결혼하면 그 남자가 제대로 정신을 차리고 살아갈 거라고 착각하는 게요! 하지만 그런 사내들이 결혼해봤자 여전히 마찬가지라는 것은 두말하면 잔소리요. 그래도 한 가지 다행인 것은 그 시원찮은 남편이 일찍 죽어준 거요. 어느 날 밤 파티에서 술이 곤드레 취해서 버스 앞을 들이받았다더군.

당시 에스터는 부양해야 할 딸이 하나 있었소. 그래서 그녀는 살기 위해 다시 비서 직업을 찾아야 한 게요. 나하고는 5년 일했지. 난 처음부터 그녀에게 만일 내가 죽더라도 뭣 하나 기대하지 말라고 분명히 밝혀두었소. 그 대신 처음부터 꽤 많은 급료를 주었고, 해마다 25%씩 인상해주고 있소. 아무리 공손하고 정직한 사람일지라도 완전히 믿어서는 안 되는 법이오. 그래서 난 에스터에게 내가 죽어도 아무것도 돌아갈 게 없다는 걸 밝혀둔 거요. 하지만 내가 1년 더 살수록 그녀의 급료는 더욱더 많아지지.

만일 그녀가 그걸 꼬박꼬박 저축해 왔다면(아마 틀림없이 그랬을 테지만) 내가 죽을 즈음엔 그녀도 꽤 유복한 여자가 되어 있을 거요. 그리고 난 그녀의 딸 교육비를 책임져 왔고, 딸이 성년에 이르면 받을 수 있도록 상당한 액

수를 신탁해 놓았지. 그러므로 에스터 월터스는 지금으로서도 상당히 안정된 처지요. 오히려 내가 죽게 되면 그녀로서는 막대한 경제적 손실을 보게 되지."

그는 마플 양을 뚫어지게 바라보았다.

"그녀 역시 그 사실을 십분 깨닫고 있소. 에스터는, 매우 똑똑한 여자니까."

"잭슨과는 잘 지내고 있나요?"

래필 씨는 흘끗 그녀를 쏘아보았다.

"뭔가 알아차린 모양이지? 그렇소, 원래 잭슨은 여자 뒤꽁무니를 잘 쫓아다니는데, 특히 요즈음은 에스터를 노리는 것 같더군. 하긴 잭슨은 잘생긴 사내지. 하지만 에스터한테는 기를 못 펴고 있소. 우선 신분상의 차이가 있으니까. 아무래도 에스터가 잭슨보다 한 계단 위요. 뭐 대단한 건 아니지만, 신분의 차이가 아주 뚜렷하다면 오히려 문제가 없는데, 이 중하층 계급이란 다소 모호한 것이라서 말이오. 에스터의 어머니는 학교 교사였고, 아버지는 은행원이었다더군. 하지만 에스터는 잭슨 같은 남자 때문에 망신살 뻗칠 일을 벌일 염려는 없소. 사실 잭슨이 그녀의 뒤를 쫓는 건 그녀의 저금 때문이지만 어림없을 거요."

"쉿, 그녀가 오고 있어요!"

그들은 에스터 월터스가 호텔 뒤의 오솔길을 걸어 이리로 향해 오는 것을 바라보았다.

"괜찮은 용모지." 래필 씨가 속삭였다.

"하지만 대단한 육체파는 아니오. 그 이유는 모르겠소만 용모에 비해 남자를 밝히는 편은 아니지."

마플 양은 한숨을 내쉬었다. 그 한숨은 어떤 여자든 나이에 관계없이 내뱉을 수 있는 한숨이었다. 쓸데없이 세월만 낭비하는 여자를 볼 때면 흘러나오는 한숨, 그것이었다.

에스터라는 여자에게 빠진 것은 마플 양의 경험상 실로 여러 가지 이름으로 불리는 것이었다. '다 좋은데 내 눈에는 별로 매력이 없어.' '섹시한 구석이 없는걸.' '눈에 끌어당기는 맛이 없어.' 등등. 금발, 건강미 넘치는 피부색, 엷은 갈색 눈동자, 단정한 윤곽에 인상 좋은 미소하지만 거기에는 남자가 거리에서 여자와 지나칠 때 다시 한 번 고개를 돌려 끌어당기게 하는 그 무엇이 없었다.

"재혼해야 할 테지요." 마플 양이 소리를 낮추어 말했다.

"물론 그래야 할 테지. 아내로서는 양처 감이오."

그때 에스터 월터스가 두 사람 곁으로 다가왔다.

래필 씨는 억지로 꾸며낸 기색이 엿보이는 어조로 입을 열었다.

"이제야 나타나셨군! 대체 무슨 볼일이 그리도 많지?"

"오늘 아침에는 왜 그리 전보를 치는 사람들이 많던지요. 게다가 호텔에서 나가려는 분들도 많아서……."

"나간다고, 정말이야? 이번 살인사건 때문에?"

"그럴 거예요. 가엾은 팀 켄들 씨는 걱정 때문에 초주검이 되어 있답니다."

"그럴 만도 하지. 젊은 부부한테는 호된 곤경일 테니까."

"예, 이런 호텔을 경영한다는 것은 그들로서는 조금 무리한 사업이 아니었나 싶어요. 과연 성공할지 못할지 걱정이 태산 같은 모양이에요. 그래도 꽤 잘해 나가고 있었는데."

"그래, 잘해 나가고 있었지. 팀 켄들은 꽤 유능한데다가 굉장한 열성파니까. 그리고 부인도 아주 유능한 여자지─매력적이고, 두 사람 다 흑인들처럼 열심히 일했지. 아니, 그런 표현은 이런 데서는 맞지 않을지도 모르겠군. 내가 아는 한 여기 흑인들은 죽어라고 일하는 법이 없으니까. 언젠가 한번은 흑인 하나가 아침 끼니를 구하려고 코코넛 나무에 기어올라가는 것을 보았는데, 그다음에 그 녀석은 온종일 잠만 자더라니까. 정말 근사한 인생이지 뭐요."

이어 그는 느닷없이 덧붙였다.

"그런데 우리는 지금 살인 이야기를 하고 있으니……."

에스터 월터스는 좀 놀란 얼굴이었다. 이어 그녀의 눈길이 마플 양을 향했다.

"난 이 부인에 대해 잘못 생각하고 있었던 것 같소."

래필 씨는 에스터의 눈길을 알아차리고 특유의 성격답게 노골적으로 말했다.

"사실 난 이런 늙은 부인네들은 딱 질색이었지. 매일 털실이나 짜면서 수다 떨기가 고작이니까. 하지만 이 노부인한테는 그래도 흥미로운 데가 있소. 귀와 눈이 모두 날카롭거든. 게다가 그걸 십분 활용할 줄도 알지.”

에스터 월터스는 노인의 무례함을 용서하라는 듯이 마플 양을 바라보았으나 그녀는 전혀 화가 난 것 같지 않았다.

“이 말씀은 순전히 칭찬으로 하는 거예요.” 에스터가 설명을 붙였다.

“나도 잘 알고 있어요. 그리고 래필 씨에게는 특권이 있지요. 혹은 자신이 그렇게 생각하고 있거나.”

“특권이라니 무슨 말이오?” 래필 씨가 나섰다.

“맘 내킬 때면 언제든지 무례해질 수 있는 특권이지요.”

“내가 무례했소?” 래필 씨가 놀란 얼굴로 소리쳤다.

“내 말에 화가 났으면 미안하게 됐소.”

“화나지 않았어요. 이미 다 참작하는 일이니까요.”

“어허, 조롱은 집어치워요. 자, 에스터, 의자를 갖다놓고 여기 앉구려. 당신의 말도 도움이 될지 모르니까.”

에스터는 방갈로의 발코니로 걸어가서 가벼운 등의자를 날라 왔다.

“그럼, 이제 얘기를 계속하기로 합시다.” 래필 씨가 서두를 떼었다.

“우린 죽은 팰그레이브 소령과 그가 늘 하던 판에 박힌 이야기를 입에 올리고 있었소.”

“맙소사!” 에스터가 한탄 섞인 한숨을 내쉬었다.

“전 그분 생시에 되도록 그분을 피하려고 애썼건만 지금 또…….”

“그래도 마플 양은 당신보다는 참을성이 있었지. 이봐요, 에스터, 혹시 소령이 당신에게 살인자에 대해 이야기한 적이 있었소?”

“아, 예, 그럼요. 그것도 몇 번씩이나.”

“그게 어떤 이야기였지? 기억을 살려봐요.”

“글쎄요…….” 에스터는 생각을 더듬기 위해 말을 멈추었다. 하지만 곧 변명하듯이 입을 열었다.

“곤란하군요, 자세히 귀담아듣지를 않았으니까요. 아시다시피 짐바브웨(아프리카 남부의 공화국)에서 사자를 잡았다는 둥의 이야기를 한도 끝도 없이 펼치곤 했으니까요. 듣다 보면 그저 건성으로 듣는 척하는 경우가 많았지요.”

"그래도 기억나는 대로 이야기를 해봐요."

"신문에 실린 어떤 살인사건 이야기에서 발단된 것 같아요. 팰그레이브 소령님은 자기가 다른 사람들은 좀처럼 해보지 못할 경험을 했다더군요. 살인자를 직접 만났다는 거였어요."

"만났다고?" 래필 씨가 외쳤다.

"정말 그랬소, '만났다'고?"

그러자 에스터는 자신이 없는 표정이 되었다.

"예, 그런 것 같았어요. 아니, 그냥 '살인자를 만나면 그 사람을 집어낼 수 있다'고 했는지도 모르지요."

"그래 어느 쪽이오? 어느 쪽이냐에 따라 얘기가 딴판이 된단 말이야."

"글쎄, 자신은 할 수 없지만, 아마 나에게 누군가의 사진을 보여주시겠다고 한 것 같아요."

"그건 좀 낫군."

"그리고 루크리지아 보르지아에 대한 이야기도 많이 하셨어요."

"보르지아 같은 건 집어치워. 그 여자라면 우리 모두 잘 아는 거니까."

"독살을 일삼는 사람들 이야기를 하셨는데, 루크리지아는 매우 아름답고 머리칼이 붉다고 하시던데요? 그리고 사람들은 잘 모르지만 세상에는 여자 독살자들이 의외로 많지 않을까 하는 말씀도 하셨지요."

"유감이지만 매우 있을 법한 이야기지요." 마플 양이 말했다.

"그러고는 독약이란 여자의 무기라고 말씀하셨죠."

"그건 요점에서 좀 빗나간 얘기 같은데." 래필 씨가 나섰다.

"하지만 소령님도 언제나 이야기하다 보면 요점에서 빗나가곤 했지요. 그렇게 되면 상대는 더 이상 소령님 이야기를 듣지 않고 건성으로, '예, 그렇지요.'라고 하거나, '정말이십니까?'라고 적당히 맞장구나 치게 마련이지요."

"당신에게 보여주려고 했다던 그 사진은 어떤 거였소?"

"기억은 잘 나지 않아요. 혹시 그분이 신문 기사에서 본 사진이었는지도 모르죠."

"당신에게 스냅 사진은 보여주지 않았단 말이오?"

"스냅 사진이라고요? 아뇨, 전혀." 에스터는 고개를 내저었다.

"그건 확실해요. 그분 말이 살인자는 꽤 잘생긴 여자로서 누가 봐도 도저히 살인자로 생각할 법하지 않은 여자라고 했지요."

"여자라고?"

"저런! 얘기가 갈수록 혼란스러워지는군요."

"그 사람이 여자라고 했소?" 래필 씨가 물었다.

"예, 그랬지요."

"그럼, 그 사진도 여자였겠군?"

"그렇겠죠."

"그럴 리가!"

"아니, 분명한 사실이에요." 에스터는 강하게 주장했다.

"소령님이, '이 섬에 있는 여자랍니다. 당신한테 그 여자를 가르쳐 줄 수도 있어요. 그런 다음에 모든 이야기를 다 들려 드리지.'라고 말했어요."

래필 씨는 입속으로 욕설을 내뱉었다. 죽은 팰그레이브 소령에 대한 욕설이었는데, 정말이지 한 푼어치도 가치가 없는 심한 욕설이었다.

이윽고 그는 결론짓듯이 내뱉었다.

"결국 그 사람이 말한 게 하나부터 열까지 모두 거짓말일 가능성도 있는 게로군!"

"정말이지 갈수록 묘해지는군요." 마플 양도 따라서 중얼거렸다.

"바로 그렇소. 그 늙은 작자는 사냥 이야기를 꺼냈지. 멧돼지 사냥이니 호랑이 사격이니 코끼리를 추적했느니, 사자한테 하마터면 죽을 뻔했느니 하면서. 그야 한두 가지는 사실일지도 모르지. 하지만 몇 가지는 제멋대로 지어낸 이야기고, 또 그 밖의 것들은 다른 사람들이 겪은 이야기를 그대로 옮긴 게 뻔해요! 그다음에 그는 살인사건으로 화제를 옮겨 여러 가지 살인사건 이야기를 연달아 떠벌렸소. 마치 자신이 직접 보고 들은 듯이 말이오. 하지만 그중 십중팔구는 틀림없이 신문에서 읽었거나 텔레비전에서 본 이야기를 뒤섞어 만든 것일 게요."

그는 책망하는 듯한 얼굴을 에스터에게 돌렸다.

"당신 입으로 소령의 말을 귀 기울여 듣지 않았다고 했지. 그러니까 소령의 말을 잘못 들을 가능성도 충분히 있는 것 아니오?"

"아뇨, 분명히 여자라고 했어요." 에스터는 단호했다.

"제가 대체 그 여자가 누굴까 하고 궁금해했던 것이 기억나는걸요."

"그래서 당신은 누구라고 생각했나요?" 마플 양이 재촉하듯 물었다.

에스터는 얼굴이 붉어지더니 좀 당황하는 표정이 되었다.

"어머나, 이런, 그게……, 이런 말을 하는 것이 아닌데. 전 그런 건 입에 올리고 싶지 않아서……."

마플 양은 고집을 피우지 않았다.

래필 씨가 있는 앞에서 에스터 월터스의 추측을 듣는다는 것은 좀 거북한 일이 아닐까 해서였다. 그보다는 단둘이 있을 때 여자 대 여자로서 은밀히 주고받는 게 나을 것이다. 그야 물론 에스터 월터스가 거짓말을 하고 있을 가능성도 무시할 수는 없다. 그렇다고 해서 그런 말을 입 밖에 낼 수는 더더욱 없었다. 마플 양은 그 생각을 가능성 있는 일로 일단 마음에 새겨두긴 했지만 그렇게 믿고 싶진 않았다. 그 이유는 우선 에스터 월터스가 거짓말을 할 만한 여자가 아닌 것 같다는 것이었고(그야 누구도 장담 못하는 일이지만), 또 한 가지는 에스터 월터스가 그런 거짓말을 해야 할 까닭이 없기 때문이다.

문득 래필 씨가 마플 양에게 눈길을 돌렸다.

"하지만 당신은 소령이 살인자에 대해 이야기하면서 자기가 갖고 있는 사진을 보여주겠다고 했다지 않았소?"

"예, 그렇게 생각했지요."

"그렇게 생각했다고? 아니, 처음에는 그렇게 자신 있게 말을 꺼내놓고선!"

마플 양은 거세게 반박했다.

"어떤 사람과 주고받은 대화를 상기시켜서 상대의 말을 정확하게 기억해 낸다는 것은 결코 쉬운 일이 아니에요. 누구나 상대가 이런 뜻으로 말했으리라고 지레짐작을 하고 그대로 믿어버리기가 쉽다는 거지요. 그러고는 그 뒤에도 그것이 실제로 상대가 한 말인 양 입으로 옮긴답니다. 팰그레이브 소령님이 살인자 이야기를 내게 들려준 것은 맞아요. 하지만 솔직히 고백하건대 나 역시 살인자의 사진을 보겠느냐는 소령님의 말에 그분이 보여주려고 한 사진이 살인자의 사진일 것이라고 지레 단정했다는 것을 인정하지 않을 수 없어요. 소령님이 이야기하던 살인자의 사진이 틀림없다고. 하지만 지금 와서 생각하니, 소령님은 마음속에서 문득 영감을 얻어 자신이 의사한테서 받은 스냅 사진보다는 최근에 자신이 이곳에서 살인자라고 믿고 있는 사람을 찍은 사진을 보여주자고 비약해 생각했을 가능성도 얼마든지 있어요. 물론 아주 희박한 가능성이긴 하지만 그래도 역시 가능한 일이에요."

"여자들이란! 그저 한결같이 똑같다니까! 뭐 하나 자신 있게 말하는 법이 없어!"

래필 씨가 분통을 터뜨렸다. 그리고 더없이 짜증이 난 음성으로 냅다 물었다.

"그렇다면 이제 가능성은 뭐요? 이블린 힐링던인가? 아니면, 그레그의 마누라 러키라는 거요? 온통 뒤죽박죽이잖소!"

그때 조심스러운 기침 소리가 들려왔다.

아서 잭슨이 래필 씨의 곁에 서 있었다. 하도 가만히 다가왔기 때문에 아무도 그가 다가온 것을 눈치 채지 못했던 것이다.

"마사지하실 시간입니다."

래필 씨는 즉각 분통을 터뜨렸다.

"대체 이렇게 슬금슬금 다가와서 나를 깜짝 놀라게 하다니 이게 무슨 짓인가? 발소리도 못 들었잖나 말이야!"

"대단히 죄송합니다."

"오늘은 마사지하지 않겠네. 해봤자 소용도 없어!"

"저런, 그런 말씀하시면 안 됩니다."

잭슨은 직업적인 미소를 가득 떠올리며 대꾸했다.

"마사지를 하지 않으시면 금방 악화되십니다."

이어 그는 솜씨 있게 휠체어를 돌렸다.

마플 양은 자리에서 일어나 에스터에게 미소를 던진 뒤 해변으로 내려갔다.

제18장

신부가 없는 동안의 대화

오늘 아침의 해변은 조금 한산했다. 그레그는 언제나처럼 요란스러운 소리를 내며 바닷물 속에서 헤엄치고 있었고, 러키는 햇볕에 그을린 등에 기름을 매끄럽게 바르고 금발을 어깨 위에 가득 펼친 채 모래밭에 엎드려 있었다.

오늘따라 힐링던 부부는 보이지 않았다. 언제나처럼 한 무더기의 찬미자들을 대동한 드 카스페아로 부인은 똑바로 누워 목 깊숙이에서 울려나오는 즐거운 스페인어 억양으로 이야기하고 있었다. 물가에서는 프랑스인과 이탈리아인 아이들 몇몇이 웃으며 뛰놀고 있었다. 프레스콧 신부와 그의 누이동생은 의자에 앉아 바다 풍경을 내려다보고 있었다. 신부는 모자를 비스듬히 눈 위로 덮은 채 반쯤 조는 듯했다. 프레스콧 양이 앉아 있는 옆에 간이의자가 하나 있기에 마플 양은 그 의자를 끌어다가 앉았다.

"어쩌면 그럴 수가……." 마플 양이 깊은 한숨을 토해냈다.

"정말이에요." 프레스콧 양이 대답했다.

그것은 갑작스러운 죽음에 대한 그들 두 여인의 합동 조사였다.

"정말 가엾기도 하지." 마플 양이 다시 말했다.

"슬픈 일입니다. 개탄스러워 마지않아요." 이번에는 신부가 나섰다.

프레스콧 양이 말을 받았다.

"사실 제레미 오빠와 나는 잠깐이지만 이곳을 떠날까 하고도 생각했답니다. 하지만 곧 마음을 고쳐먹었지요. 그건 켄들 부부한테 너무 가혹한 일일 테니까요. 게다가 이번 일이 그들 책임도 아니겠고, 어디서나 흔히 있을 수 있는 일이잖아요?"

"삶의 한복판에서도 우리는 죽음의 그늘에 가려져 있는 거랍니다."

프레스콧 신부의 엄숙한 대사였다.

프레스콧 양은 개의치 않고 말을 이었다.

"켄들 부부한테는 이 호텔을 성공적으로 경영하는 것이 무엇보다도 중요한 일이지요. 있는 돈을 몽땅 쓸어 넣었다니까."

"몰리는 아주 상냥한 여자인데 요즘은 건강이 좋아 뵈지 않더군요."

마플 양이 말했다.

"꽤 신경질적으로 되었어요. 그야 그녀 가족이……."

프레스콧 양이 고개를 내저었다.

신부는 은근히 비난 섞인 어조로 말했다.

"조안, 내 생각엔 틀림없이 그럴 만한 연유가……."

"모두 알고 있는 걸요. 그녀의 가족은 우리하고 같은 마을에 살고 있답니다. 고모할머니도 이상했고 무척 별난 사람이었지요. 숙부 한 사람은 또 지하철역에서 옷을 죄다 훌훌 벗어버린 일도 있어요. 아마 그린 파크에서 그랬다나 봐요."

"조안, 그런 소리는 자꾸 입에 담는 게 아니란다."

"정말 서글픈 일이에요." 마플 양이 얼른 말했다.

"그야 정신 이상자로서는 별로 이상한 일도 아니지만 말씀이에요. 아르메니아(이란 서북부의 소련의 한 공화국) 구제단체에서 일할 때 일이었어요. 존경받고 있던 노 목사 한 분이 그와 똑같은 일을 저지르는 것을 본 적이 있습니다. 부인이 사람들한테서 전화를 받고 달려가 그를 담요로 둘러싸 택시에 태워서는 집으로 데리고 갔지요."

"하긴 몰리의 직계 가족들은 모두 정상이에요." 프레스콧 양이 말했다.

"어머니와 사이가 좀 좋지 않았지만, 요즘 아가씨들치고 어머니와 사이좋게 지내는 아가씨들이 어디 그렇게 흔한가요?"

"정말 안된 일이지 뭐예요!" 마플 양이 고개를 내저으며 맞장구쳤다.

"젊은 아가씨란 어머니의 세상 경험과 지혜가 꼭 필요한 법인데."

"그렇고말고요." 프레스콧 양이 힘주어 말했다.

"사실 몰리도 처녀 때 어떤 남자하고 어울렸답니다. 듣기로는 그리 탐탁지 않은 남자였다는군요."

"흔한 일이지요."

"당연한 일이지만 그녀의 가족들은 발끈했답니다. 게다가 가족들에게 숨기고 사귀었으니 더 그럴 만도 했지요. 더군다나 가족들은 전혀 엉뚱한 사람한테서 그 이야기를 전해 들은 거예요. 물론 그녀의 어머니는 상대방 남자를 집으로 데려와서 선을 보이라고 했지요. 하지만 몰리는 그것을 거절했다나 봐요. 그녀 말이, 그렇게 하면 남자가 모욕을 느낀다는 거지요. 가족들한테 불려가서 하나부터 열까지 훑어보게 한다는 건 끔찍한 모욕이라는 거예요. 꼭 쓸 만한 말을 고르는 거나 마찬가지 아니냐고 그녀가 그러더래요."

  마플 양은 한숨을 내쉬고는 중얼거리듯이 대꾸했다.

  "젊은 사람들을 다룰 때는 기술이 있어야 하는 건데."

  "어쨌든 일은 그렇게 되어서 그녀의 가족들은 몰리가 남자를 만나는 것을 금지시켰답니다."

  "하지만 요즘 세상에 그런 게 어디 효과나 있나요? 아가씨들도 직업을 가진 세상이니 누가 만나라고 하든 말든 여러 남자를 만날 기회가 있지요."

  "하지만 그런 중에 다행히도 몰리는 팀 켄들을 만난 거예요. 그러자 그전의 남자는 자연히 자취를 감추었답니다. 그 가족들이 얼마나 마음을 놓았는지는 상상도 못하실 거예요."

  "안심했어도 그 감정을 너무 노골적으로 드러내서는 안 되는 건데. 그러다 보면 아가씨들이란 종종 가족들한테 적대감을 느끼게 되는 수가 있으니까요."

  "예, 그렇지요."

  "그래서 생각이 났는데……"

  마플 양도 과거의 추억으로 치달렸다.

  크로켓 파티에서 만난 젊은이였다. 그는 아주 멋있는 사람처럼 보였다. 꽤 명랑했고 사고방식이 보헤미안적인 구석이 있었다. 그런데도 그는 뜻밖에 마플 양의 아버지로부터 따스한 환영을 받게 되었다. 아버지 말씀이 그는 딸의 상대로서 충분하다는 것이었다. 그 뒤 그 젊은이는 마플 양의 집에 여러 번 초대되었고, 그러다 보니 마플 양은 결국 그가 더없이 지루한 남자라는 것을 알게 되었다. 지루하기 짝이 없는 남자라는 것을.

이제 신부는 완전히 졸고 있었다. 그가 말참견할 염려는 하지 않아도 되었다. 그래서 마플 양은 진작부터 꺼내고 싶어 안달이던 화제를 꺼냈다.

"당신은 이 섬에 대해 많이 알고 있을 테지요? 몇 년째 이곳에 오셨다니까."

"예, 작년에도 왔고 3년 전에도 왔지요. 우리 두 남매는 생 토노레가 무척 마음에 든답니다. 이곳 사람들은 언제 보아도 인심 좋고 착한 사람들이니까요. 천박한 취미의 벼락부자 같은 사람들도 없고요."

"그렇다면 힐링던 부부와 다이슨 부부도 잘 아시겠군요."

"예, 잘 알고말고요."

마플 양은 헛기침을 하고는 목소리를 조금 낮추었다.

"팰그레이브 소령님이 내게 아주 재미있는 이야기를 들려주셨답니다."

"이야기 레퍼토리가 무궁무진한 분이니까요. 하긴 퍽 여러 곳을 여행하신 모양이더군요. 아프리카, 인도, 그리고 중국에까지 여행하셨다더군요."

"예, 그런 모양이에요. 하지만 그런 여행담 이야기를 하는 게 아니에요. 내가 들은 이야기는 저……, 조금 아까 내가 말한 사람들하고 관계있는 이야기예요."

"저런!" 프레스콧 양이 그 의미를 알아들었다는 듯이 대꾸했다.

"예, 그래서 난 지금 궁금하게 여기고 있습니다."

마플 양은 러키가 햇볕에 등을 태우는 해변으로 슬쩍 눈길을 보냈다.

"정말 아름답게 그을린 살갗이지요! 그리고 저 머릿결 좀 보세요. 보기만 해도 매력적이군요. 몰리 켄들하고 아주 똑같은 색깔이네요. 그렇지 않나요?"

"차이라면 몰리는 진짜 머리고, 러키는 염색한 점일 테지요."

프레스콧 양이 퉁겨주었다.

"저런, 조안!"

뜻밖에도 프레스콧 신부가 다시 눈을 뜨며 끼어들었다.

"그런 소리를 마구 하다니 정말 인정머리도 없구나."

"인정머리가 없다뇨, 사실을 말했을 뿐인데."

"난 보기만 좋은걸, 뭐." 신부가 대꾸했다.

"물론이죠. 그러니까 하지 왜 하겠어요? 하지만, 제레미 오빠, 여자란 그런 것엔 절대 속지 않는답니다. 안 그래요?"

그녀는 동조를 구하듯이 마플 양을 바라보았다.

"글쎄요, 난 당신만큼 경험이 없어서. 하지만 어딘가 자연스럽지 못한 것은 분명히 말할 수 있군요. 5~6일째마다 머리칼 뿌리 쪽이……."

그녀의 눈길이 프레스콧 양에게 향했다. 그들은 여자끼리의 묵계로 고개를 끄덕였다. 신부는 다시 졸기 시작했다.

마플 양이 다시 속삭였다.

"팰그레이브 소령님은 아주 진기한 이야기를 들려주셨어요. 확실히 기억이 나지는 않지만—난 가끔 가는 귀가 먹거든요. 하지만 소령님은 무슨 말인가를 암시하려고……."

"무슨 말씀인지 알겠어요. 당시에는 아주 말들이 많았거든요."

"당시라면……."

"다이슨의 첫 번째 부인이 죽었을 때 말이에요. 너무나 갑작스러운 일이었거든요. 사실 모두 그 부인을 '말라드 이마지네르(불어로 '제풀에 앓는 사람'이란 뜻)' 즉, 일종의 히스테리 환자로 여기고 있었어요. 그래서 그녀가 심장발작을 일으켜서 갑작스럽게 죽자 말들이 많았지요."

"그 당시에는, 별다른 이상이 없었나요?"

"의사도 갈피를 못 잡더군요. 젊은 사람인데다 경험이 별로 없어서요. 내 생각엔 항생물질이면 다 되는 줄로 믿고 있는 그런 종류의 의사 같았어요. 그런 의사들은 환자를 자세히 진찰하지도 않고, 또 어디가 나쁜지 열심히 알아보려고도 하지 않는 타입이죠. 무턱대고 알약을 처방해주고는 환자가 낫질 않으면 또 다른 알약을 내주는 그런 타입 말이에요. 내가 보기엔 분명히 그 의사는 뭐가 뭔지 혼란스러워했어요. 하지만 그녀는 전에도 위장병에 걸렸었다나 봐요. 아니, 남편 말은 적어도 그랬지요. 그 때문에 이상하다고 생각할 만한 근거는 아무 데도 없었어요."

"하지만 당신 생각은……."

"물론 나는 언제나 만사를 공정하게 보려고 애쓰는 축이지요. 하지만 의심스럽게 생각되는 거야 어쩔 수 없잖아요? 그리고 사람들이 하는 말로 추리해

보건대……."

"조안!" 신부가 소리치며 일어났다.

그는 여느 때와 달리 태도가 단호했다.

"난 정말이지, 그런 악의에 찬 소문이 자꾸 퍼지는 건 질색이다. 우리는 늘 그런 일에는 반기를 들어왔잖니? 악은 보지도 말며 듣지도 말며 입에 담지도 말라고. 그리고 한 가지 덧붙일 것은 생각하지도 말라는 거야! 십자가 안의 형제 자매는 모두 그것을 교훈으로 삼아야 해."

두 여자는 잠잠히 앉아 있었다. 그들은 꾸지람을 들으면서도 그동안 익혀온 예의범절로 남자의 꾸지람에 반기를 들고 나서지는 않았다.

하지만 그들의 내심에선 불만을 터뜨리고 있었고, 초조함을 달래고 있었다. 게다가 후회 같은 건 하고 있지도 않았다. 프레스콧 양은 노골적으로 오빠에게 초조한 눈길을 보냈다. 마플 양은 뜨개질하던 것을 꺼내 내려다보았다. 하지만 운명의 신은 다행히도 그들 편에 있었다.

"몽 페르(불어로 '신부님'이라는 뜻)."

작고 새된 목소리가 들려왔다. 물가에서 놀고 있던 프랑스인 아이였다. 소녀는 소리도 없이 다가와 프레스콧 신부의 의자 옆에 서 있었다.

"몽 페르—." 소녀가 다시 가냘픈 목소리로 불렀다.

"응, 왜, 그러니? '위, 케스킬랴 마 프티트(불어로 '무슨 일이 있니, 얘야?')?'"

소녀는 설명하기 시작했다.

아이들 사이에 누가 날개 모양의 튜브를 사용할 것인가에 대해, 그리고 다른 바닷가에서의 에티켓에 대해 이견(異見)이 일어 말다툼이 생겼다는 것이다.

프레스콧 신부는 아이들을 매우 좋아했다. 특히 나이가 어린 소녀들을. 그때문에 아이들끼리 말다툼이 일어나면 언제나 중재자 역할로 나서길 좋아했다. 지금도 그는 기꺼이 일어서서 소녀와 함께 물가로 내려갔다.

마플 양과 프레스콧 양은 깊은 안도의 한숨을 내쉬고는 흥미진진한 얼굴로 서로의 얼굴을 바라보았다.

"제레미 오빠가 악의에 찬 소문에 반대하는 거야 물론 당연하고 올바른 일이지요." 프레스콧 양이 운을 뗐다.

"하지만 사람들이 주고받는 소문을 완전히 무시할 수야 없는 것 아니겠어요? 게다가 당시에 말들이 좀 많았어야죠."

"그래요?"

마플 양은 다음이 궁금해서 못 견디는 투였다.

"문제의 여자는 그레이토렉스라나 하는 이름이었어요. 아니, 당시에는 그런 이름이었던 듯싶은데 지금은 확실히 기억이 나질 않는군요. 어쨌든 내가 알기로는 그녀는 다이슨 부인의 사촌이었는데 다이슨 부인을 보살피고 있었지요. 약을 먹이기도 하고 이것저것 시중도 들었답니다."

잠시 뜻깊은 침묵이 흘렀다.

"그리고 내가 듣기로는(프레스콧 양의 목소리가 낮아졌다), 다이슨 씨하고 그레이토렉스 양하고 사이에 수상쩍은 관계가 있었다는 거예요. 그걸 알아챈 사람들이 한둘이 아니지요. 그런 일이야 이런 좁은 섬 바닥에서는 금방 눈에 뜨이니까요. 게다가 에드워드 힐링턴이 그녀를 위해 약국에서 뭔가를 구해다 주었다는 이상한 이야기도 나돌더군요."

"저런, 에드워드 힐링턴도 그 일에 등장하나요?"

"예, 그때만 해도 에드워드 힐링턴은 러키한테 완전히 넋이 나가 있었으니까요. 사람들도 다 눈치 챘지요. 그리고 러키는(그레이토렉스 양 말이에요) 교묘하게 두 사람을 반목시켰지요. 그레고리 다이슨과 에드워드 힐링턴 말이에요. 그야 있을 법한 일이지요. 러키는 지금도 그렇지만 매력적인 여자였으니까."

"예전처럼 젊지는 않지만."

"그래요. 하지만 항상 치장에 신경을 쓰고 화장도 공들여 하기 때문에 그런 건 문제가 되지도 않아요. 물론 가난한 친척 시절에는 지금처럼 화려하지는 않았지요. 당시 그녀는 환자에게 너무 헌신적으로 대했지요. 하지만 그게 어떤 연유에서였는지는 당신도 아시겠지요?"

"그런데 그 약방 이야기는 어떻게 된 거지요? 어떻게 해서 알려졌나요?"

"제임스타운에서 있었던 일은 아니었어요. 아마 마티니크에서 있었던 일이 아니었나 싶어요. 프랑스 사람들은 우리 영국인보다 약에 대해서는 관대한 모양이에요. 그런데 그 약방 주인이 누구에게 이야기하는 바람에 소문이 퍼졌지요. 하지만 그런 일이야 흔하죠, 안 그래요?"

마플 양이야 그 방면에서는 대적할 사람이 없는 경험자였다.

"약방 주인은 힐링던 대령이 와서 뭔가를 달라고 했는데, 그게 뭘 하는 건지는 자신도 잘 모르던 것 같다고 했겠지요. 약 이름을 쓴 처방전을 내보이면서 말이에요. 어쨌든 그렇게 해서 말들이 많았지요."

"하지만 힐링던 대령이 왜……"

마플 양은 혼란스러운 표정으로 눈살을 찌푸렸다.

"내 보기엔 힐링던 대령은 앞잡이로 이용당한 듯싶어요. 어쨌든 그레고리 다이슨은 부인이 죽은 뒤 좀 지나치다 싶을 만큼 일찍 재혼을 했어요. 한 달도 채 안 됐을 거예요."

그들은 서로 뚫어지게 바라보았다.

"하지만 정말로 의심하는 것은 아니겠지요?"

"아, 예, 물론이죠. 그저 소문만 있었을 뿐이에요. 하긴 알고 보면 별로 의심갈 만한 것이 없었을지도 모르지만."

"하지만 팰그레이브 소령님은 의심 갈 만한 것이 있다고 생각하시던걸요."

"소령님이 직접 그렇게 말씀하시던가요?"

"귀 기울여 듣지는 않아서 확실하지는 않아요." 마플 양이 고백해 버렸다.

"그런데 혹시, 소령님이 당신에게도 그런 이야기를 하시던가요?"

"어느 날엔가는 직접 손으로 가리키기까지 한걸요."

"그게 정말인가요? 정말, 그녀를 가리켰어요?"

"그렇답니다. 사실 난 처음엔 소령님이 힐링던 부인을 말하는 줄로만 알았어요. 쿡쿡 웃으며 익살처럼 말씀하시기에. '저기 저 여자 좀 보세요. 내 보기엔 살인을 저질러놓고도 감쪽같이 발을 빼고 돌아다니는 여자로군.' 난 그야말로 어리벙벙했지요. 그래서 '농담으로 하시는 말씀일 테죠.'라고 대답했어요. 그랬더니, '아, 그렇다면 농담이라고 해둡시다.' 그러시는 거예요. 그때 다이슨 부부와 힐링던 부부가 우리하고 아주 가까운 테이블에 앉아 있어서 난 혹시 그 사람들이 들을까 봐 전전긍긍했지요. 소령님은 내 꼴을 보고는 또 쿡쿡 웃으며, '나라면 칵테일파티에 가더라도 저 사람이 칵테일을 만들어주는 것은 먹지 않겠습니다. 그건 보르지아 가문 사람들하고 저녁을 먹는 거나 마찬가지일 테니까.'라고 말하더군요."

"정말 흥미로운 이야기로군요. 그런데 소령님이 혹시, 무슨 사진 이야기는 안 하시던가요?"

"글쎄, 기억이……, 신문에서 오려낸 조각인가요?"

마플 양은 막 그 질문에 대답하려다가 입을 다물었다. 누군가의 그림자에 태양이 가려졌다.

이블린 힐링던이 그들 두 사람 옆에 발길을 멈추고 섰다.

"안녕히 주무셨어요?"

"난 또 어디 갔나 했지요." 프레스콧 양이 명랑하게 대꾸했다.

"제임스타운에 쇼핑하러 갔었어요."

"그랬어요?"

프레스콧 양이 무심코 주위를 살피자 이블린이 말했다.

"에드워드는 함께 가질 않았어요. 남자들이란 대개 쇼핑하길 싫어하잖아요."

"그래, 뭐 살 만한 것이 있습디까?"

"그런 쇼핑이 아니라 약방에 볼일이 있어서요."

그녀는 미소를 머금고 고개를 가볍게 까딱거리고는 해변으로 내려갔다.

프레스콧 양이 말했다.

"힐링던 부부는 참 좋은 사람들이에요. 하긴 이블린은 좀 알 수 없는 여자지만, 안 그런가요? 늘 명랑한 얼굴이긴 하지만 좀처럼 속을 알 수 없거든요."

마플 양도 신중한 얼굴로 맞장구쳤다.

"대체 뭘 생각하고 있는지 알 수가 없다니까." 프레스콧 양이 덧붙였다.

"그게 오히려 낫지요." 마플 양이 불쑥 말했다.

"무슨 말씀인지?"

"아, 아무것도 아니에요. 단지 난 가끔 그녀가 생각하는 것이 기상천외한 것일지도 모른다는 기분이 들어요."

"호오―." 프레스콧 양은 어리둥절한 얼굴이었다.

"말씀이야 알겠지만……." 이어 그녀는 화제를 조금 바꾸었다.

"듣자 하니 두 사람은 햄프셔에 퍽 근사한 집을 가지고 있다더군요. 그리고 사내아이가 하나, 참 둘이라던가? 둘 다, 아니, 그중 하나가 얼마 전에 윈체스에 있는 학교에 들어갔다나 봐요."

"햄프셔를 잘 아세요?"

"아뇨, 전혀. 두 사람 집은 앨턴 근처 어딘가 봐요."

마플 양은 조금 사이를 두었다가 말했다.

"그렇군요. 그럼 다이슨 부부는 어디 살지요?"

"캘리포니아예요. 아니, 정확히 말하면 미국에 있을 때의 집이 그렇다는 거예요. 늘 여러 곳을 여행하며 다닌다니까."

"여행하면서 오가다 만난 사람들에 대해서는 그다지 자세히 알 수가 없지요. 그러니까 내 말은(어떻게 얘기하면 좋을까), 그런 처지의 사람은 상대방에게 자신이 털어놓고 싶은 것만 털어놓잖아요. 그러므로 다이슨 씨가 정말로 캘리포니아에서 살고 있는지도 모를 일이지요."

프레스콧 양은 멍한 얼굴이었다.

"하지만 다이슨 씨가 분명히 그렇게 말했는걸요."

"예, 내가 말하는 것도 바로 그 점이에요. 힐링던 부부에게도 마찬가지이지요. 당신은 그들이 햄프셔에 살고 있다고 했지만, 실은 그 사람들이 당신에게 한 말을 그대로 전할 뿐이죠, 그렇지 않은가요?"

프레스콧 양은 여전히 놀란 얼굴이었다.

"그럼, 그들이 햄프셔에 살고 있지 않다는 말씀이세요?"

"아뇨, 잠깐만 들어보세요." 마플 양은 재빨리 변명하듯이 말했다.

"내가 그 사람들 이야기를 한 것은 사람이란 상대의 말만 믿고는 상대에 대해 제대로 안다고 할 수가 없다는 거예요. 나 역시 당신에게 내가 세인트 메리미드에서 살고 있다고 했지만 당신은 그 이름을 한 번도 들어본 적이 없을 거예요. 즉, 말하자면 당신은 그곳을 직접 아는 것은 아니지요, 안 그런가요?"

프레스콧 양은 한순간 마플 양 당신이 어디 살고 있든지 자기는 관심 없다고 하는 말이 튀어나오려고 했으나 참고 말았다. 그곳은 영국 남부 시골 어딘가에 있다는데, 그것이 프레스콧 양이 아는 전부였다.

"아, 예, 무슨 말씀인지 알겠군요." 그녀는 허겁지겁 동의해 버렸다.

"게다가 사람이란 외국에 나가 있을 때는 아무리 신중해도 지나친 법이 없기 마련이죠."

"내 말뜻은 꼭 그런 뜻만은 아니에요."

마플 양이 대꾸했다. 실은 마플 양의 머릿속에는 묘한 생각들이 떠오르고 있었다. 그녀는 속으로 자문해보았다.

'과연 나는 프레스콧 신부와 프레스콧 양이 과연 진짜로 프레스콧 신부와 프레스콧 양이라는 것을 확신하는가?'

알고 있는 것은 그들이 그렇게 말했다는 것일 뿐, 그것을 부정할 근거는 아무것도 없다. 하지만 깃을 세운 성직자 같은 옷을 입고 그럴 듯하게 보이는 말을 늘어놓는다면 신부로 보이는 것은 그다지 어려운 일이 아니리라.

그렇게 할 만한 동기만 있다면⋯⋯.

마플 양은 자기가 사는 고향의 신부들에 대해서는 더없이 잘 알고 있지만 이들 프레스콧 남매는 영국 북부에서 왔다고들 한다. 더햄이라고 했던가?

마플 양은 그들이 프레스콧 남매임은 의심치 않았다. 하지만 그러다 보면 역시 그녀의 마음은 원래의 출발점으로 돌아간다.

사람은 상대방의 말을 그대로 믿기 마련이라는 사실로. 사람은 그 점을 바로 경계해야 할지도 모른다. 아마도⋯⋯.

이윽고 그녀는 생각에 잠긴 얼굴로 머리를 내저었다.

제19장

구두 한 짝을 써먹다

프레스콧 신부는 조금 숨을 헐떡거리며 물가에서 돌아왔다(사실 나이가 나이니만큼 아이들과 노는 것은 언제나 힘겹기 마련이다). 그들 남매는 곧 호텔로 돌아갔다. 해변이 너무 뜨거워졌기 때문이다.

그들이 멀어져 가는 것을 지켜보며 드 카스페아로 부인이 코웃음을 쳤다.

"아니, 해변이란 원래 더운 곳이 아닌가요? 별 쓸데없는 소릴 다. 게다가 저 프레스콧 양의 옷을 좀 보세요. 목이고 팔이고 꽁꽁 싸매고 있으니. 하긴 그게 나을지도 모르지요. 살갗이 털 뽑힌 닭처럼 끔찍할 테니까."

마플 양은 숨을 들이쉬었다. 지금 아니면 드 카스페아로 부인과 이야기를 나눌 기회는 영영 붙잡지 못하고 만다. 그런데 운 나쁘게도 무슨 말로 시작해야 할지를 모르는 것이다. 마플 양과 드 카스페아로 부인에게 공통된 화제란 것은 있을 법하지 않았으니까.

"아이들이 있나요, 세뇨라(스페인 어로 '부인'이라는 호칭)?"

마침내 마플 양이 물었다.

"세 명의 천사가 있지요."

드 카스페아로 부인은 손가락 끝에 하나씩 입을 맞추며 대답했다.

마플 양은 드 카스페아로 부인의 말이 자녀가 지금 천국에 가 있다는 것인지, 아니면 자녀의 성품이 천사 같다는 것인지 좀처럼 종잡을 수가 없었다. 그때 그녀의 주위를 둘러싼 신사 같은 어떤 사람이 스페인어로 뭔가 한마디 하자 드 카스페아로 부인은 유쾌하다는 듯이 고개를 젖히며 멜로디 같은 웃음소리로 웃어댔다.

"무슨 소리를 했는지 알아들으셨어요?" 부인은 마플 양에게 물었다.

마플 양은 변명조로 대꾸했다.

"아뇨, 미안하지만."

"그편이 나을지도 몰라요. 심술궂은 남자니까요."

그녀는 또다시 그 남자와 함께 빠른 스페인어로 요란하게 농담을 주고받았다. 이어 갑자기 부인은 엄숙한 얼굴을 하며 영어로 탄식했다.

"이건 정말 부당한 처사 아닌가요? 이럴 수가 없어요! 경찰이 우릴 이 섬에서 옴짝달싹 못하게 하다니요. 난 비명도 질러대고 울화통도 터뜨려 보았지만 그 사람들 말은 그저 안 된다는 거예요. 하지만 이렇게 나가다가는, 우리 모두 누구 손엔가 다 죽고 말 거예요."

그녀의 호위병 중 한 사나이가 그녀를 달래려 했다.

"아니, 그렇지 않아요. 분명히 말하지만 이 호텔에는 악운이 딸려 있다고요. 난 처음부터 알고 있었어요. 소령이라는 그 못생긴 노인 말이에요. 그 노인은 악마의 눈을 지니고 있었어요. 기억하세요? 그 사팔뜨기 눈동자—악마와 불행의 상징이지 뭐예요! 난 그 노인이 내가 있는 쪽을 볼 때마다 악마를 쫓는 뿔의 상징을 가슴에 만들었답니다."

그녀는 그것을 직접 그려 보이기까지 했다.

"그야 원래 사팔뜨기이다 보니 내 쪽을 바라본다고 한들 정말 내 쪽을 바라보고 있는지 어떤지는 알 수 없지만."

"그분은 의안이었어요."

마플 양이 소령을 대신해서 설명하려는 듯이 말했다.

"듣기로는 젊었을 때 사고를 만나 한쪽 눈을 잃었다는군요. 하지만 그건 그분 잘못이 아니잖아요."

"하지만 그 늙은 소령은 분명히 불행을 몰고 왔어요. 난 알아요. 그 눈은 분명히 악마의 눈이었어요."

드 카스페아로 부인은 다시 라틴계 나라 사람들이 곧잘 하는 그 유명한 상징—집게손가락과 새끼손가락을 세우고 그 사이의 두 손가락을 구부리는 뿔의 상징을 만들어 보았다. 이어 그녀는 명랑한 음성으로 말했다.

"하지만 소령은 이미 죽었는걸요. 이젠 다시 볼일도 없을 테고 말이에요. 그런 흉한 모습은 난 질색이랍니다."

팰그레이브 소령의 묘비명치고는 너무나 인정머리 없는 가혹한 것 아닐까? 마플 양은 속으로 중얼거렸다.

저 아래 해변에서는 그레고리 다이슨이 막 물가로 나오는 중이었다. 러키는 이제 모래밭에 똑바로 등을 대고 누워 있었다. 이블린 힐링턴은 러키를 바라보고 있었는데, 그 표정에 마플 양은 왠지 몸이 오싹해졌다.

'이렇게 뜨거운 태양이 내리쬐고 있는데 추워서 오싹하다니, 있을 수 없는 일이야.'

그녀는 속으로 중얼거렸다. 낡은 표현이지만 그와 비슷한 것이 있지.

'자기 무덤 위를 거위 한 마리가 걷고 있다(까닭 없이 소름이 돋을 때 비유하는 말).'

이윽고 마플 양은 자리에서 일어나 천천히 방갈로를 향했다. 도중에 그녀는 해안으로 내려가는 래필 씨와 에스터 월터스를 지나쳤다.

래필 씨는 그녀를 보자 한쪽 눈을 찡긋했다. 하지만 마플 양은 마주 윙크하지 않고 오히려 나무라는 듯한 표정을 지었다.

방갈로 안에 들어간 그녀는 침대 위에 누웠다. 왠지 늙고 지치고, 불안한 심경이었다. 분명히 확신은 있었다. 이젠 더 이상 지체할 시간이 없다. 시간이 없어, 이젠 더 이상 지체할 시간이……. 이미 때는 늦었어……. 태양이 지고 있다. 태양—태양을 바라보려면 사람은 검게 칠한 유리를 통해 보아야 한다. 그런데 그 검게 칠한 유리 안경을 누가 줬었는데 어디 갔더라……?

아니, 그럴 필요도 없었다. 그림자 하나가 태양을 가려버린 것이다. 그림자 하나, 이블린 힐링턴의 그림자. 아냐, 그건 이블린 힐링턴이 아니었다. 그림자 (정확히 어떤 말이었지?). 사망의 골짜기를 덮은 그림자였던가? 그래, 바로 그랬다. 그녀는 뭐라고 했더라? 악마를 쫓는 뿔의 상징을 만든다고 했다. 악마의 눈을 피하기 위해서 말이야. 팰그레이브 소령의 악마의 눈을 피하기 위해서.

그녀는 눈꺼풀을 깜박이다가 활짝 떴다. 잠이 들었던 모양이다.

그런데 실제로, 현실 속에도 그림자가 나타나 있었다. 누군가가 그녀의 창문 밖에서 안을 들여다보고 있었다. 다음 순간 그림자가 몸을 움직였고, 마플 양은 그 정체를 똑똑히 보았다. 잭슨이었다.

'무례하기도 해라. 저렇게 남의 방을 들여다보다니!'

그녀는 속으로 중얼거리다가 문득 하나의 삽입구를 덧붙였다.

'꼭 조나스 패리처럼.'

그렇게 비교하자 잭슨이 절대 못 믿을 사람처럼 여겨졌다.

그런데, 왜 잭슨이 내 침실을 저처럼 들여다보았을까? 내가 여기 있나 확인하기 위해서일까? 아니면, 있긴 있되 잠자는가를 확인하기 위해서?

마플 양은 자리에서 벌떡 일어나 욕실로 들어간 뒤 창을 통해 조심스럽게 밖을 내다보았다. 아서 잭슨은 그녀의 옆, 래필 씨의 방갈로 문 옆에 서 있었다. 그는 재빠르게 주위를 둘러보더니 슬쩍 안으로 들어갔다.

재미있는 일인걸. 마플 양은 속으로 중얼거렸다.

잭슨이 왜 저처럼 도둑고양이 같은 눈으로 주위를 살피는 걸까? 잭슨 역시 래필 씨의 방갈로 뒤편에 자기 방이 있으므로 누군들 그가 래필 씨의 방갈로에 들어가는 것을 이상하게 생각할 사람은 없을 텐데.

잭슨은 언제나 무슨 심부름 같은 것으로 방갈로를 드나들고 있었다. 그럼, 왜 저렇게 뒤가 켕기는 사람처럼 주위를 잽싸게 살피고 들어간 것일까?

'이유는 하나밖에 없지.'

마플 양은 스스로의 의문에 이렇게 해답을 내렸다.

그는 그 안에 들어가서 할 일의 성질상 아무도 자기가 방갈로에 들어가는 것을 보길 원치 않았던 것이다. 물론 지금은 멀리 원정을 간 사람들만 빼놓고는 모두 해변에 나가 있다. 그리고 20분만 있으면 잭슨 역시 래필 씨가 바닷물 속으로 들어가는 것을 돕기 위해 해변으로 내려가야 할 것이다.

그러니 그가 남들 몰래 방갈로에서 무슨 일을 할 작정이면 지금만이 유일한 절호의 기회이다. 그는 아마 마플 양이 침대에 잠들어 있다고 생각하고는 적이 만족해했을 것이다. 근처에 아무도 자기를 지켜볼 사람은 없으리라고 생각하고는.

하지만 상황이 상황이니만큼 마플 양이 이제 그 일을 해야 했다. 그녀는 침대에 앉아 예쁘장한 샌들을 벗고는 고무창을 댄 운동화로 갈아신었다. 하지만 곧이어 머리를 내젓고는 여행가방을 뒤져 하이힐 한 켤레를 꺼냈다. 그 하이힐 뒤축은 얼마 전 문 옆의 잠금장치에 걸려 헐거워져 있었다.

마플 양은 안 그래도 위태위태한 그 뒤축을 손톱 칼을 가지고 조심스럽게 손을 봐서 더욱 헐거워지게 만들었다. 이어 그녀는 스타킹 신은 발로 조심스럽게 문을 나섰다. 그러고는 바람을 맞받으며 영양의 무리로 다가가는 사냥꾼 같은 신중한 태도로 래필 씨의 방갈로를 한 바퀴 빙 돌았다.

이윽고 집 모퉁이로 돌아간 그녀는 들고 있던 하이힐 한쪽을 신고 또 한쪽의 뒤축을 마지막으로 다시 한 번 비튼 뒤 살며시 땅에 무릎을 짚고 창 아래로 움츠렸다. 이러면 만일 잭슨이 무슨 소리를 듣고 창가로 와 내다본다 해도 노부인이 하이힐 뒤축 때문에 넘어진 것으로 생각하리라.

하지만 잭슨은 아무 소리도 듣지 못한 것이 틀림없었다. 마침내 마플 양은 조심조심 고개를 들었다. 방갈로의 창턱은 아주 낮았다. 그녀는 댕댕이덩굴 가지로 몸을 살짝 숨긴 채 안을 들여다보았다……

잭슨은 어떤 여행가방을 앞에 놓고 무릎을 꿇고 앉아 있었다. 뚜껑이 열려 있었으므로 마플 양은 그것이 갖가지 서류를 넣게 칸이 나누어진 사무용 가방임을 척 보고 알 수 있었다. 잭슨은 서류철을 훑어보다가 종종 긴 봉투 속에 든 어떤 서류를 한 장씩 꺼내어 꼼꼼히 살펴보고 있었다.

마플 양은 이 편리한 망루에 오래 걸터앉아 있지 않았다.

잭슨이 무슨 짓을 하고 있나 그것만 살펴보면 일은 끝나게 되어 있었기 때문이다. 이제는 분명히 알았다. 잭슨은 뭔가를 훔쳐보고 있었다. 뭔가 특별한 목적이 있어서인지, 아니면 원래 그런 버릇을 타고났는지 그거야 마플 양으로서도 판단하기가 좀 어려운 문제였다. 하지만 관찰 결과 아서 잭슨과 그녀가 아는 조나스 패리는 얼굴만 닮은 것이 아니라 기타 여러 가지 면에서도 똑같이 닮았다는 그녀의 확신은 여지없이 증명된 셈이었다.

이제 문제는 성공적으로 그곳을 물러나오는 일이었다. 그녀는 다시금 신중하게 몸을 웅크리고는 화단 가장자리를 따라 기어 창문이 보이지 않는 곳까지 전진했다. 방갈로로 돌아온 그녀는 하이힐을 벗고 자기가 잡아 뜯은 뒤축을 흐뭇한 얼굴로 바라보았다. 아마 요 다음에도 필요하기만 하면 좋은 도구로 써먹을 수 있으리라.

이윽고 그녀는 샌들로 다시금 갈아 신고는 깊은 생각에 잠긴 채 해안으로 내려갔다. 에스터 월터스가 물속에 들어가 있는 동안을 이용해 마플 양은 에스터가 앉아 있던 빈 의자에 몸을 묻었다. 그레그와 러키는 드 카스페아로 부인과 웃고 떠들며 주변을 소란스럽게 물들이고 있었다.

마플 양은 래필 씨를 쳐다보지도 않고 숨죽인 목소리로 나직하게 중얼거렸다.

"잭슨이 뭔가를 뒤져보고 있다는 걸 알고 계세요?"

"새삼스러울 것 없소. 그래, 현장을 덮쳤소?"

"창밖에서 들여다보았지요. 당신 서류가방 하나를 열고 서류를 뒤져보고 있더군요."

"어떻게 해서 그 열쇠를 얻은 모양이군. 수단 좋은 녀석이야. 하지만 실망했을 거요. 그렇게 해보았자 아무것도 손에 넣을 게 없으니까."

마플 양이 호텔 쪽을 바라보며 말했다.

"저기 오고 있네요."

"지겹게도 또다시 물에 뛰어들 시간이로군."

이어 그는 다시 나직하게 덧붙였다.

"그리고 당신 말인데, 너무 흥미진진한 모험은 벌이지 않는 게 좋겠소. 다음엔 당신 장례식에 가고 싶지 않으니까. 당신 나이를 유념하고 주의하도록 해요. 이 근방에 별로 양심적이지 못한 사람이 얼씬거리고 있다는 것을 항상 잊지 마시오."

제20장

한밤의 놀라운 사건

1

저녁이 찾아들었다. 테라스에는 불빛이 환하게 들어왔다. 사람들은 하루 이
틀 전보다는 소란스럽지도 명랑하지도 않았지만 어쨌든 식사를 하며 이야기를
나누고 웃기도 했다. 스틸 밴드는 여전히 연주를 계속하고 있었다. 하지만 춤
은 일찌감치 끝나고 말았다. 사람들은 하품하고는 잠자리에 들었다. 불이 꺼지
고 어둠과 정적만이 남았다. 골든 팜 트리 호텔은 고요하게 잠에 빠져들었
다……

"이블린! 이블린!"

날카롭고 절박한 속삭임이 울려 퍼졌다.

이블린 힐링던이 베개 위에서 고개를 뒤척였다.

"이블린, 좀 일어나 봐요."

그녀는 후다닥 자리에서 일어났다. 문가에 팀 켄들이 서 있었다.

그녀는 놀란 얼굴로 멍하니 그를 바라보았다.

"이블린, 좀 와줄 수 있겠소? 몰리 때문에, 몰리가 아파요. 무슨 일인지 모
르겠소. 아마 뭘 집어삼킨 모양이오."

이블린은 재빠르고 결단력이 있었다.

"좋아요, 팀, 가겠어요. 당신은 몰리한테 돌아가 있어요. 금방 뒤따라갈 테니
까."

팀 켄들이 문 앞에서 사라졌다. 이블린은 살짝 침대에서 내려와 가운을 걸
치고 옆의 침대를 건너다보았다. 남편은 잠을 깬 것 같지 않았다. 그는 등을
돌린 채 고르게 조용히 숨을 쉬고 있었다. 이블린은 잠시 어떻게 할까 하고
망설이다가 그를 깨우지 않기로 했다.

문을 빠져나간 그녀는 호텔 본관 쪽으로 급히 걸어 그 뒤편에 있는 켄들 부부의 방갈로로 갔다. 문 앞에 가니 팀도 마침 문에 들어서는 중이었다. 몰리는 침대에 누워 있었다. 눈을 감고 있었는데, 숨결이 역시 심상치 않았다.

　이블린은 그녀 위로 몸을 구부려 눈꺼풀을 뒤집어보고 맥을 짚은 다음 침대 옆 테이블을 바라보았다. 거기에는 물을 마시고 난 듯한 유리컵과 빈 약병이 있었다. 그녀는 그것을 집어들었다.

　"수면제랍니다." 팀이 옆에서 말했다.

　"하지만 어제, 아니 그저께까지는 거의 반이나 남아 있었다고요. 그런데 그걸 몽땅 다 집어삼킨 모양이에요."

　"어서 가서 그레이엄 선생님을 불러오세요. 그리고 가는 길에 호텔 사람들을 깨워서 짙은 커피를 끓여오라고 하세요. 아주 짙은 걸로. 자, 빨리."

　팀은 허겁지겁 달려나갔다. 하지만 문을 나가자마자 그는 에드워드 힐링던과 맞부딪쳤다.

　"이런, 미안합니다, 에드워드."

　"무슨 일이오? 무슨 일이 일어났길래……."

　"몰리가 이상해서요. 이블린이 지금 같이 있습니다. 난 지금 바삐 의사를 부르러 가는 참이에요. 먼저 의사한테 갔어야 하는데, 확신을 할 수가 없어서요. 이블린이라면 알 수 있으리라고 생각했기 때문에―몰리는 괜히 필요도 없이 의사를 부르면 싫어하거든요."

　말을 마친 그는 다시금 부리나케 달려갔다.

　에드워드 힐링던은 잠시 그의 뒷모습을 지켜보다가 침실로 들어갔다.

　"무슨 일이오? 중태요?"

　"어머나, 왔군요, 에드워드. 난 당신이 깼는지 몰라서―이 어리석은 몰리가 약을 먹었나 봐요."

　"상태가 심하오?"

　"얼마나 먹었는지 모르고서는 이렇다저렇다 이야기할 수가 없지요. 제시간에만 손을 쓴다면 위험한 정도는 아닐 텐데. 우선 커피를 가지러 보냈어요. 커피를 조금 삼키게 하면……."

"대체 몰리가 왜 이런 짓을 했을까? 설마……." 그는 말을 멈추었다.

"설마 어떻다는 거예요?"

"설마 경찰의 심문이니, 그런 것 때문은 아니겠지?"

"그럴 가능성도 물론 있어요. 신경이 예민한 사람들은 그런 일에도 몹시 겁을 집어먹을 수가 있으니까."

"몰리는 신경이 예민한 타입으로 보이진 않던데."

"그야 말할 수 없지요. 아무리 봐도 그럴 것 같지 않은 사람이 때때로 이성을 잃고 광기에 빠지는 경우가 흔히 있으니까요."

"그래, 내 기억에도……." 그는 다시 말을 멈추었다.

"실상 사람은 남을 확실히 잘 안다고 누구도 장담 못하는 거예요."

이어 그녀는 의미심장하게 덧붙였다.

"제일 가까운 사람일지라도……."

"그건 너무 과장하는 것 아니오, 이블린?"

"그렇지 않아요. 사람이란 다른 사람을 생각할 때 자신이 마음대로 만들어낸 형상에 맞추어 생각하기 마련이니까요."

"하지만 난 당신을 잘 알아." 에드워드 힐링던이 차분히 말했다.

"안다고 생각하는 것뿐이겠죠."

"아니, 난 확신하오. 그리고 당신 역시 나에 대해 확실히 알고 있지."

이블린은 그를 잠시 바라보다가 침대 쪽으로 다시 몸을 돌려 몰리의 어깨를 잡고 흔들었다.

"뭔가 조치를 취해야겠는데, 아무래도 그레이엄 선생님이 오실 때까지 기다리는 편이 더 낫겠죠. 아, 발소리가 들리는군요."

2

"이젠 괜찮을 겁니다."

그레이엄 의사는 침대에서 물러나 손수건으로 이마를 닦으며 안도의 한숨을 내쉬었다.

"정말 괜찮을까요, 선생님?" 팀이 걱정스럽게 물었다.

"괜찮소, 괜찮아. 다행히 제시간에 손을 썼으니까 말이지. 그리고 아마 치사량을 먹지는 않은 모양이오. 한 며칠쯤 있으면 말짱해질 거요. 그전에 하루 이틀 정도는 괴롭겠지만."

그는 빈 약병을 집어들었다.

"대체 이 약은 누가 준 거요?"

"뉴욕에 있는 의사지요. 몰리는 잠을 잘 못 자서요."

"아하, 알겠군. 어쨌든 요즘 의사들이란 환자에게 이런 것을 너무 마구 내준단 말이야. 젊은 아가씨들에게 밤에 잠이 잘 안 오거든 양(羊)의 머릿수를 세라거나, 일어나서 비스킷을 먹어보라거나, 편지를 한두 장 쓴 뒤 다시 잠자리에 들어보라고 하는 의사는 눈을 씻고 봐도 없단 말이오. 그저 요즘 사람들은 효과가 즉시 나타나는 것만 찾으니까. 하지만 난 가끔 환자들에게 그런 약을 건네주는 게 견딜 수 없소. 사람이란 살아가면서 이런저런 일을 참아나가는 인내력도 필요한 것인데. 그야 아기가 울 때 입에 고무젖꼭지를 물리는 건 괜찮겠지. 하지만 일생 내내 그런 식으로 할 수는 없지 않겠소?"

그는 문득 쿡쿡 웃음을 터뜨렸다.

"내 장담하지만 만일 마플 양에게 잠 안 올 때는 어떻게 하느냐고 물으면 그녀는 틀림없이 양의 머리가 문 밑을 빠져나가는 장면을 그리면서 그 머릿수를 세라고 할 거요."

그때 몰리가 몸을 뒤척거렸기 때문에 의사는 얼른 그쪽을 보았다.

그녀는 눈을 뜨고 있었지만 눈앞에 있는 사람이 누구인지도 모르는 듯 맥없는 눈길이었다. 그레이엄 의사는 그녀의 손을 쥐고 흔들었다.

"자, 자, 이봐요. 대체 무슨 짓을 저지른 거요?"

몰리는 눈을 깜박거렸지만 대답을 하지 않았다.

"왜 이런 짓을 했소, 몰리? 얘기해봐요, 빨리."

팀이 다른 한 손을 잡고 흔들었다. 하지만 몰리의 눈동자는 여전히 꼼짝도 하지 않았다. 그 눈동자가 누군가를 응시하고 있다고 한다면, 그것은 이블린 힐링던이었다. 그 눈에 희미한 물음이 담겨 있는 듯싶었지만 확실히 단정 지을 수는 없었다.

그때 이블린이 마치 직접 몰리에게서 물음을 당한 것처럼 대답했다.

"팀이 우리 방갈로로 와서 날 찾아온 거예요."

이윽고 몰리의 눈이 팀에게 향하더니 그레이엄 의사에게로 옮겨졌다.

그레이엄 의사가 먼저 말했다.

"이젠 괜찮아질 테니 마음 놓아요. 하지만 다시는 그런 짓 말아요."

"몰리는 죽을 작정은 아니었습니다." 팀이 조용히 입을 열었다.

"제가 압니다, 몰리는 죽을 생각이 아니었어요. 그저 푹 자려고 했을 뿐입니다. 그런데 약이 듣질 않자 더 많이 집어삼킨 거지요. 그렇지, 몰리?"

몰리가 가녀린 몸짓으로 고개를 내저었다.

"그럼, 죽으려고 맘먹고 먹었단 말이오?" 팀이 물었다.

그때야 몰리가 입을 열었다.

"예."

"아니, 왜 그런 짓을, 몰리, 왜?"

그녀의 눈꺼풀이 파르르 떨렸다.

"겁이 났어요." 간신히 들릴 정도로 낮은 음성이었다.

"겁이 났다고? 대체 무엇이 겁이 났소?"

그녀는 눈을 감고 말았다.

"지금은 그냥 놔두는 게 좋겠소." 그레이엄 의사가 나섰다.

하지만 팀은 초조한 듯이 재촉했다.

"무엇이 무섭단 말이오? 경찰이? 당신을 불러서 이것저것 마구 물어서 그런 거요? 그야 당연한 일이지. 누구라도 겁먹었을 테니까. 하지만 그건 경찰의 수법일 뿐이오. 아무도 당신이……."

그는 문득 말을 멈추었다. 그레이엄 의사는 그를 향해 단호한 손짓을 했다.

"나, 자고 싶어요." 몰리가 말했다.

"제일 좋은 일이지."

그레이엄 의사가 얼른 대꾸했다. 이윽고 그가 문을 향해 걸음을 옮기자 다른 사람들도 그의 뒤를 따랐다.

"아마 푹 잘 수 있을 거요." 그레이엄이 말했다.

"제가 뭐 할 일이 있을까요?"

팀이 언제나처럼 어딘지 아픈 구석이 있는 사람 같은 근심스러운 얼굴로 물었다.

"괜찮다면 내가 남아 돌보겠어요." 이블린이 친절하게 입을 열었다.

"아니, 그럴 것 없어요. 정말 괜찮아요." 팀이 대꾸했다.

이블린은 침대로 또박또박 걸어갔다.

"몰리, 내가 옆에 있어줄까요?"

몰리의 눈이 다시 뜨였다.

"아뇨……." 잠시 뒤에 다시 말했다.

"팀만……."

팀은 돌아와서 침대에 앉았다.

"나 여기 있소, 몰리." 그는 그녀의 손을 꼭 잡으며 속삭였다.

"잠이나 푹 자둬요. 내가 떠나지 않고 곁을 지킬 테니까."

몰리는 가녀린 한숨을 내쉬고는 눈을 감았다.

의사는 방갈로를 나서자 걸음을 멈춰 섰다. 그러자 힐링던 부부도 그 곁에 멈추었다.

"정말 제가 할 일이 없을까요?" 이블린이 물었다.

"그렇소. 여하튼 참으로 고맙소, 힐링던 부인. 남편하고 같이 있으니까 그편이 더 나을 거요. 하지만 아마 내일쯤엔(더구나 팀은 호텔을 맡아봐야 하잖소) 그때는 누군가가 같이 있어야 할 텐데."

"혹시, 또다시 시도할지 모른다고 생각하시나요?"

에드워드 힐링던이 물었다.

그레이엄은 초조한 듯이 이마를 문질렀다.

"이런 일은 뭐라고 장담할 수가 없는 법이오. 하지만 그럴 것 같진 않소. 지금 보았듯이 회복되는 과정이 대단히 불쾌한 것이니까. 그래도 역시 완전히 장담할 수는 없겠지. 어딘가에 약을 더 숨겨두었을지도 모르니까."

"몰리 같은 여자가 자살할 수 있으리라고는 꿈에도 생각을 못했어요."

그레이엄은 표정 없는 목소리로 대꾸했다.

"자살하는 사람들이란 대개 그런 내색도 하지 않고, 자살하겠다는 위협도 하지 않는 사람들이라오. 오히려 그런 소리를 떠벌이는 사람들은 자신을 극적인 주인공으로 만들어 스트레스를 발산하려고 떠벌이는 것뿐이지."

"몰리는 늘 더할 수 없이 행복해 보였는데, 그것은 아마도……."

이블린은 망설이다가 결단을 내렸다.

"그레이엄 선생님, 아무래도 말씀드려야 할 것 같아요."

그녀는 빅토리아가 살해되던 날 저녁에 해변에서 몰리와 나눈 이야기를 들려주었다. 그녀의 말을 다 듣고 난 그레이엄 의사의 얼굴은 침통했다.

"일찌감치 얘기해줘서 고맙소, 힐링던 부인. 아마 거기엔 뿌리 깊은 고질적인 문제가 있는 모양이오. 그런 징조가 뚜렷해요. 좋소, 내일 아침에 그 남편하고 한번 이야기해봅시다."

3

"켄들, 부인에 대해서 중대하게 할 말이 있소."

두 사람은 팀의 사무실에 앉아 있었다. 이블린 힐링던이 팀 대신 몰리 옆에서 그녀를 지켜보고 있었고, 러키는 나중에―그녀의 표현을 빌리면 '몰리를 손 하나 꼼짝 못하도록 꽉 붙잡아 매기로' 약속한 바 있었다. 아울러 마플 양역시 그녀를 돌봐주겠다고 자청하고 나섰다.

가련한 팀은 호텔에서 해야 할 일과 아내의 용태에 대한 걱정으로 마음이천 갈래 만 갈래로 찢어지고 있었다.

"대체 알 수가 없습니다. 이젠 몰리를 더 이상 알 수 없어지는 심정이에요. 그녀는 달라졌어요. 아무리 살펴봐도 영 딴 사람이에요."

"내가 듣기로는 부인은 그동안 심한 악몽에 시달리고 있었다지요?"

"예, 언제나 그 일로 불평했어요."

"악몽을 꾼 지가 얼마나 되오?"

"그건 잘 모르겠습니다. 한 달가량, 아니, 아마 그보다는 더 되었을 겁니다.

몰리는, 우리 두 사람은 그저 단순한 악몽일 뿐이라고 생각하고 있었지요."

"알겠소. 이해하고말고. 하지만 더 심각한 문제는 부인이 누군가를 극도로 두려워하고 있다는 점이오. 부인은 그 이야기도 털어놓던가요?"

"아, 예, 한두 번인가 그런 말을 한 적이 있습니다. 누군가 자기 뒤를 쫓는 것 같다고."

"저런! 누가 감시를 한단 말이오?"

"예, 그런 말도 한번 하더군요. 그들은 자신의 적인데 여기까지 쫓아왔노라고."

"그래, 부인에게는 적이 있었소, 켄들 씨?"

"아뇨, 물론 적이라곤 있을 수 없지요."

"영국에서, 당신 두 사람이 결혼하기 전에 무슨 사건 같은 것이 있었던 것 아니오?"

"아뇨, 그런 일은 절대 없었습니다. 가족들과 그다지 사이좋게 지내지 못했지만 그뿐이랍니다. 그녀의 어머니가 좀 기이한 사람이어서 함께 살기가 어려웠을 겁니다. 하지만……."

"그녀의 가족 중에 정신 이상의 징조를 보인 사람은 없소?"

팀은 무슨 말인가를 하려고 입을 열었다가 다시 다물었다. 손가락 끝으로 책상 위의 만년필만 이리저리 굴릴 뿐이었다.

그레이엄은 재촉하듯이 말했다.

"만일 그런 케이스가 있다면 나한테 말해두는 것이 좋을 거요, 팀."

"예, 그야 그렇겠지요. 뭐 대단한 것은 아닙니다만 숙모인지 누군지 하는 분이 좀 머리가 이상하다더군요. 하지만 별것 아닙니다. 그런 일이야, 어떤 가족이든 한 사람쯤 있는 것 아닙니까?"

"그렇소, 사실이오. 그 일로 당신을 겁나게 하고 싶진 않소. 하지만 스트레스가 심해지면, 그, 뭐랄까, 광적인 증세를 보이거나 온갖 망상을 품는 경우가 있을지도 모르는 일이지."

"전 그런 것은 잘 모릅니다. 게다가 부부라도 상대방한테 자기 가족 얘기를 죄다 털어놓는 것은 아니니까요."

"그야 그렇지. 그럼, 혹시 그녀가 예전에 친구가 있었다거나, 누구 딴 사람하고 약혼했는데 그 사람이 그녀를 질투심에서 협박했다거나 한 적은 없소? 예를 들어서 말이오."

"글쎄요, 그런 일은 있을 것 같지 않군요. 예, 물론 저하고 결혼하기 전에 어떤 남자하고 약혼한 적이 있었지요. 듣기로는 그 일 때문에 부모님이 노발대발했었나 봅니다. 그런데 몰리는 가족들에 대한 반항심에서 더욱 그 남자에게 집착했던 모양이에요."

그는 문득 가볍게 웃었다.

"젊었을 때야 누구나 그런 일이 있지 않습니까? 주위 사람들이 괜히 참견하고 소동을 벌일수록 젊은이들은 상대에 대해 더 열을 올리고 말지요."

그레이엄 의사도 따라 미소를 지었다.

"그렇소, 그런 일이 종종 있지. 그래서 부모란 자식이 별로 바람직하지 못한 친구와 사귀더라도 무턱대고 쌍심지를 켜고 반대해서는 안 되는 법이오. 가만히 놔두면 다들 나이를 먹으면서 그런 일은 잊게 되니까. 그런데 몰리하고 약혼했다던 그 남자가 몰리에게 협박을 했다거나 그런 일은 없었소?"

"예, 분명히 그런 일은 없었습니다. 있었다면 몰리가 저한테 이야기 안 했을 리가 없지요. 하지만 몰리는 자기 입으로 그 사람한테 빠졌던 것은 유치한 사춘기적 열정 때문이었다고 했습니다. 그에게 이끌렸던 것은 순전히 그가 평판이 나쁜 불량한 남자였기 때문이라고요."

"아하, 그렇다면 별 심각한 것은 아니었군. 그런데 또 한 가지 문제가 있소. 부인은 가끔 기억상실증에 빠지는 모양이오. 자기가 그동안 무슨 행동을 했는지 기억할 수 없는 공백이 생긴다는 말이었소. 당신도 그 사실을 알고 있었소, 팀?"

"아뇨, 몰랐습니다." 팀은 천천히 말했다.

"예, 전혀 몰랐어요. 그런 이야기는 전혀 하지 않기에. 그러고 보니 가끔 멍해지는 때가 있더군요. 그리고……."

그는 잠시 말을 멈추고 생각을 더듬었다.

"아, 예, 그러고 보니 이해가 가는군요. 전 아내가 가끔 아주 간단한 일을

제20장 한밤의 놀라운 사건  181

잊기도 하고 그날 날짜가 언제인지 모르는 일도 있길래 의아하게 생각했지만, 그저 멍하니 다른 생각을 해서 그런 모양이라고만 여겼지요.”

“그것이 차츰 쌓여서 이렇게 된 모양이오. 충고하건대 부인을 기필코 전문의에게 보여야 할 것 같소.”

팀이 성난 얼굴을 붉혔다.

“정신과 전문의를 말씀하시는 것일 테지요?”

“아니, 꼭 그렇게 흥분할 것은 없소. 정신과 의사건 심리학자건 흔히들 신경쇠약이라고 부르는 일을 전문적으로 보는 사람들을 말하는 거요. 내 아는 사람으로 킹스턴에 뛰어난 의사가 하나 있는데—물론 뉴욕에 가도 좋소. 어쨌든 부인의 신경질적인 불안에는 분명히 그럴 만한 이유가 있소. 하지만 부인 자신도 그 이유는 거의 모르고 있을 거요. 가서 진찰을 받게 해봐요, 되도록 빠른 시일 안에.”

의사는 팀을 위로하듯이 그의 어깨를 토닥이고는 자리에서 일어났다.

“하지만 당장은 뭐 걱정할 것 없소. 부인에게는 좋은 친구들이 있으니까. 그리고 모두 부인에게서 감시의 눈길을 떼지 않을 테니까.”

“설마, 몰리가 또 일을 저지를 거라고 생각하시지는 않겠지요?”

“그런 일은 없으리라고 생각하오만.”

“하지만 아무도 장담을 못하는 것 아닙니까?”

“장담이야 못하지. 의사라는 직업에서는 그게 가장 첫째가는 기본원칙이오.” 그는 다시 팀의 어깨를 두드렸다.

“어쨌든 너무 걱정하지 마요.”

“말이야 쉽지.” 팀은 의사를 문밖까지 배웅하면서 입속으로 중얼거렸다.

“걱정하지 말라고, 쳇! 대체 저 사람은 내가 목석인 줄 아나 보지?”

제21장

화장품에 대한 잭슨의 열변

"괜찮으시겠어요, 마플 양?" 이블린 힐링던이 재차 물었다.

"그럼요, 걱정하지 마요." 마플 양이 단호하게 대꾸했다.

"오히려 나 같은 노인네도 쓸모가 있어서 좋은데요, 뭘. 이 나이가 되면 사람은 자기가 이 세상에 쓸모없는 존재가 된 것 같은 묘한 기분이 든답니다. 게다가 이런 곳으로 와서 할 일 없이 놀고만 있으면 더욱 그렇지요. 할 일이라곤 아무것도 없으니까. 여하튼 난 몰리를 보살피며 앉아 있게 되어서 기쁘기만 하답니다. 당신은 이제 채집원정을 떠나도 좋아요. 펠리컨 곳이었지요, 아마?"

"예, 에드워드도 저도 그곳이 퍽 마음에 든답니다. 새들이 하늘에서 피융―하고 내려와 물고기를 잽싸게 낚아채는 광경은 아무리 봐도 싫증이 나지 않으니까요. 지금은 팀이 몰리와 함께 있답니다. 하지만 해야 할 일도 있고, 그렇다고 몰리를 혼자 놔두기는 꺼림칙하고 해서 걱정인 모양이에요."

"그래요, 내가 만일 그 사람이라도 그럴 테지요. 사실 장담이야 못하지 않겠어요? 그런 일을 한번 저지른 사람은 그 뒤에도 어떤……, 자, 어쨌든 이만 가봐요."

이블린은 방을 나서서 그녀를 기다리는 일행에 합류했다. 거기에는 그녀의 남편과 다이슨 부부, 그리고 3~4명이 더 있었다.

마플 양은 뜨개질할 것 중 빠진 것이 없는지 점검하고 나서는 켄들 부부의 방갈로로 걸음을 옮겼다. 발코니로 올라가려니까 반쯤 열린 프랑스식 창문을 통해 팀의 목소리가 들려왔다.

"제발 왜 그랬는지 얘기해 주구려, 몰리. 뭣 때문에 그랬소? 내가 뭐 잘못한 것이라도 있었소? 이유가 있을 것 아니오? 제발 얘기 좀 해봐요."

마플 양은 걸음을 멈추었다. 안에서 몰리가 잠시 뜸을 들인 뒤에 입을 여는 음성이 들렸다. 맥없고 단조로운 목소리였다.

"모르겠어요, 팀, 나도 어떻게 된 건지 모르겠어요. 뭐에 씌웠나 봐요."

마플 양은 창문을 가볍게 노크한 뒤 실내로 들어섰다.

"저런, 오셨군요, 마플 양. 이거 송구스럽습니다."

"송구스럽다니요. 도움이 되어서 오히려 내가 기쁜걸요. 이 의자에 앉아 있으면 될까요? 몰리, 이젠 퍽 좋아 보이는군요. 내 마음이 다 놓여요."

"예, 이젠 괜찮아요. 퍽 좋아졌어요. 이젠 그저 좀, 졸릴 뿐이에요."

몰리가 말했다.

"난 아무 말도 하지 않을 거예요. 그냥 조용히 누워서 쉬어요. 난 뜨개질을 하고 있을 테니."

팀 켄들은 마플 양에게 고마움이 가득한 눈길을 보낸 뒤 방에서 나갔다.

마플 양은 의자에 앉았다. 몰리는 왼쪽으로 누워 있었다. 반쯤 멍한 표정, 그리고 퍽 지친 얼굴이었다. 목소리가 거의 속삭이는 듯했다.

"정말 이 친절을 어떻게 갚을지 모르겠어요, 마플 양. 이젠, 자도 되겠지요?"

그녀는 베개 위에 놓인 머리를 뒤척이다가는 눈을 감았다.

곧이어 그녀는 숨결이 고르게 되었다. 하지만 아직도 정상이라고는 볼 수 없었다. 환자들을 돌본 오랜 경험으로 마플 양은 거의 자동으로 일어나 침대 시트를 고르게 펴주고 침대 매트리스 밑으로 끝자락을 집어넣었다.

그때 그녀의 손에 뭔가 딱딱한 직사각형의 물건이 닿았다. 마플 양은 흠칫하며 그것을 끄집어냈다. 그것은 책이었다. 흘끗 침대 위를 보았지만 몰리는 꼼짝도 하지 않았다. 완전히 잠든 것이 분명했다.

마플 양은 조심스레 책을 펼쳐보았다. 그것은 최근에 나온 신경질환에 관한 전문서적이었다. 우연히도 그녀가 펼친 페이지에는 피해망상증과 정신분열증, 그리고 그에 따른 합병증의 여러 가지 증상들이 기술되어 있었다. 하지만 대단히 전문적인 내용은 아니고, 여느 사람이라도 쉽게 이해할 만한 용어로 적혀 있었다. 읽어가는 마플 양의 얼굴이 자못 진지해졌다.

이윽고 그녀는 책을 덮고 생각에 빠졌다. 이어 몸을 구부려 매트리스 밑으로 조심스럽게 책을 되돌려놓았다.

그녀는 혼란스러운 얼굴로 고개를 내저었다. 소리없이 의자에서 일어난 그녀는 창가로 몇 발걸음 떼다가 홱 머리를 돌렸다. 몰리는 눈을 뜨고 있다가 마플 양이 돌아보는 것과 동시에 다시 감았다. 잠시 마플 양은 자신이 과연 몰리의 그러한 재빠른 눈길을 본 것인지, 아니면 엉뚱한 공상을 한 것인지 갈피를 잡을 수가 없었다.

몰리는 잠을 자는 척할 뿐인가? 그렇게 생각하는 것이 자연스러우리라. 그녀는 자기가 잠을 자고 있지 않다는 것을 안다면 마플 양이 말을 걸까 봐 그런 것일 테지. 그래, 그것뿐이야. 마플 양은 속으로 중얼거렸다.

그런데 나는 몰리의 눈길에서 그다지 좋지 못한 어떤 간교함을 읽은 것일까? 그거야 알 수 없는 일이지. 알 수 없는 일이고말고.

마침내 그녀는 될 수 있는 대로 빨리 그레이엄 의사와 이야기를 나누어 봐야겠다고 마음먹었다. 그리고 나서 침대 곁의 의자로 되돌아온 그녀는 5분 정도 지난 뒤 이제야 몰리가 정말로 잠이 들었다는 것을 확신할 수 있었다.

정말 잠이 든 것이 아니라면 저렇게 꼼짝 않고 누워 고른 숨소리를 낼 순 없을 것이다. 마플 양은 다시금 의자에서 일어났다. 오늘 그녀는 고무창이 달린 운동화를 신고 있었다. 우아한 스타일이라고는 할 수 없으나 이곳의 기후에는 꼭 적합했으며, 넉넉한 품이 발에도 참 편했다.

그녀는 조용히 방 안을 돌아다니며 서로 다른 두 방향으로 나 있는 창문 앞에 잠깐씩 멈춰 섰다. 오늘따라 호텔 안은 쥐 죽은 듯이 고요했다. 마플 양은 다시 자기 자리로 돌아와 어딘가 불안한 얼굴로 잠시 서 있다가 자리에 앉았는데, 그 순간 밖에서 무슨 희미한 소리를 들은 듯했다.

구둣발이 발코니 위를 스치는 소리라고나 할까?

마플 양은 잠시 망설이다가 창가로 다가가 프랑스식 창문을 밀어 열고는 밖으로 나갔다. 그러고는 방 안을 뒤돌아보며 말했다.

"잠깐만 어딜 좀 다녀와야겠어요. 내 방갈로에 무늬 본을 놓고 왔는데 그걸 가져와야겠어요. 내가 돌아올 때까지 가만히 있을 테죠?"

하다가 그녀는 다시 고개를 돌려 끄덕이며 혼자 중얼거렸다.

"정말 잠들었군, 가엾은 사람. 그편이 낫지."

이윽고 그녀는 조용히 베란다를 가로질러 계단을 내려가 오른쪽 오솔길로 휙 꼬부라졌다. 그때 히비스커스 덤불 사이로 지나가는 사람이 있었다면, 그는 마플 양이 갑자기 진로를 바꾸어 화단으로 들어가 방갈로 뒤편으로 돌아가서는 그곳에 나 있는 뒷문으로 해서 방갈로로 들어가는 그녀의 행적에 의아한 마음이 들지 않을 수 없었을 것이다.

그 문은 팀 켄들이 이따금 사무실 대용으로 쓰는 작은 방으로 직접 들어가게 되어 있었고, 그다음으로는 거실과 연결되어 있었다. 지금 그 방에는 커다란 커튼이 방을 서늘하게 하기 위해 반쯤 늘어져 있었다. 마플 양은 커튼 한쪽 뒤로 슬며시 다가가 숨고는, 기다렸다. 창을 통해서 그녀는 몰리의 침실에 다가오는 사람을 잘 볼 수 있게 되었다.

4~5분가량이 지나고, 마침내 그녀는 보았다. 흰색 제복을 입은 잭슨의 깔끔한 모습이 계단을 올라와 발코니에 섰다. 그는 잠시 발길을 멈추더니 살짝 열린 창문을 두드리는 듯싶었다. 안에서는 아무런 대답도 들리지 않았다. 잭슨은 재빠르게 주위를 살피듯이 둘러보고는 열린 창문을 지나 안으로 들어왔다.

마플 양은 옆의 욕실로 향한 문으로 다가섰다. 그녀의 눈썹이 약간 놀란 듯이 위로 치켜졌다. 잠시 생각을 가다듬은 그녀는 우선 복도로 나가 반대쪽 문을 통해 욕실로 들어갔다.

세면대 위의 선반을 살펴보던 잭슨이 몸을 홱 돌렸다. 당연한 일이지만 그는 겁에 질린 얼굴이었다.

"이런, 전, 전 몰랐습니다."

"잭슨 씨!" 마플 양은 매우 놀란 얼굴로 말했다.

잭슨이 다시 입을 열었다.

"부인이 이 호텔 어딘가에 있으리라고는 생각했지만……."

"뭘 찾는 거지요?"

"별것 아닙니다. 그저, 켄들 부인의 얼굴 크림이 어떤 것인지 살펴보고 있었습니다."

마플 양은 잭슨이 손에 크림 병을 들고 있는 것으로 미루어 그가 분명히 사실을 말한 것으로 판단을 내렸다.

"냄새가 아주 좋군요." 잭슨은 콧잔등에 주름을 지으며 말했다.

"여기 쓰인 선전문구가 사실이라면 아주 좋은 물건입니다. 싸구려 상품은 간혹 가다 피부에 맞지 않는 경우가 있거든요. 습진이 생기기도 하니까요. 파우더도 역시 그렇습니다."

"화장품에 대해서 꽤 해박한 모양이로군요."

"제약회사에서 잠시 일해 본 적이 있거든요. 거기서 일하다 보면 화장품에 대해서도 여러 가지를 알게 되지요. 적당히 근사한 용기에 넣고 사치스러운 포장을 하면 여자들에게 비싼 값으로 팔아넘기는 것은 놀랄 만큼 쉬운 일이지요."

"정말 당신은 그런 일을 알아보려······." 마플 양은 일부러 말을 멈추었다.

"예, 물론 화장품 이야기를 하러 들어온 건 아닙니다."

잭슨은 솔직히 시인했다.

'거짓말을 둘러댈 만한 시간이 없는 모양이군.'

마플 양은 속으로 고소를 금치 못했다.

'자, 그럼 무슨 구실을 내세우는지 볼까.'

"사실은 월터스 부인이 자기 립스틱을 요 전날 켄들 부인에게 빌려주었다고 하더군요. 제가 온 건 그것을 대신 돌려받으러 온 겁니다. 창문을 두드리다가 켄들 부인이 푹 잠든 것을 보고는 깨우지 않고 제가 직접 욕실로 들어가 찾아보는 게 더 나을 거라고 생각했지요."

"그랬군요. 그런데 립스틱은 찾았나요?"

잭슨은 고개를 내저었다.

"아마 핸드백에 있나 봅니다. 하지만 할 수 없지요. 월터스 부인도 꼭 가져다 달라는 말은 하지 않았으니까요. 지나가는 말로 한마디 했을 뿐이지요."

그는 말하면서도 화장대 위의 물건을 살펴보고 있었다.

"별로 화장품 가짓수가 많지 않은 것 같군요. 그렇죠? 하지만 뭐 그녀 나이 정도면 화장품이 그다지 필요하지 않지요. 그대로도 피부가 아름다우니까요."

"당신은 보통 남자와는 무척 다른 관점으로 여성을 보는군요."

마플 양이 명랑하게 미소 지으며 말했다.

"예, 어떤 직업들은 사람의 관점까지 바꾸어 버리거든요."

"약에 대해서도 박식한가요?"

"그렇답니다. 제 일이 약하고 관계가 많으니까요. 하지만 제 의견을 물으신다면 요즘 세상엔 약의 종류가 너무 많아요. 진정제니 강장제니 기적의 영약이니 여하튼 부지기수예요. 그야 처방전대로만 환자가 복용한다면 괜찮지요. 하지만 처방전 없이도 살 수 있는 약이 너무 많답니다. 그중 몇몇은 아주 위험할지도 모르는 약인데 말입니다."

"그럴 테죠. 정말 그래요."

"약이란 사람의 행동에 큰 영향을 끼친답니다. 종종 듣게 되는 10대들의 히스테리 증세도 자연적인 원인 때문에 그런 것이 아니랍니다. 10대들이 약을 먹고 있기 때문이에요. 뭐 그야 새로운 사실도 아니지만—그런 사실이야 오래 전부터 알려져 왔으니까요. 동양 쪽만 해도(가본 일은 없습니다만) 갖가지 웃지 못할 일이 일어나고 있다더군요. 여자들이 남편에게 뭘 먹이는지 아시면 깜짝 놀라실 겁니다. 예를 들어 인도에서는, 지금은 그렇지 않습니다만, 늙은 남편과 결혼한 젊은 여자가 있다고 치십시다. 그 여자는 자기 남편이 죽을까봐 전전긍긍한답니다. 왜냐하면 남편이 죽으면 그 시체 위 장작더미에서 아내도 역시 불태워 죽이기 때문이지요. 설사 화장으로 죽지 않는다 하더라도 그녀는 가족들로부터 따돌림을 받게 되지요. 그래서 그 시대에는 미망인이 되는 것만큼 끔찍한 일도 달리 없었을 겁니다. 하지만 마약을 써서 늙은 남편을 일종의 환각상태로 만들어 반송장처럼 간신히 목숨만 붙어 있게 하는 방법이 있긴 했습니다."

그는 말하다 말고 고개를 내저었다.

"예, 정말 온갖 비행이 자행된 거지요. 그리고 마녀 말씀인데요, 요즘 와서 마녀에 대해서도 아주 재미있는 사실들이 밝혀지고 있답니다. 어째서 그녀들이 그토록 쉽사리 자신들이 마녀이며 빗자루를 타고 악마의 축제에 참가했다고 털어놓았는지를 말입니다."

"고문 탓이겠지요."

"꼭 그것 때문만은 아니었습니다. 아, 예, 그야 고문 탓도 적잖이 있지요. 하지만 개중에는 미처 고문이란 말을 입에 올리기도 전에 술술 털어놓는 마녀들도 있었답니다. 그들은 오히려 털어놓기보다는 의기양양하게 자랑했다는 편이 더 맞을 겁니다. 그런데 마녀들이 자기 몸에 향유를 바르곤 했다는 건 알고 계시지요? 그들은 그것을 도유(塗油)라고 했다더군요. 벨라도나니 아트로핀 뭐 그런 것들이지요. 그것을 피부에 바르면 마치 공중을 날아다니는 듯한 환각이 생긴다고 합니다. 그런데 그 가엾은 여자들은 그걸 진짜 하늘을 날아다니는 것으로 생각했지요. 그리고 중세기에 시리아니 레바논 등지에서 기독교도들을 살해한 비밀암살단을 예로 봐도 그렇습니다. 그들은 인도산 대마초를 복용하고는 자신들이 끝없는 영원 속에서 극락이며 극락의 여신에 둘러싸여 있다는 환각을 즐기지요. 그들은 또 죽음 뒤에 어떤 세상이 펼쳐질 것이라는 설교도 들었지요. 하지만 그러한 사후세계에 이르기 위해서는 엄숙한 의식을 치르듯이 살인을 해야 한다고 교사받은 겁니다. 아니, 이건 절대 제가 멋대로 지어낸 이야기가 아니라 정말로 밝혀진 이야기입니다."

"즉, 사람이란 본질적으로 아주 속기 쉽다는 말이로군요."

"예, 그야 그렇게도 해석할 수 있겠지요."

"사람들이란 자기가 들은 대로 믿기가 쉽답니다. 그래요, 우리 인간들은 모두 그런 경향이 있지요."

마플 양은 중얼거리듯이 말하다가 갑자기 날카롭게 물었다.

"그런데 인도에서 부인들이 남편에게 흰독말풀을 먹인다는 말을 당신은 대체 어디서 들었지요? 팰그레이브 소령님한테서 들었나요?"

그녀는 잭슨이 미처 대답할 틈도 주지 않고 재촉하듯이 물었다.

잭슨은 조금 놀란 얼굴이었다.

"아, 예, 사실 그렇습니다. 그런 이야기를 퍽 많이 들려주셨지요. 그야 그런 이야기들은 대부분 소령님이 아시기 전 옛날부터 있었던 이야기지만 소령님도 꽤 많이 알고 있었던 모양이었어요."

"팰그레이브 소령님은 이것저것 많이 아시는지는 몰라도 종종 이야기를 틀리게 전하시곤 했어요."

마플 양은 깊은 생각에 잠겼다.

"결국 그 때문에 팰그레이브 소령님에게 물어볼 질문을 많이 남겨놓고 가신 거지요."

그때 옆 침실에서 무슨 소리가 나는 바람에 마플 양은 얼른 돌아보았다. 재빨리 욕실을 나선 그녀는 침실로 뛰어들어 갔다. 러키 다이슨이 프랑스식 창문 안쪽으로 막 들어서는 중이었다.

"어머나! 마플 양이 여기 계신 줄은 몰랐어요."

"잠깐 욕실에 들렀던 참이에요."

마플 양은 빅토리아 왕조시대의 위엄이 배어 나오는 태도로 잘라 말했다.

욕실에서는 잭슨이 그 소리를 듣고 활짝 웃고 있었다. 빅토리아 시대의 예의범절이란 언제나 그의 웃음을 자아냈던 것이다.

"혹시 내가 교대로 몰리 곁에 있어 주면 어떨까 해서 왔어요."

러키는 이렇게 말하며 침대 위의 환자를 굽어보았다.

"푹 잠들어 있군요, 그렇지요?"

"그런 것 같군요. 지금은 오히려 그편이 낫답니다. 그러니 당신은 가서 실컷 즐겁게 놀도록 해요. 채집원정에 따라간 걸로 아는데?"

"그러려고 했지요. 그런데 막판에 가서 어질어질한 두통이 나서 그만두었답니다. 울음이 나올 만큼 심했어요. 그래서 차라리 여기 오면 제가 할 일이 있지 않을까 해서……."

"저런, 마음씨가 곱기도 해라."

마플 양이 대꾸하고는 다시 뜨개질을 시작했다.

"하지만 그럭저럭 내가 해나갈 수 있어요."

러키는 잠시 망설이더니 몸을 돌려 밖으로 나갔다.

마플 양은 그 뒤에도 잠깐 더 기다린 뒤에 발끝으로 욕실로 되돌아갔다. 하지만 잭슨은 이미 그곳을 떠나고 없었다. 틀림없이 반대편 문으로 나간 모양이었다. 마플 양은 그가 집어들었던 크림 병을 주머니에 넣었다.

제22장

몰리의 애인은 과연—

그레이엄 의사와 자연스럽게 기회를 봐서 이야기를 나누는 것은 마플 양의 생각만큼 쉽지는 않은 일이었다. 하지만 그녀는 될 수 있는 대로 자연스럽게 그에게 접근하기로 마음먹었다. 단도직입적으로 부닥쳤다가는 자기가 물으려고 하는 말에 쓸데없이 중대한 의미가 있는 것처럼 생각될 것이기 때문이다.

팀은 그 뒤 다시 방갈로에 돌아와 몰리를 돌보았고, 마플 양은 그가 식당에서 이것저것 할 일이 많은 저녁식사 시간에 다시 그를 대신해서 몰리 곁에 있어 주기로 약속했다.

팀은 마플 양에게 다이슨 부인이 몰리 옆에 있겠다고 자청했으며 힐링던 부인까지도 그러겠다고 했노라며 만류했으나, 마플 양은 결연하게 그 둘은 젊은 여자이므로 자기 같은 노인네를 놔두고 즐거움을 빼앗아서는 안 된다고 말했다. 아울러 자신은 저녁을 조금 일찍 들기를 좋아하므로, 그렇게 되면 모두 사정이 편해지지 않겠느냐고 고집을 피웠다.

이에 팀은 거듭 감사하다고 인사를 했다. 그렇게 약속을 정해둔 마플 양은 그동안 불안스럽게 호텔 주위와 각 방갈로로 통하는 오솔길을 쏘다녔다. 개중에는 물론 그레이엄 의사의 방갈로도 있었다. 그러는 가운데 그녀는 다음에 실행할 행동계획을 짜두었다.

지금 그녀의 머릿속에서는 갖가지 혼란스럽고 모순된 생각들이 난무하고 있었다. 마플 양은 이 세상에서 한 가지 딱 질색인 것이 있다면 그것은 그처럼 혼란스럽고 모순된 생각이 머리를 어지럽히는 것이었다.

이 모든 일의 발단은 아주 분명했다. 팰그레이브 소령의 수다를 떨기 좋아하는 실로 한탄스러운 입버릇, 그리고 부주의하게도 그의 이야기를 누군가에게 엿듣게 한 경솔함—그리고 그 당연한 귀결로서 24시간도 못 되어 찾아든 죽음. 거기까지는 아무것도 어렵거나 까다로울 것이 없었다.

하지만 그 이후로는 온통 어렵고 까다로운 것투성이라는 사실을 그녀도 어쩔 수 없이 인정해야 했다. 모든 상황이 한꺼번에 너무나 많은 방향을 가리키고 있었다. 그렇다면 일단, 다른 사람이 한 말은 죄다 믿지 않기로 하고, 어떤 사람도 함부로 믿지 않기로 하며, 아울러 여기서 대화를 나누어 본 사람들 중에는 깜짝 놀랄 만큼 세인트 메리 미드에서 그녀가 아는 사람과 닮은 사람이 많다는 사실을 고려한다면, 그다음에는 어떤 결론이 도사리고 있을 것인가!

그녀는 시시각각으로 희생자에게 마음이 쏠렸다. 누군가가 살해될 예정이다. 그런데 마플 양은 점차 그 희생자가 누구일 것인가에 대한 확신을 굳혀가고 있었다. 분명히 그렇게 생각할 만한 어떤 근거가 있었다. 그것은 그녀가 직접 들은 말일까? 그렇지 않으면 눈치 채거나 목격한 그 무엇일까?

누군가가 들려준 그 어떤 말이 강하게 가슴을 때린다. 조안 프레스콧이 한 말일까? 여러 사람이 여러 가지 이야기를 했는데, 스캔들일까? 아니면 소문? 대체 뭐라고 했지? 그레고리 다이슨과 러키 이야기를 했었지.

마플 양의 생각이 러키에 이르자 딱 멈추었다. 그녀의 타고난 육감으로 보건대 러키는 분명히 그레고리 다이슨의 첫 아내가 죽은 일과 매우 밀접한 관계가 있었다. 모든 정황이 그 사실을 가리키고 있었다.

그렇다면 지금 마플 양이 우려하고 있는 다음 희생자는 그레고리 다이슨일까? 혹시 러키는 남편에게도 자신의 운을 시험해보려는 것은 아닐까? 자유를 얻기 위해서뿐만 아니라, 그레고리 다이슨의 미망인으로서 물려받게 될 그 막대한 유산을 그려보며……?

마플 양은 문득 혼잣말로 중얼거렸다.

'아냐, 이건 모두 추측에 지나지 않아. 별 어리석은 생각을 다─내 생각이 어리석다는 건 나 자신도 잘 알고 있잖은가? 진실은 어디까지나 명백하다. 단, 그 밖의 쓸데없는 군더더기만 쓸어낼 수 있다면. 하지만 지금은 군더더기가 너무 많아. 그게 문제야.'

"무슨 혼잣소리를 하고 있소?" 래필 씨가 물었다.

마플 양은 가시에라도 찔린 사람처럼 펄쩍 뛰었다. 그가 다가오는 것을 꿈에도 몰랐던 것이다. 래필 씨는 에스터 월터스의 도움을 받으며 자기 방갈로에서 테라스로 천천히 나오고 있었다.

"기적을 전혀 몰랐어요, 래필 씨!"

"당신 입술이 움직이고 있습니다. 당신이 말한 긴급사태는 어떻게 되었소?"

"아직도 긴급사태가 유효해요. 단지 내가 너무도 명백한 사실을 꿰뚫어볼 수 없다는 것뿐."

"뭔진 몰라도 사실이 그렇게 명백하다니 다행이오. 어쨌든 누군가의 도움이 필요하다면 내게로 와요."

그는 고개를 돌려 잭슨이 오솔길을 따라 내려오는 것을 바라보았다.

"거기 있었구먼. 대체 어딜 가 있었나? 막상 필요할 때면 한 번도 곁에 있은 적이 없으니……."

"죄송하게 되었습니다, 래필 씨."

잭슨은 솜씨 좋게 래필 씨의 어깨 아래로 자기 어깨를 디밀어 버터 주었다.

"테라스로 내려가시겠습니까?"

"바로 데려가 줘. 에스터, 당신은 이젠 됐으니까 가서 이브닝드레스로 갈아입구려. 30분 있다가 테라스에서 만납시다."

이윽고 그는 잭슨과 함께 가버렸다. 월터스 부인은 마플 양의 옆에 있는 의자에 무너지듯이 앉았다. 그러고는 팔을 살살 문지르기 시작했다.

"보기에는 깃털처럼 가벼워 보여도 사실은 팔이 저릴 지경이랍니다. 참, 오후 내내 안 보이시던데요, 마플 양."

"그래요, 몰리 켄들을 간호하면서 옆에 앉아 있었어요. 그녀는 이젠 아주 좋아 보여요."

"제 의견을 말하라면 그녀한테는 나쁜 구석이라고는 하나도 없었어요."

마플 양은 에스터 월터스의 그 메마른 어조에 눈썹을 들어 올렸다.

"그럼, 설마, 그녀가 자살하려고 한 것이……."

"자살하려고 했다고는 생각되지 않아요."

에스터 월터스는 당찬 음성으로 대꾸했다.

"그녀는 결코 수면제를 지나치게 많이 먹지 않았어요. 그레이엄 선생님도 그 사실을 잘 알고 있을 거예요."

"그것참 재미있는 말이로군요. 왜 그렇게 생각하는 거지요, 부인?"

"진상이 그런 것이라고 확신하기 때문이지요. 하긴 뭐 드문 일도 아니지요. 즉, 다른 사람들의 주의를 끌려고 하는 거랄까."

"내가 죽으면 상대방이 안쓰러워한다, 이런 말이죠?"

"그런 셈이죠. 하지만 몰리의 경우는 동기가 좀 다르다고 생각해요. 마플 양이 말씀하시는 건 남편이 딴전을 피우는데 아내 쪽에서는 남편을 깊이 사랑할 때 이야기죠."

"그럼, 당신은 몰리 켄들이 남편을 사랑하지 않는다고 생각해요?"

"예. 당신은요?"

마플 양은 생각을 정리해보았다.

"글쎄요, 난 사랑하는 줄로 알았는데……." 이어 그녀는 덧붙이듯 말했다.

"그야 내 생각이 틀릴 수도 있지만."

에스터는 특유의 비꼬는 듯한 웃음을 떠올렸다.

"몰리에 대해서 들은 것이 있답니다. 진상을 전부다."

"프레스콧 양에게서?"

"이 사람 저 사람한테서요. 거기에는 어떤 남자가 관계되었다는 거예요. 몰리가 열중했던 남자가 있었는데, 주위 사람들이 죽어라고 반대를 했다는군요."

"아, 그 얘긴 나도 들은 적이 있어요."

"그 뒤에 그녀는 팀과 결혼했지요. 그야 어느 정도는 팀을 좋아했겠지요. 하지만 먼저 남자를 포기하지 못한 거예요. 전 가끔 그 남자가 그녀를 따라 이 섬에 온 게 아닌가 하는 생각이 들어요."

"있을 수 있는 일이지. 하지만 그렇다면 대체 누가……."

"글쎄, 그건 모르겠어요. 두 사람 다 꽤 몸조심을 할 테니까요."

"그럼, 당신 생각은 몰리가 그 남자를 아직도 사랑하고 있다는 건가요?"

에스터는 어깨를 으쓱했다.

"제가 보기엔 건들거리는 사내 같아요. 하지만 종종 그런 사내가 여자를 꼼짝 못하게 하는 마력이 있는 법이니까."

"혹시 어떤 남자라거나, 그가 무슨 짓을 했다거나 하는 이야기는 들어본 적이 없나요?"

에스터는 고개를 내저었다.

"아뇨, 모두들 추측이야 무성하지만 그런 종류의 일에는 아무도 장담 못하는 것 아니겠어요? 혹시 결혼한 남자일지도 모르고요. 몰리의 주위 사람들이 반대한 이유도 그 때문인지 모르죠. 혹은 진짜 악당이었는지도 모르고, 알코올 중독도 생각해볼 수 있지요. 아니면 법망을 피해 다니는 남자인자—그거야 알 수 없지요. 어쨌든 몰리는 아직도 그 남자를 잊지 못하고 사랑하고 있어요. 난 분명히 알 수 있어요."

"무슨, 장면이라도 목격했나요? 아니면 들었거나?"

마플 양은 슬쩍 퉁겨보았다.

"그냥 허튼소리만은 아니에요." 에스터는 쌀쌀맞게 내쏘았다.

"그건 그렇고, 이번 살인사건 말인데요……."

마플 양은 얼른 화제를 바꾸었다.

"그 살인사건 이야기는 제발 그만 하실 수 없으세요? 더구나 이젠 래필 씨마저 끌어들이셨으니, 웬만하면 그냥 되어가는 대로 놔두시는 편이 좋지 않을까요? 그래 봤자 더 이상 알아낼 것도 없으실 텐데 말이에요."

마플 양은 그녀의 얼굴을 응시했다.

"당신은 뭐 좀 알고 있군요, 안 그래요?"

"예, 그래요. 거의 확신하고 있어요."

"그렇다면 당신이 아는 것을 사람들한테 이야기하거나 무슨 조치를 취해야 한다고 생각지 않나요?"

"뭣하려고? 그래 봤자 제게 무슨 득이 되게요? 증거라고는 하나도 갖고 있질 못한걸요. 더구나 진상을 밝히지 않았다고 해서 또 무슨 일이 나겠어요? 게다가 요즘 사람들은 형벌을 피하는 방법도 갖가지랍니다. 책임경감의 원칙이라나 하는 것들이죠. 그저 몇 년 감옥에서 지내고 나면 다시 세상을 활보할 수 있는 걸요."

"하지만 당신이 아는 것을 이야기하지 않았기 때문에 누군가가 또 살해된다면, 누군가 또 희생자가 나온다면 그때는 어떻게 하죠?"

에스터는 자신 있게 머리를 내저었다.

"그런 일은 없을 거예요."

"그렇게 자신할 수는 없는 일 아닌가요?"

"아니, 자신할 수 있어요. 아무리 생각해본들 누가……."

그녀는 이마를 짚었다. 그러고는 엉뚱할 만큼 급히 말머리를 돌렸다.

"어쨌든 그건, 책임경감으로 돌려질 거예요. 그거야 어쩔 수 없겠죠. 완전한 정신이상자가 아닌 한에는 말이에요. 아, 저도 잘 모르겠어요. 지금으로서는 가장 최선책이란—그녀가 누군진 모르겠지만, 그 남자하고 멀리 도망가는 일뿐인데, 그렇게 되면 우리 모두 이것저것 죄다 잊어버리고 말 것 아니겠어요?"

그녀는 흘긋 시계를 내려다보다 외마디소리를 지르고는 자리에서 일어났다.

"이런, 빨리 가서 옷을 갈아입어야겠어요."

마플 양은 그녀의 뒷모습을 바라보며 자리에 앉아 있었다. 대명사란 언제나 사람을 당혹케 만들기 마련이지. 그녀는 속으로 중얼거렸다. 게다가 에스터 월터스 같은 여자들은 너무 헤프게 대명사를 내뱉어서 더욱 혼란스럽게 하곤 하지. 대체 무슨 이유로 에스터 월터스는 팰그레이브 소령과 빅토리아의 죽음과 관계있는 범인이 여자라고 생각하는 것일까? 그녀의 말투는 꼭 그랬다.

마플 양은 곰곰이 생각에 잠겼다.

"저런, 마플 양, 웬일로 혼자……, 뜨개질도 안 하시고?"

마플 양이 그토록 찾아 헤맸으나 결국은 실패하고 만 그레이엄 의사였다. 그런데 그 인물이 바로 여기 눈앞에, 그녀와 이야기하러 제 발로 찾아온 것이다. 아마 오래 있을 작정은 아닐 테지.

마플 양은 속으로 어림해 보았다. 그 역시 저녁식사를 위해 옷을 갈아입어야 할 테고, 더구나 평소에도 퍽 이르게 저녁을 드는 편이었기 때문이다.

마플 양은 우선 그에게 오후 내내 몰리 켄들의 병상에 앉아 간호하고 있었다고 말했다.

"너무나 빨리 회복이 되고 있어서 믿어지지 않을 지경이에요."

"아, 그야 뜻밖의 일도 아니지요. 몰리는 대단한 양을 삼킨 게 아니니까."

"하지만 거의 반 병이나 비웠다고 하던데요?"

그레이엄 의사는 사람 좋은 얼굴로 웃었다.

"아뇨, 그렇게 먹진 않았어요. 그야 처음에는 다 먹을 생각이었겠지만 막판에 가서는 마음을 바꾸고 반은 버렸을 겁니다. 사람들은 자살하고 싶다고 스스로 생각하고 있을 때라도 실제로는 모순된 경우가 많지요. 그 때문에 진짜로 치사량까지는 먹지 않는 경우가 흔하답니다. 꼭 다른 사람들을 의식적으로 속이려는 것이 아니라 사람이란 무의식 속에서 자신을 돌보고 지키려는 수가 많기 때문이지요."

"하지만 의식적인 경우가 있을 수도 있잖겠어요? 내 말은, 저어……, 일부러 자살하는 것처럼 보이게 해서……."

"그도 있을 법한 일이지요."

"예를 들어 몰리가 팀하고 부부싸움을 벌였다면 어떻게 됐을까요?"

"그들은 부부싸움이라곤 하지 않소. 아주 금실이 좋은 모양이니까. 물론 어떤 부부든 한 번쯤이야 싸우겠지만. 어쨌든 몰리에 대해선 이제 신경 안 쓰셔도 될 겁니다. 이제 자리에서 일어나면 평상시처럼 활기차게 돌아다닐 테니까요. 물론 하루 이틀 정도는 그냥 꼼짝 못하게 하는 편이 안전할 테지만."

의사는 자리에서 일어나 가볍게 머리를 끄덕이고는 호텔 쪽으로 향했다.

마플 양은 그 자리에 조금 더 앉아 있었다.

그녀의 머릿속으로 온갖 생각이 스치고 지나갔다. 몰리의 매트리스 아래 숨겨져 있었던 책, 그리고 자는 척하던 몰리의 모습. 처음에는 조안 프레스콧이 한 말, 그리고 그다음에는 에스터 월터스가 한 말이…….

다음 순간 그녀의 생각은 모든 일이 원점으로 줄달음질 쳤다─팰그레이브 소령에게로. 무엇인가 그녀의 마음을 심히 어지럽혔다. 팰그레이브 소령에 대한 그 어떤 것인가. 그게 무엇인지 바로 그것만 기억해 낼 수 있다면…….

제23장

마지막 날

1

'이윽고 저녁이 지나가고 마지막 날의 아침이 밝았도다.'

마플 양은 혼잣말로 중얼거렸다. 그러고 나서 그녀는 조금 멍청한 얼굴로 의자에 몸을 세우고 앉았다. 잠깐 졸았던 모양인데, 이는 실로 믿어지지 않는 일이었다. 스틸 밴드의 연주가 저리도 요란스러운데 그 와중에서 졸다니. 그러고 보면 이젠 나도 이 장소에 적응이 되는 모양 아닌가!

그런데 내가 뭐라고 중얼거렸을까? 무슨 인용문인데, 분명히 틀리게 인용했었다. 마지막 날이라고 했던가? 아니, 첫날이라고 해야지. 그래야만 할 게다. 하지만 오늘은 첫날이 아니다. 그렇다고 마지막 날도 아닐 것이다.

그녀는 다시금 등을 꼿꼿이 폈다. 이게 다 내가 너무 피곤한 탓일 게다.

이 불안감, 그리고 자신이 부끄러울 정도로 엉뚱하게 틀린 생각을 하고 있었다는 겸연쩍음…….

그녀는 몰리가 반쯤 감은 눈꺼풀 아래로 자신을 내다보던 그 석연치 않은 눈길을 떠올렸다. 대체 몰리의 그 금발 속에 무슨 생각이 달음박질치고 있던 걸까? 처음엔 이렇지 않았는데, 왜 이렇게 모든 것이 달라졌을까?

마플 양은 속으로 중얼거렸다.

팀 켄들과 몰리, 너무나 자연스럽고 행복해 보이는 한 쌍의 젊은 부부였다. 힐링던 부부 역시 겉으로 보기에는 퍽이나 인상 좋고 배경 좋은 '완벽한' 부부로 보였다. 그리고 그레그 다이슨, 명랑하고 사교성 좋은 남자. 러키 역시 누구한테나 스스럼없이 말을 걸며, 자기 자신은 물론이고 세상에도 만족해하는 활발한 여자. 아울러 서로 더없이 잘 어울리는 네 명의 남녀들.

상냥하고 친절한 프레스콧 신부. 그리고 혀야 신랄하지만 속마음은 더없이 친절한 그 누이 동생. 그런데 이렇게 친절한 여자들이란 대개 남의 소문을 떠드는 일로라도 가끔 기분 전환을 해야 한다. 그런 여자들은 세상 일이 어떻게 돌아가는지를 꼭 알고 싶어 하고, 평범한 이야기건 평범치 않은 이야기건 미주알고주알 알고 싶어 한다. 하지만 그런 여자들은 결코 해가 될 것이 없기 마련이다. 혀는 재빠르게 돌아가지만 일단 남의 불행을 보면 금방 친절한 자비심을 보이니까.

래필 씨, 명사이며 강한 개성을 갖춘 남자, 한번 알게 되면 절대 잊지 못할 남자. 하지만 마플 양은 자신이 래필 씨에 대해 좀더 안다고 생각하고 있었다. 지금까지 많은 의사들이 그에게는 두 손 들고 말았다. 아니, 적어도 그의 말로는 그랬다. 하지만 이번만은 의사의 말이 꼭 맞아들어갈 것이다. 래필 씨 역시 자기에게 앞으로 남은 날이 손으로 꼽을 지경이라는 것을 잘 알고 있었다.

그러한 사실을 잘 알고 있다면, 혹시 래필 씨는 모종의 행동을 취해 두지 않았을까?

마플 양은 그녀의 마음에 떠오른 이 질문에 대하여 곰곰이 생각해 보았다.

이건 중요한 문제일지도 몰라. 그게 뭐였을까? 래필 씨가 지나치게 요란한 목소리로, 그리고 지나치다 싶을 만큼 확신 있는 목소리로 말한 것이 무엇이었을까? 마플 양은 사람의 어조에 대해서라면 경험이 대단했다. 살아오면서 그녀만큼 다른 사람의 이야기에 많이 귀 기울인 사람도 드물기 때문이다. 그런데 분명히 래필 씨는 그녀에게 엉뚱한 얘기를 했다.

마플 양은 주위를 둘러보았다. 서늘한 밤 공기에 부드럽고 달콤한 꽃향내, 작은 스탠드가 반짝이는 테이블, 그 주위에는 여인네들이 아름다운 드레스를 입고 둘러앉아 있었다. 이블린은 짙은 인디고 빛과 흰색 프린트지로 된 드레스를 입었고, 러키는 흰 시스 드레스에 금발을 빛내고 있었다. 모두들 오늘 밤은 명랑하고 생기에 가득 차 있었다.

팀 켄들까지도 분위기에 이끌려 멋진 미소를 지으며 있었다. 그는 마플 양의 테이블을 지나가다가 멈춰 서서 말을 걸었다.

"정말 몰리에게 해주신 은혜에 뭐라고 감사의 말씀을 드려야 할지 모르겠습니다. 몰리는 이제 완전히 정상을 되찾았답니다. 의사 선생님 말이 내일이면 일어날 수 있다는군요."

마플 양은 미소를 보이며 '그것참 반가운 소식'이라고 대꾸했다. 하지만 미소를 짓기가 대단히 어려웠다.

그래, 확실히 피곤한 모양이야……. 그녀는 속으로 중얼거렸다.

자리에서 일어난 그녀는 천천히 방갈로로 되돌아갔다. 물론 그녀는 계속 생각을 더듬고 싶었다. 계속 생각을 짜맞추고 기억을 되새기고 여러 가지 사실과 낱말들과 시선들을 한데 모아 결론을 내려야 한다. 하지만 암만해도 그럴 만한 기운이 남아 있질 않았다. 지친 마음 한구석에선 요란한 명령이 떨어지고 있었는데, '자야 해! 당신은 자야 해!'라고 울려 퍼지는 소리였다.

마플 양은 천천히 옷을 벗고 침대에 누운 뒤 언제나 침대맡에 간직해 두는 토머스 아 켐피스의 책 가운데에서 몇 구절을 읽었다. 그러고 나서 불을 끈 그녀는 어둠 속에서 기도를 드렸다.

이제 혼자서 모두 해낼 수는 없었다. 누군가의 도움이 꼭 필요하다.

'그래도 설마 오늘 밤에야 무슨 일이 일어나려고'

그녀는 간절한 마음으로 중얼거렸다.

2

마플 양은 후다닥 잠에서 깨어 침대에 일어나 앉았다. 가슴이 무섭게 고동치고 있었다. 그녀는 불을 켜고 침대맡에 있는 작은 시계를 바라보았다.

새벽 2시, 새벽 2시인데도 바깥에서는 무슨 소란이 일어난 모양이었다.

마플 양은 당장 자리에서 일어나 가운을 걸친 뒤 슬리퍼를 신었다. 이어 모직 스카프를 머리에 휘감고 무슨 일이 있나 알아보려고 밖으로 뛰쳐나갔다.

사람들이 손에 횃불을 든 채 서성이고 있었다.

프레스콧 신부가 눈에 띄었으므로 그녀는 그에게 다가갔다.

"무슨 일인가요?"

"아, 마플 양이신가요? 켄들 부인 일입니다. 남편이 일어나서 보니까 침대에서 빠져나간 채 아무 데도 없더랍니다. 모두들 찾고 있어요."

말을 마친 그는 서둘러 사라졌다. 마플 양은 천천히 그를 뒤쫓아갔다.

몰리는 어디를 간 것일까? 그리고 무슨 일로? 이건 일부러 계획한 일일까? 자신을 감시하는 사람들의 눈길이 느슨해지고 남편이 깊이 잠들었을 때를 기다려 빠져나가려고 계획한 것일까? 그럴 법도 한 일이었다. 하지만 왜? 무슨 일로? 정말이지 에스터 월터스가 강력하게 주장했듯이 누구 딴 남자라도 있단 말인가? 그렇다면 과연 그 남자는 누구일까? 아니면, 혹시 뭐 달리 불길한 이유라도 있는 것일까?

마플 양은 수풀 아래를 눈길로 더듬으며 앞으로 나갔다. 그때 그녀의 귀에 희미하게 외치는 소리가 들려왔다.

"여기 있어요……, 이쪽 길에……."

그 외치는 소리는 호텔 부지에서 조금 떨어진 곳에서 들려오고 있었다. 그 소리로 봐서 바다로 통하는 시내 근처가 틀림없다고 마플 양은 짐작했다.

그녀는 번개처럼 그쪽을 향해 걸어갔다. 처음에 그녀는 몰리를 찾아 나선 사람들이 꽤 많은 것으로 생각했으나 알고 보니 그렇지도 않았다. 대부분 호텔 손님들은 여전히 방갈로에서 깊이 잠들어 있는 모양이었다.

그녀의 눈에 사람들이 옹기종기 서 있는 냇가 제방이 들어왔다. 그때 누군가가 그녀 곁을 확 지나쳐 가는 바람에 그녀는 쓰러질 뻔했다.

팀 켄들이었다. 곧이어 그녀는 팀 켄들의 괴로운 신음소리를 들었다.

"몰리! 오오, 하나님, 몰리……, 이럴 수가!"

마플 양은 그보다 조금 뒤에야 그곳에 다다를 수 있었다. 그들은 쿠바인 보이 중 한 사람, 이블린 힐링던, 그리고 섬 원주민 여자 두 사람이었다. 그들은 팀이 앞으로 나설 수 있도록 길을 터주었다. 마플 양은 그가 몸을 구부려 냇물 속을 들여다보고 있을 때 도착했다.

"몰리……."

그는 천천히 무릎을 꿇었다.

마플 양 역시 냇물 속에 거꾸로 엎어진 채 누운 여자의 시체를 똑똑히 볼 수 있었다. 그녀의 금발은 어깨를 덮고 있는 옅은 녹색 명주 숄 위로 활짝 펼쳐져 있었다. 그 위로는 낙엽과 냇물의 골풀이 우거지듯이 뒤덮여 있어 마치 셰익스피어의 '햄릿'에서 오필리아가 냇물에 빠져 죽었을 때의 장면과 흡사했다.

팀이 몰리를 건지려고 팔을 내뻗자 마플 양이 냉정하고 상식적인 태도로 앞으로 나서서 차갑고 위엄있게 말했다.

"그녀에게 손대지 마세요, 켄들 씨. 움직여서는 안 됩니다."

팀은 당혹스러운 얼굴을 들어 그녀를 올려다보았다.

"하지만 난, 틀림없이 몰리는 내 아내예요. 저대로 놔둘 순 없습니다……."

이블린 힐링던이 그의 어깨를 가만히 잡았다.

"몰리는 죽었어요, 팀. 움직이지도 않고, 맥도 짚어보았어요."

"죽었다고?"

팀이 믿어지지 않는다는 음성으로 물었다.

"죽었다고요? 그럼 몰리가, 자기 몸을 던졌단 말입니까?"

"유감스럽게도 그런 모양이에요."

"하지만 뭣 때문에……."

팀이 요란하게 울음을 터뜨렸다.

"대체 뭣 때문에 그런 짓을, 오늘 아침만 해도 너무나 행복해 보였었는데! 내일 할 일을 의논까지 한 걸요. 대체 뭣 때문에 또다시 죽고 싶다는 끔찍한 생각을 한 걸까요? 왜 어째서 이렇게 몰래 빠져나가, 밤중에 미친 듯이 돌아다니다가 이런 곳에 몸을 던진 걸까요! 대체 무슨 고민이 있길래, 뭐가 괴로워서, 왜 나한테는 아무 소리도 하지 않고 이런 짓을 저질렀을까요?"

"나도 모르겠어요, 팀. 정말이지 모르겠어요."

마플 양이 다시 나섰다.

"누가 빨리 가서 그레이엄 의사 선생님을 모셔오는 게 좋을 것 같군요. 그리고 경찰에도 전화를 해야겠고……."

"경찰?" 팀은 신경질적인 웃음을 터뜨렸다.

"경찰을 불러서 무슨 짝에 쓰겠습니까?"

"자살 사건인 경우에는 경찰이 입회해야 한답니다." 마플 양이 대꾸했다.

팀은 천천히 일어났다.

"내가 가서 그레이엄 선생님을 모셔오겠습니다." 침통한 어조였다.

"혹시 지금이라도 무슨 수를 써줄지 모르니까요."

그는 비틀거리며 호텔을 향해 발걸음을 옮겼다.

이블린 힐링던과 마플 양은 나란히 서서 죽은 여자를 들여다보고 있었다.

이윽고 이블린이 고개를 내저었다.

"너무 늦었어요. 몸이 얼음장 같던데요. 죽은 지 벌써 한 시간은 되었을 거예요. 어쩌면 더 되었을지도 모르지요. 이게 무슨 끔찍한 비극이람. 부부가 그렇게도 의가 좋아 보였는데. 그래도 몰리는 오래전부터 정신이상이었을지도 몰라요."

"아뇨, 난 그녀가 정신이상이었다고는 생각지 않아요."

마플 양이 단호하게 말했다.

이블린이 의아한 듯이 그녀를 바라보았다.

"그게 무슨 말씀이세요?"

달빛이 구름 뒤에 가려져 있다가 이제야 모습을 드러냈다. 달빛이 몰리의 활짝 펼쳐진 머리칼 위로 반사되듯이 은빛으로 빛났다······.

문득 마플 양이 비명을 질렀다. 그녀는 냇물 위로 몸을 구부려 뚫어지게 내려다보다가 팔을 내뻗어 금빛 머릿결을 만져보았다. 이윽고 이블린 힐링던을 향해 입을 연 그녀의 음성은 지금까지와는 확연히 달랐다.

"확인을 해봐야겠어요."

이블린 힐링던은 경악한 얼굴이었다.

"하지만 마플 양 자신이 팀에게 아무것도 움직이지 말라고 하셨잖아요?"

"그래요. 하지만 그때는 달빛이 나오지 않아서 이걸 못 보았던 거예요."

그녀는 손가락으로 가리켰다. 이어 가만가만히 금발을 헤치자 머리 뿌리 부분이 드러났다······.

이블린은 날카로운 외마디소리를 질렀다.

"러키로군요!"

잠시 뒤 그녀는 멍하니 되풀이해 중얼거렸다.

"몰리가 아니라 러키였어요."

마플 양은 고개를 끄덕였다.

"두 사람의 머리칼이 하도 똑같아서 착각을 한 거예요. 하지만 러키는 염색을 했기 때문에 뿌리 부분은 여전히 검답니다."

"하지만 몰리의 숄을 걸치고 있잖아요."

"러키는 몰리의 숄을 탐냈어요. 나는 이 귀로 그녀가 똑같은 것을 하나 사야겠다고 하는 것을 직접 들었죠. 그 뒤 그녀 말대로 이것을 샀나 봐요."

"그래서 모두들……, 깜빡 속았군요……."

이블린은 말하다가 말고 마플 양의 눈길이 자신을 주시하고 있음을 알고는 멈추었다.

이윽고 마플 양이 말했다.

"누가……, 그녀의 남편에게 알려야 해요."

잠시 침묵이 흐르고, 이블린이 결심한 듯이 말했다.

"좋아요, 제가 가지요."

그녀는 몸을 돌려 소나무 숲 사이로 가버렸다.

마플 양은 잠시 꼼짝 않고 서 있다가 고개만을 조금 돌린 채 물었다.

"웬일로 나오셨나요, 힐링던 씨?"

에드워드 힐링던이 등 뒤의 나무숲에서 나와 그녀 옆에 다가섰다.

"제가 와 있는 것을 알고 계셨나요?"

"그림자가 있길래……."

그들은 말없이 서 있었다. 이윽고 에드워드 힐링던이 혼잣말하듯이 중얼거렸다.

"결국 러키는 자신의 운을 너무 지나치게 활용한 셈이로군요……."

"그녀가 죽어서 안도의 한숨을 내쉬었을 것 같군요."

"그렇다면 놀라시겠습니까? 예, 부인하지는 않겠습니다. 러키가 죽어줘서 기쁘다는 게 제 솔직한 심정입니다."

"죽음이란 종종 모든 문제의 해결책이 되는 법이지요."

에드워드 힐링던은 고개를 홱 돌렸다.

마플 양은 차분하고도 결연한 태도로 그의 눈길에 맞섰다.

"설마 부인은 제가……."

그는 마플 양에게 훌쩍 다가섰다. 그 음성에 갑자기 위협적인 울림이 깃들어 있었다.

마플 양은 차분하게 입을 열었다.

"조금 있으면 부인이 다이슨 씨하고 함께 돌아올 거예요. 켄들 씨가 그레이엄 의사를 모시고 올는지도 모르고요."

에드워드 힐링던은 사지에서 힘이 빠지는 모양이었다. 그는 고개를 되돌려 죽은 여자를 내려다보았다.

마플 양은 조용히 그 자리를 물러났다. 그녀의 발걸음이 이내 빨라졌다. 방갈로에 다다르기 직전에 그녀는 걸음을 멈추었다. 그날 팰그레이브 소령과 이야기를 나누었던 곳이다. 바로 여기서 소령은 지갑을 뒤져 살인자의 스냅 사진을 꺼내 들려던 참이었다.

마플 양의 머릿속으로는 소령이 고개를 들던 모습, 그리고 그 얼굴이 자줏빛으로 질리던 모습이 생생히 스쳐갔다.

'너무 추악해요.' 드 카스페아로 부인이 말했다.

'그의 눈은 악마의 눈이에요…….'

악마의 눈……, 눈……, 눈…….

제24장

복수의 여신

1

그날 밤의 소란스러운 소동이며 그렇게 와자자껄하게 몰려다니는 상황에도 래필 씨는 아무것도 듣질 못했다. 그는 침대에서 세상 모르고 잠에 곯아떨어져 있었다. 가볍게 코까지 골면서.

문득 두 어깨를 잡아 흔드는 손길에 그는 화들짝 잠이 깼다.

"아니, 이게 누구야, 이게 웬 악마야?"

"그건 나예요."

마플 양은 그녀로서는 드문 일인 비문법적인 대답을 했다.

"하긴 그보다 좀더 강한 표현을 써야 할 테지만 말이에요. 그리스어에 이 경우에 꼭 들어맞는 말이 있더군요. 내 기억이 틀리지 않는다면 네미시스(복수의 여신)라던가요?"

래필 씨는 베개 위로 힘껏 몸을 일으켰다. 그러고는 그녀의 모습을 한동안 멍하니 바라보았다. 그의 눈에 비친 마플 양의 모습, 달빛 속에서 푹신한 엷은 분홍빛 털실 스카프로 머리를 감싼 그 모습은 만일 정말로 복수의 여신이 있다고 해도 그와는 거리가 영 먼 모습일 것이다.

"당신이 복수의 여신이란 말이오?"

래필 씨는 조금 사이를 두었다가 말했다.

"그렇게 되길 바라요—당신의 도움을 빌려서."

"대체 이런 한밤중에 왜 이런 이야기를 하고 있는지 얘기 좀 해주시겠소?"

"급박하게 행동을 취해야 해요. 시간이 없으니까. 난 너무나 어리석었어요. 그렇게 어리석을 수가! 처음부터 일의 진상을 명백히 깨달았어야 하는데. 그렇게 간단한 것을……"

"뭐가 그리 간단하단 말이오? 대체 그게 무슨 소리요?"

"아, 당신은 아주 깊이 잠들어 있었나 보군요. 시체가 발견되었어요. 처음엔 모두들 몰리 캔들인 줄 알았는데 알고 보니 러키 다이슨이었어요. 냇물에서 익사체로 발견되었답니다."

"러키라고? 시냇물에 익사했단 말인가? 자기가 몸을 던진 거요, 아니면 누가 밀어 넣은 거요?"

"누가 밀어 넣었어요."

"그랬군. 조금 이해가 가는군. 그런데 그게 당신이 간단한 것이라고 한 일이오? 그레그 다이슨이 언제나 제일 그럴 듯한 용의자였는데 역시 그자가 범인이었군, 그렇지 않소? 그렇게 생각지 않소? 그리고 지금 당신이 우려하는 것은 그가 이번에도 교묘히 꼬리를 감추고 내빼지 않나 하는 것일 테지."

마플 양은 깊이 숨을 들이마셨다.

"래필 씨, 이제부터 내 말을 꼭 믿어주셔야 해요. 우린 이제 한시바삐 살인을 막아야 해요."

"아니, 벌써 살인이 났다고 하지 않았소?"

"그건 실수로 일어난 일이었어요. 그래서 금방이라도 다른 살인이 일어날지도 몰라요. 아아, 이렇게 머뭇거릴 틈이 없어요. 빨리 막아야 해요. 당장 가야……"

"말이야 얼마든지 쉽지. 그런데 지금 우리라고 했소? 대체 내가 이 몸으로 뭘 어쩔 수 있을 것 같소? 난 누가 부축해주지 않으면 한 걸음도 떼지 못하는 몸이오. 그런 내가 어떻게 당신하고 살인을 막는단 말이오? 당신은 파파 할머니고, 난 다 망가진 고물 덩어리인데."

"난 잭슨을 이야기하는 거예요. 잭슨은 당신이 말하는 것이라면 무엇이든지 할 테죠?"

"그럴 거요. 게다가 일에 합당한 보수를 준다고 한다면야 얼마든지 해낼 테지. 당신이 말하고 싶은 건 그거겠지?"

"그래요. 빨리 나하고 함께 나서서 내가 내리는 명령에는 무슨 말이건 순순히 따르라고 이야기해주세요."

래필 씨는 대여섯을 셀 동안만큼 그녀의 얼굴을 뚫어지게 노려보다가 말했다.

"좋소. 이건 아마 내 일생일대의 모험일 테지. 그야 모험을 처음 해보는 건 아니지만."

말을 마친 그는 목청을 높였다.

"잭슨!"

그와 동시에 그는 침대맡에 놓인 인터폰 버저를 눌렀다. 그러자 30초도 채 못 되어 옆방으로 연결된 문에서 잭슨이 나타났다.

"부르셨습니까? 무슨 일이라도……."

그는 말하다가 놀란 듯이 마플 양을 멍하게 바라보았다.

"이봐, 잭슨, 내 말 잘 듣고 그대로 시행하도록. 이제부터 마플 양과 같이 가는 거야. 마플 양이 가자는 대로 가서 하라는 대로 하는 거야. 무슨 명령을 하든지 그대로 따라야 한다고. 알아들었나?"

"하지만 전……."

"알아들었느냐고!"

"예, 알았습니다."

"그렇게 하면 손해는 안 가게 해주지. 그만한 보상을 해줄 테니까."

"감사합니다."

"자, 가실까요, 잭슨 씨."

마플 양은 재촉하고 나서 어깨너머로 래필 씨에게 덧붙였다.

"가는 길에 월터스 부인에게 당신 방으로 건너오라고 말해 놓겠어요. 그녀에게 데려다 달라고 하세요."

"어디로 데려다 달란다는 말이오?"

"켄들 부부의 방갈로예요. 몰리는 그리로 다시 올 거예요."


2


몰리는 바닷가에서 오솔길을 따라 올라오고 있었다. 눈길은 앞만을 뚫어지게 바라보고 있었다. 입속에서 가끔 간헐적인 울음소리가 흘러나왔다…….

베란다의 계단을 다 올라간 그녀는 잠시 발걸음을 멈춘 뒤에 창문을 밀어 열고 침실로 들어갔다. 방 안에는 불이 켜져 있었지만 인기척은 없었다.

이윽고 침대를 향해 걸어간 그녀는 침대 위에 걸터앉았다. 그러고는 한동안 그대로 앉아 이따금 손으로 이마를 짚고 찌푸리기도 했다. 그러고 나서 이번에는 주위를 재빨리 훑어본 다음 매트리스 아래로 손을 넣어 밑에 숨긴 책을 꺼냈다. 허리를 웅크린 채 그녀는 빠른 손길로 뭔가 찾아내려고 책 페이지를 들추기 시작했다. 그때 누군가의 발소리가 황급히 다가오는 기척에 그녀는 얼굴을 홱 들었다. 그러고는 어쩔 줄 몰라 하며 책을 등 뒤에 감추었다.

팀 켄들이 헐레벌떡 들어와 그녀를 보자 지극히 안심한 듯 한숨을 내쉬었다.

"하나님, 감사합니다! 대체 어딜 가 있었소, 몰리? 안 찾아다닌 데가 없었어!"

"냇물에 내려갔었어요."

"설마 그 냇물에⋯⋯."

"예, 그 냇물로 내려갔었어요. 하지만 거기서 기다릴 수가 없었어요, 도저히. 물속에 누군가가, 죽어 있는 거예요."

"그럼, 당신이⋯⋯, 난 또 그게 당신인 줄 알았잖아. 그런데 조금 아까서야 비로소 그게 당신이 아니라 러키란 걸 알았지."

"난 그녀를 죽이지 않았어요. 정말이에요, 팀. 난 그녀를 죽이지 않았어요. 그것만은 분명해요. 내가, 내가 만일 그녀를 죽였다면 기억이 나지 안 나겠어요? 안 그래요, 팀?"

팀은 침대 맞은편에 털썩 주저앉았다.

"몰리, 정말 안 그랬다고 확신할 수 있소? 그래, 그래, 물론이야! 당신이 그럴 리가 없지."

그는 신음처럼 토해냈다.

"자꾸 바보 같은 생각을 하지 마요, 몰리. 러키는 자기가 스스로 몸을 던진 거요. 자살한 거라고. 남편이 모질게 대접했으니 그럴 수밖에. 그래서 홧김에 나가서 물속에 얼굴을 처박은 거야."

"러키는 그런 짓 할 여자가 아니에요. 천만에, 그럴 리가 없어요. 하지만 내가 한 짓도 분명히 아니에요. 맹세하라면 할 수도 있어요."

"여보, 그야 절대 당신 짓이 아니지."

팀은 아내의 몸에 팔을 둘렀으나 몰리는 그의 팔에서 재빨리 몸을 뗐다.

"난 이곳이 싫어요. 모두가 환한 햇살로 가득 찬 곳인 줄 알았는데, 꼭 그렇게만 보였는데, 실은 그렇지 않았어요. 그 대신 이곳엔 커다란 그늘이 드리워져 있어요. 시커멓고 커다란 그늘이……. 그리고 난 그 그늘에 갇혀 있어요. 나가고 싶어도 나갈 수 없을 만큼 옴짝달싹 못한 채."

그녀의 목소리는 비명에 가까웠다.

"제발 조용히 해, 몰리. 제발!"

그는 잽싸게 욕실로 가더니 손에 유리컵 하나를 들고 들어왔다.

"자, 이걸 마셔. 진정이 될 테니까."

"난, 난 아무것도 마실 수 없어요. 이빨이 맞부딪쳐서 도저히……."

"아니오, 마실 수 있어. 자, 앉아서 마셔봐. 여기, 침대에 누워서."

그는 아내의 몸에 팔을 둘렀다. 그러고는 잔을 입술에 바싹 갖다 댔다.

"자, 이걸 마셔."

그때 창가에서 목소리가 들려왔다.

"잭슨 씨—."

마플 양이 밤 공기를 뚫고 싸늘한 목소리로 명령했다.

"이제 가요. 가서 저 유리잔을 빼앗고 놓치지 마요. 조심해야 해요. 저 사람은 기운이 센데다가 지금 막판의 심정이 되어 있을 테니까."

잭슨에게는 몇 가지 유리한 점이 있었다. 즉, 그는 명령에는 고분고분 응하도록 훈련이 된 남자였다. 아울러 그는 돈에 퍽이나 약한 남자였다. 그런데 지금 상황은, 지위와 권위를 함께 갖춘 그의 고용주가 바로 그 돈을 보장하고 있었다. 또한 그는 직업상의 훈련 덕분에 대단한 근육질의 체격을 갖고 있었다. 마지막으로 지금 상황은 그가 뭐라고 따져야 할 계제가 아니라 하라는 대로 해야 할 상황이었다.

그는 번개처럼 재빠르게 방을 가로질러갔다. 이어서 그는 팀이 몰리의 입술에 갖다 댄 잔에 손을 뻗었고, 나머지 한 손으로는 팀의 몸통을 꽉 끌어안았다. 그러고 나서 손목을 재빨리 한 번 비틀어 그는 손쉽게 잔을 빼앗을 수 있었다. 팀은 미친 듯이 그에게 달려들었지만 잭슨은 완강한 팔로 꼼짝도 못하도록 안고 있었다.

"아니, 이게 대체 무슨 일이야, 날 풀어줘! 이 팔 치우란 말이야. 당신 미쳤어? 이게 대체 무슨 짓이야!"

팀은 필사적으로 몸부림쳤다.

"꽉 잡아요, 잭슨 씨."

마플 양이 엄하게 말했다.

"이게 대체 무슨 일입니까? 대체 왜 이러는 겁니까?"

그때 에스터 월터스의 부축을 받은 래필 씨가 프랑스식 창문으로 들어왔다.

"선생님께서 이게 무슨 일이냐고 좀 물어봐 주십시오!"

팀이 고함을 질렀다.

"잭슨이라는 이 남자 돌았나 봅니다. 완전히 정신이 나갔어요. 이자한테 빨리 제 팔을 놓으라고 하십시오."

"아니, 안 돼요!" 마플 양이 말했다.

래필 씨는 그녀를 향해 돌아섰다.

"얘기해보시오, 복수의 여신이여. 아무래도 당신의 정확한 설명을 들어야 할 것 같소."

"난 어리석은 바보였어요. 하지만 이젠 더 이상 바보 놀음은 하지 않겠어요. 저기 저 사람이 아내에게 마시게 하려던 것을 분석해보면—그래요, 내 불멸의 영혼을 걸고 말하지만 분명히 치사량의 독약이 들어 있을 거예요. 이건 팰그레이브 소령님이 한 이야기하고 똑같은 수법이지요. 절망에 빠진 아내가 자살을 하려고 하지만 남편이 그녀를 구한다. 그러나 두 번째에 가서는 결국 아내는 성공하고 마는 거지요. 예, 바로 그 수법을 똑같이 밟아간 거예요. 팰그레이브 소령님은 그 이야기를 하면서 스냅 사진을 꺼내려 했어요. 그러다가 문득 눈을 든 소령님은 거기서 그를 본 거예요."

"당신의 오른쪽 어깨너머로." 래필 씨가 이어주었다.

"아뇨."

마플 양은 단호히 고개를 내저었다.

"소령님은 내 오른쪽 어깨너머로는 아무것도 보지 못했어요."

"그게 대체 무슨 소리요? 당신 입으로 분명히……."

"내 말은 틀린 것이었어요. 틀려도 보통 틀린 게 아니지요. 정말 믿어지지 않을 만큼 완전히 틀렸었어요. 그때 팰그레이브 소령님은 내가 보기엔 오른쪽 어깨너머를 보시는 듯했지만, 실은 그쪽으로는 아무것도 보이지 않았어요. 소령님은 왼쪽 눈으로 오른쪽 어깨너머를 보셨지만 그 왼쪽 눈은, 의안이었으니까요."

"그래, 그렇지. 그는 의안이었어." 래필 씨가 중얼거렸다.

"내가 그걸 잊은 모양이군. 아니면 너무 당연한 사실이라 염두에 두지 않은 모양이오. 그렇다면, 소령은 아무것도 보지 않았다는 얘기가 되는 거요?"

"아니, 그렇지 않아요. 소령님은 분명히 보았지요. 하지만 한쪽 눈으로만 본 거예요. 소령님이 볼 수 있는 눈은 오른쪽 눈뿐이었어요. 그 때문에, 아시겠어요? 소령님은 내 오른쪽에 있는 그 무엇을 본 것이 아니라 왼쪽 너머로 본 거예요."

"당신 왼쪽 너머엔 누가 있었소?"

"예, 그렇답니다. 바로 팀 켄들과 그의 부인, 두 사람이 그리 멀리 떨어지지 않은 곳에 앉아 있었지요. 커다란 히비스커스 수풀 바로 곁에 있는 테이블에. 두 사람은 거기서 장부를 정리하고 있었지요. 그런데 팰그레이브 소령님이 그때 고개를 들고 본 거랍니다. 의안인 왼쪽 눈은 내 오른쪽 어깨 뒤를 보고 있었습니다만 다른 쪽 눈, 오른쪽 눈으로는 히비스커스 수풀 옆에 앉아 있는 어떤 남자를 본 거지요. 그 얼굴은 사진과 똑같았어요. 사진보다 조금 더 나이가 들긴 했지만 그 인물이 틀림없었습니다. 마침 히비스커스 수풀 옆에 있었던 것마저 똑같았지요. 팀 켄들은 그때 소령님이 이야기하던 것을 엿들었고, 또한 소령님이 자신을 알아본 것도 눈치 챘지요.

　그래서 그는 어쩔 수 없이 소령님을 살해해야 했습니다. 그리고 그 뒤에는 빅토리아도 죽여야 했지요. 자신이 소령님의 방에 약병을 갖다놓는 것을 그녀가 목격했으니까요. 처음에 빅토리아는 그 일을 대수롭지 않게 여겼겠지요. 팀 켄들이 손님들의 방갈로에 들어가는 거야 직업상 흔하고 자연스러운 일이었을 테니까. 손님이 레스토랑 테이블에 놔두고 간 것을 돌려주려고 간 것일지도 모른다고 생각했을 테지요. 하지만 그녀가 곰곰이 생각해본 뒤 그에게 미심쩍은 질문을 던지자 그는 그녀도 해치우지 않을 수가 없었지요. 하지만 그가 정말로 계획하고 있었던 살인은 바로 이것, 이것이랍니다. 그는 상습적인 아내 살해범이니까요."

"그건 이치에도 안 닿는 소리요!" 팀 켄들이 소리쳤다.

그때 누군가의 분노에 찬 격렬한 울음소리가 터져 나왔다.

에스터 월터스, 그녀는 밀다시피 래필 씨를 홱 뿌리친 다음 방 안을 가로질러 뛰어갔다. 그러고는 잭슨에게서 팀을 떼어놓으려 했으나 잭슨은 꿈쩍도 하지 않았다.

"놔줘요, 이분을 놔줘요! 그건 다 거짓말이에요. 하나같이 새빨간 거짓말이에요. 팀, 팀, 달링! 그렇지요? 당신이 살인을 하다니 그럴 리가 없어요. 당신이 그런 짓을 할 리가 없다는 걸 난 잘 알아요. 저 여자는 당신한테 누명을 씌우는 거예요. 다 거짓말이에요. 하나같이 다 새빨간 거짓말이에요. 난 당신을 믿어요. 당신을 사랑하고, 또 믿어요. 다른 사람 말은 조금도 믿지 않아요. 난……."

팀 켄들이 이성을 잃은 것은 그때였다.

"제기랄, 제발 조용히 하라고. 입 좀 닥치지 못하겠어? 내가 밧줄에 매달리는 꼴을 보고 싶어? 제발 입 다물어. 그 큼지막하고 못생긴 입 좀 다물라고."

"저런 가엾고 어리석은 여자 같으니라고!" 래필 씨가 나직하게 말했다.

"일이 그렇게 돌아가고 있었군그래."

제25장

마플 양, 상상력을 동원하다

"일이 그렇게 돌아가고 있었군요?"

래필 씨는 마플 양과 함께 아주 은밀한 자리에 앉아 말했다.

"그 여자는 팀 켄들과 정사를 벌여온 게로군, 안 그렇소?"

"정사라뇨, 그런 것까진 없었을 거예요." 마플 양이 점잔을 빼며 말했다.

"그저 장래에 결혼할 것을 꿈꾸며 로맨틱한 상상을 품고 있을 정도였겠죠."

"그 아내가 죽은 다음에 말이오?"

"가엾은 에스터 월터스가 몰리의 죽음을 예상하고 있었으리라고는 생각되지 않아요. 단지 그녀는 팀 켄들이 한 말, 몰리가 다른 남자를 사랑하고 있다는 말을 믿은 것뿐이에요. 그 남자가 여기까지 따라왔다는 말을 그대로 믿은 거지요. 그래서 그녀는 팀이 이제나저제나 이혼할까 목이 빠지게 기다렸을 테지요. 내 생각엔 그녀의 생각은 그다지 비난받을 게 못 된다고 여겨져요. 그 남자를 지나치게 사랑한 것이 탈이라면 탈이지요."

"그래, 이해할 수 있는 일이오. 팀 켄들은 매력적인 사내니까. 하지만 그는 뭣 때문에 에스터 월터스를 점찍었을까? 당신, 알고 있소?"

"그야 당신도 아는 것 아닌가요?"

"나야 명백히 안다고 생각하지만, 대체 당신이 어떻게 그걸 아느냐는 거요. 아울러 팀 켄들 역시 그 사실에 대해 어떻게 알았느냐는 것도 궁금한 문젯거리지."

"그 이야기를 하려면 상상력을 좀 발동해야겠지요. 하지만 암만해도 당신이 내게 이야기하는 편이 더 간단하고 쉽지 않을까요?"

"난 얘기 안 할 테요." 래필 씨가 잘라 말했다.

"당신이 말해보시지. 워낙 똑똑한 사람이니까."

"그렇다면, 난 늘 생각해 왔어요. 이미 전에도 힌트를 드렸지만, 당신의 마사지사 잭슨은 때때로 당신의 서류를 훔쳐보는 버릇이 있는 게 아닌가 하고."

"그럴 수도 있겠지. 하지만 그래 봤자 그에게 남는 건 하나도 없었을 거요. 난 충분히 조심해서 간직해 두었으니까."

"내 생각엔, 아마 잭슨이 당신 유언장을 읽은 게 아닌가 해요."

"어허, 알겠군. 이제야 알겠어. 내 유언장도 한 장 복사해서 가져왔으니까."

"당신은 내게 분명히 큰소리로 말씀하셨어요. 유언장에 에스터 월터스에게 단 한 푼도 남겨놓지 않았다고 말이에요. 그리고 당신은 그 사실을 분명히 그녀에게 주시시켰지요. 잭슨에게도, 물론 그것은 잭슨의 경우에는 사실이었겠지요. 그에게는 한 푼도 남겨놓지 않았으니까. 하지만 당신은 에스터 월터스에게만은 돈을 남겨놓았어요. 그녀에게는 눈곱만큼도 그 사실을 눈치 채지 못하게 했지만. 안 그런가요?"

"그렇소, 이거 놀랍군. 어떻게 알아냈소? 정말 모를 일이야."

"그야 당신이 그 점을 지나치게 강조해서 얘기했기 때문이지요. 난 거짓말하는 사람들에 대해서는 경험이 아주 많답니다."

"두 손 들었소!" 래필 씨가 그제야 항복했다.

"그 말이 맞아요. 난 에스터 월터스에게 5만 파운드를 남겨주었지. 내가 죽고 나면 그녀는 그 사실을 알고 기뻐할 거요. 내 생각엔 아마 팀 켄들이 그 사실을 알고 자기 부인을 독살하려 했던 것 같소. 아내를 처치하고 나서 5만 파운드를 가진 에스터 월터스와 결혼하는 거지. 또 때가 되면 적당히 그녀도 처치하고 말이오. 그런데 대체 그자가 에스터에게 5만 파운드가 생긴다는 것을 어찌 알았을까."

"그야 잭슨이 이야기해주었겠지요. 두 사람은 퍽 친하게 사귀었으니까요. 팀 켄들은 처음엔 아주 사심 없이 잭슨에게 친절히 대했을 거예요. 그런데 잭슨이 이런저런 소문을 흘리는 동안에 그는 팀 켄들에게 에스터 월터스가 곧 돈을 받게 되어 있지만 그녀 자신은 모르고 있더라는 이야기를 흘려버렸을 테지요. 그러고는 자신이 직접 그녀를 유혹해서 결혼하고 싶다는 희망을 얘기했을 거예요. 그런데 아직 별다른 성과가 없다는 말도 덧붙여서. 예, 일은 그렇게 된 것이리라고 여겨져요.”

“당신이 상상하는 것들은 언제나 꼭 있음직한 일이더군.”

“하지만 난 어리석었어요. 너무나 어리석었지요. 모두가 꼭 들어맞았는데, 팀 켄들은 사악한 사람이기도 하지만 꽤 똑똑한 사내였어요. 그는 소문을 흘리는 데는 명수였답니다. 내가 이곳에서 들은 소문의 반수가 알고 보면 처음에 그를 통해서 나왔을 거예요.”

“그중에서는 몰리가 예전에 어떤 탐탁지 못한 청년과 결혼하려 했었다는 소문도 있었지요. 하지만 난 암만해도 그 탐탁지 못한 젊은이라는 것이 실은 팀 켄들 자신이 아니었나 싶어요. 물론 당시에는 그런 이름을 쓰지 않았을 테지만. 몰리의 가족들은 아마도 그 청년의 과거가 수상쩍다는 소문을 주워들었을 거예요. 그래서 그는 짐짓 화난 척해 보이고는 술수를 부렸겠지요. 우선 몰리의 손에 이끌려 가족들에게 선보이기를 거절하고는 그녀와 함께 키득거리며 계략을 짠 거예요.

우선 몰리보고 가족들에게 성을 내며 그를 그리워하는 척하라고 시켰지요. 그러고는 그다음에 팀 켄들이라는 새로운 남자를 등장시킨 겁니다. 몰리의 가족이나 친구들의 이름을 죽 외우게 해서 호감을 사게끔 해놓은 거지요. 몰리의 가족들은 몰리에게서 그 탐탁지 못한 젊은이의 생각을 몰아내 줄 사람이라고 하여 쌍수를 들고 그를 환영했겠고, 일이 성사되자 몰리와 팀 켄들은 둘이서 배꼽을 잡고 웃었을 테지요. 어쨌든 이렇게 해서 그는 그녀와 결혼한 뒤 그녀의 돈으로 이 호텔을 넘겨받고 이리로 옮겨 앉았지요.

아마 눈 깜짝할 사이에 돈을 물 쓰듯이 써버렸을 거예요. 그러고 있는데 이번엔 에스터 월터스가 나타나자 그는 또다시 큰돈이 굴러들어올 기회가 생겼다고 좋아라 한 거지요.”

“그렇다면 그는 왜 나를 직접 죽이지 않았을까?”

래필 씨가 묻자 마플 양은 거북한 듯이 헛기침을 했다.

“아마 에스터 월터스의 마음을 꽉 사로잡는 게 급선무이기 때문이었을 거예요. 그리고 사실⋯⋯.”

그녀는 난처한 얼굴로 머뭇거렸다.

"그리 오래 기다리지 않아도 된다고 생각했을 테니까 말이지."

래필 씨가 대신 말을 이어주었다.

"나에 관한 한 자연사로 일이 되어가는 게 더 그럴 듯하고 깨끗했을 테니까. 게다가 난 너무 부자 아니오? 백만장자의 죽음이란 보통 아낙네의 죽음보다는 조사도 까다로울 게 아니겠소?"

"예, 그 말이 맞아요. 그래서 그는 꽤 많은 거짓말을 꾸며댔지요. 우선 몰리가 믿게끔 한 거짓말만 해도 보세요. 그녀에게 정신질환에 관한 책들을 읽게끔 했고, 각종 악몽이며 환각에 시달리게 하는 약물을 복용시킨 거예요. 그 점에 있어서는 잭슨의 관찰력이 날카로웠어요. 잭슨은 몰리의 증세가 마약 상습의 결과라는 것을 깨달았나 봐요. 그래서 그는 그날 몰리의 방갈로에 들어가 크림 병에서 내용물을 조금 덜어내려고 했지요. 그가 살펴보았던 그 얼굴 크림—그는 옛날 마녀들이 벨라도나가 섞인 향유를 몸에 발랐다는 이야기에서 힌트를 얻었는지도 모르겠어요. 얼굴 크림에 벨라도나를 섞어 바르면 마약을 복용한 것과 똑같은 결과가 일어날 수 있답니다. 그래서 몰리는 일시적으로 기억상실증을 일으킨 거예요. 때때로, 그동안에 무엇을 했는지 전혀 생각이 나지 않고 하늘을 날아다니는 꿈을 꾼 듯이 생각되는 거지요. 그녀가 무섭다고 한 것도 당연한 일이에요. 여러 가지 징조가 모두 정신이상을 가리키고 있었으며, 잭슨의 생각은 정확했던 거지요. 아마 그는 인도 여인들이 남편을 살려두기 위해 흰독말풀을 먹었다는 이야기에서 힌트를 얻었는지도 모르겠어요."

"팰그레이브 소령! 참으로 쓸데없는 이야기를 많이도 했군!"

래필 씨가 한탄하듯이 말했다.

"그 덕분에 소령님은 죽음을 자초하신 거지요. 그리고 가엾은 빅토리아며, 하마터면 몰리까지도 죽음에 몰아넣을 뻔했고요. 하지만 한 가지, 살인자만은 옳게 알아보셨지요."

"대체 어떻게 해서 갑자기 그의 의안이 생각난 거요?"

래필 씨가 궁금해 못 견디겠다는 듯이 물었다.

"드 카스페아로 부인이 말한 것에서 생각이 났지요. 그녀는 소령님이 못생겼으며 악마의 눈을 가지고 있다고 방정맞게 입을 놀리더군요. 그래서 내가

'그건 의안일 뿐이며 그거야 소령님도 어쩔 수 없는 일 아니냐'라고 했지요. 그랬더니 그 부인 말이 소령님의 눈은 사팔뜨기이며 각기 다른 곳을 보고 있었다는 거예요. 그건 물론 사실이었지요. 그리고 또 그녀 말이 사팔뜨기는 불행을 가져온다는 거였어요. 그날 나는 내가 뭔가 중요한 말을 들었는데 그게 뭘까 하고 곰곰이 생각했지요. 그런데 어젯밤에, 러키의 시체를 본 직후 그제야 난 진상이 무엇인지 분명히 생각이 난 거예요! 그래서 이젠 정말 우물거릴 시간이 없다고 생각했지요."

"팀 켄들은 왜 러키를 몰리로 잘못 보고 죽였을 것 같소?"

"순전히 우연이었지요. 그의 계획은 이랬을 거예요. 모든 사람들에게(이건 몰리 자신도 포함되지만) 그녀가 정신적으로 불균형한 상태라고 믿게 만드는 게 우선이었지요. 그런 다음 그녀에게 적당한 양의 약을, 그가 사용해 오고 있던 바로 그 약을 먹이고는 은밀히 '우리 두 사람이 살인 문제를 해결해보자'라고 설득했겠지요. 그런데 그러자면 몰리의 도움이 필요하다고 했을 테고요. 이윽고 모두 잠이 든 뒤에 두 사람은 따로따로 호텔을 나서서 약속한 냇물가 어떤 장소에서 만나자고 짜두었어요. 살인자가 누군지 거의 알아냈으니까 미끼로 그를 잡아내자고 유혹한 거지요. 몰리는 순순히 그의 말대로 냇가에 나갔지요. 하지만 팀이 먹인 약 때문에 발이 휘청거려 발걸음이 지연될 수밖에요. 그런데 먼저 도착한 팀이 거기 서 있는 사람을 몰리라고 잘못 안 거예요. 금발에 옅은 초록색 숄까지 똑같았으니까요. 그는 몰래 그녀의 등 뒤로 다가가 입을 막고는 물속에 처박은 거랍니다."

"참으로 교묘한 녀석이군! 하지만 그보다는 치사량의 수면제를 먹이는 편이 더 간단했을 것 같지 않소?"

"그야 훨씬 쉬웠겠지요. 하지만 그렇게 하면 의심을 받기 쉽습니다. 아시겠지만 그 당시 몰리의 손에 닿지 않도록 수면제니 안정제니 하는 것들은 모두 멀찌감치 치워져 있었으니까요. 그리고 만일 새로 약을 구했다 하더라도 남편 이외에 달리 그 약을 구해줄 사람이 있으리라고 누가 믿겠어요? 하지만 만일 몰리가 절망감에 빠져 아무것도 모르는 남편 몰래 밖으로 빠져나가 시냇물에 몸을 던졌다고 하면 모든 것이 한 편의 로맨틱한 비극처럼 여겨질 것 아니겠어요? 그렇게 되면 아무도 누가 고의적으로 그녀를 물속에 처박았으리라고는 생각 못할 테고요. 게다가……."

마플 양은 의미심장하게 덧붙였다.

"살인자들이란 대개가 간단한 살인을 못 참아 한답니다. 거기에 교묘한 장식을 하고 공들이지 않으면 견딜 수가 없는 거지요!"

"살인자들에 대해서라면 이 세상에 모르는 게 없다는 말투로군! 그럼, 당신은 팀 켄들이 사람을 잘못 죽인 것을 모르고 있었다고 생각하오?"

마플 양은 고개를 내저었다.

"얼굴을 볼 새도 없이 재빠르게 서두르고 만 거지요. 그러고는 한 시간이 지난 뒤에는 바야흐로 그녀를 애타게 찾아다니며 슬픔에 잠긴 남편 역을 연출하기 시작했던 거지요."

"하지만 러키는, 대체 한밤중에 무슨 볼일로 그런 냇가에서 서성이고 있었단 말이오?"

마플 양은 적잖이 당혹한 얼굴로 가볍게 기침을 했다.

"내 생각엔, 저……, 혹시 누군가를 기다리고 있었던 게 아니었나 싶어요."

"에드워드 힐링던을 말이오?"

"오, 아니에요. 그들의 관계는 이미 끝났는걸요. 내 생각으로는, 그냥 추측해 본 거지만, 잭슨을 기다린 것이 아니었나 해요."

"잭슨, 그 녀석을?"

"난 그녀가, 잭슨을 한두 번 바라보는 눈길을 눈치 챘답니다."

마플 양은 중얼거리며 시선을 피했다.

래필 씨가 휘파람을 불었다.

"그 바람둥이 잭슨이라! 뭐 놀랄 일도 아니지! 그런데 팀은 나중에 자기가 엉뚱한 여자를 죽여 놓은 것을 알고는 꽤 놀랐을 테지."

"예, 그랬을 거예요. 아마 놀라서 미친 사람처럼 되었을 테지요. 몰리가 멀쩡히 살아서 돌아다니고 있었으니까요. 게다가 그가 몰리의 정신병에 대해 퍼뜨린 소문이란 것도 일단 그녀를 전문적인 정신과 의사한테 보이면 얼토당토 않다는 것이 곧 드러날 테고요. 그리고 또 만일 그녀가 남편이 자기더러 냇가에서 만나자고 했다는 것을 불어버리면 팀 켄들은 어떻게 되겠어요? 그에게 희망은 오직 하나, 가능한 한 빨리 몰리를 처치하는 것뿐이었지요. 그런데 그에게 문득 몰리가 광증에 사로잡혀 러키를 빠트려 죽이고는 다시 자기가 한 짓에 무서워 떤 나머지 자살을 했다고 하면 그럴 듯할 것이라는 생각이 들었지요."

"그래서 그때 당신이 복수의 여신 역할을 하려고 급하게 나선 거로군?"

그는 몸을 홱 젖히며 요란하게 웃음을 터뜨렸다.

"정말 그럴 듯한 희극이었소! 그날 밤 가벼운 털실 스카프를 머리에 두르고 자신이 복수의 여신이라고 하던 그 모습이 어땠는지 당신 눈으로 보았더라면! 난 평생 그 모습을 잊지 못할 거요!"

에필로그

비행기 이륙 시간이 다가오자 마플 양은 공항에 나가 비행기를 기다리고 있었다. 많은 사람들이 그녀를 전송하려고 공항에 나와 있었다. 힐링던 부부는 이미 섬을 떠난 뒤였다. 그레고리 다이슨은 서인도제도의 다른 섬으로 날아갔는데, 벌써 매혹적인 한 아르헨티나인 미망인에게 푹 빠져 있다는 소문이 들려왔다. 드 카스페아로 부인은 남미의 본국으로 돌아가 버렸다.

몰리도 마플 양을 전송하려고 나와 있었다. 창백한 얼굴에 볼이 움푹 패어 있었으나 그녀는 남편이 살인자라는 사실을 안 충격에서 꿋꿋이 벗어나려 하고 있었다. 아울러 그녀는 래필 씨가 영국으로 전보를 쳐 불러온 대리 명의인(名義人) 한 사람의 도움을 받아 호텔을 운영하고 있었다.

"바쁜 게 몸에 좋은 거요." 래필 씨가 일러주었다.

"잡다한 생각은 잊어요. 이곳에는 할 일이 많잖소"

"그래도 살인사건이라는 게 있게 되면……."

"사람들은 범인이 밝혀지고 나면 오히려 살인사건이 있었던 일을 즐기기 마련이래도. 자, 힘을 내고 잘 해봐요. 어쩌다 악당을 한 사람 만났다고 해서 남자들을 모두 못 믿거나 하지는 말고"

"꼭 마플 양 같은 말씀을 하시는군요. 마플 양께서도 언젠가는 정의의 기사가 제 앞에 나타날 거라고 말씀하셨답니다."

래필 씨는 마플 양의 이 뜻밖의 감상적인 말을 듣고는 싱긋 웃었다.

이렇게 해서 공항에 나온 사람은 몰리와 프레스콧 남매, 래필 씨, 그리고 에스터였다. 에스터는 전보다 더 나이 들어 보이는 슬픈 얼굴이었지만, 그러한 그녀에게 래필 씨는 뜻밖이리만큼 자주 친절을 베풀곤 했다. 잭슨도 물론 선두에 서서 마플 양의 짐가방을 챙기는 척하고 있었다. 그는 요즘 매일 싱글벙

글하면서 많은 돈을 물려받게 되었다는 사실을 굳이 감추려고도 하지 않았다.

그때 하늘에서 폭음이 들려왔다. 비행기가 도착하고 있었다. 이 섬에서는 격식 차리는 수속 같은 것은 아예 없었다. '탑승객께서는 8번 출구나 9번 출구 옆에 대기하십시오.'라는 안내 방송 같은 것도 아예 없었다. 그냥 꽃으로 뒤덮인 작은 대합실 모양의 건물에서 활주로로 곧장 나가면 되었다.

"안녕히 가세요, 마플 양." 몰리는 작별의 키스를 했다.

"안녕히 가세요. 그리고 어느 때고 우리 집에도 놀러 오세요."

프레스콧 양은 힘차게 따스한 손을 흔들었다.

"당신을 알게 되어서 정말 무한히 기쁩니다. 누이 동생의 초청에 나도 적극 환영하는 바입니다."

신부도 한마디 했다.

"하나님의 가호가 있으시길, 부인." 잭슨이 말했다.

"그리고 언제든지 제가 무료로 마사지를 해 드리겠다는 걸 잊지 마십시오. 전화만 주시면 금방 약속 날짜를 잡아놓겠습니다."

에스터 월터스만이 작별인사를 할 순간이 되자 조금 뒤로 물러섰을 뿐이었다. 마플 양도 굳이 그녀에게 말을 걸지 않았다.

마지막은 래필 씨 차례였다. 그는 그녀의 손을 감싸쥐었다.

"Ave Caesar, nos morituri te salutamus(황제 폐하, 죽음을 목전에 둔 우리가 삼가 폐하에게 경의를 표합니다―죽음을 앞둔 검투사들이 검술시합 전에 하는 말)."

"유감스럽지만 라틴 어는 잘 모른답니다." 마플 양이 말했다.

"하지만 이 말뜻은 알지 않소?"

"예." 그뿐, 그녀는 아무 말도 하지 않았다.

그가 말하려는 의미를 너무도 잘 알고 있었던 것이다.

"당신을 알게 되어 무척 기뻐요."

그녀는 말을 마치고는 활주로를 가로질러 걸어가서 비행기에 올랐다.

〈끝〉

■ 작품 해설 ■

여기 소개하는 《카리브 해의 비밀(A Caribbean Mystery, 1964)》은 애거서 크리스티(Agatha Christie, 영국, 1890~1976)의 70번째 추리소설이며, 55번째 장편이다.

마플 양—정확히 말하면 제인 마플(Jane Marple) 할머니 노처녀(?)가 등장하는 장편은 다음과 같이 12편이다.

1. 목사관 살인사건(The Murder at the Vicarage, 1930)
2. 서재의 시체(The Body in the Library, 1942)
3. 움직이는 손가락(The Moving Finger, 1943)
4. 예고 살인(A Murder is Announced, 1950)
5. 마술 살인(They Do It with Mirrors, 1952)
6. 주머니 속의 죽음(A Pocket Full of Rye, 1953)
7. 패딩턴발 4시 50분(4 : 50 from Paddington, 1957)
8. 깨어진 거울(The Mirror Crack'd from Side to Side, 1962)
9. 카리브 해의 비밀(A Caribbean Mystery, 1964)
10. 버트램 호텔에서(At Bertram's Hotel, 1965)
11. 복수의 여신(Nemesis, 1971)
12. 잠자는 살인(Sleeping Murder, 1976)

마플 양은 자기가 사는 마을인 세인트 메리 미드(이 마을은 가공의 도시이다)에서 거의 평생을 보냈다. 물론 이 말은 본인의 고백이긴 하지만, 실은 우리는 여러 작품에서 그녀가 런던을 비롯한 여러 곳을 여행 다닌 것을 알 수 있다. 게다가 여학교 때는 프랑스에까지 유학 갔었던 적도 있다. 따라서 그녀가 해외에 나간 것이 카리브 해의 여행이 처음은 아니다. 그러나 인생의 황혼녘이 되어 먼 이국땅을 밟는다는 것이 결코 쉬운 일은 아니다. 게다가 아는 사람도 없고 특별히 할 일도 없었으니 그녀의 따분함은 충분히 짐작이 간다.

하지만 그녀가 가는 곳에서는 예외 없이 살인사건이 일어난다. 우리가 살아가면서 일생 동안 살인사건 한 번 만나기 어려운데, 여기에 비하면 마플 양의 운명이 얼마나 기구한지(?) 알 수 있다. 정원 가꾸기를 좋아하며 따끈한 차 한 잔과 뜨개질로 하루를 보내고, 조카인 레이먼드 부부가 보내는 편지와 책을 즐겨 읽는 할머니. 게다가 신앙심 깊고 인정 많고 빅토리아 여왕 시대의 습관이 몸에 젖은 구식 할머니. 한 가지 흠이라면 '남의 소문을 캐기 좋아한다는 것'뿐. 그런데 바로 이 버릇이 그녀로 하여금 끊임없이 살인사건에 휘말려 들게 하는 장본인이다.

그녀는 카리브 해의 가공의 섬 생 토노레(St. Honore)에 요양 가서도 역시 이 버릇은 고쳐지지 않는다. 그러나 바로 이 버릇이야말로 그녀의 삶의 원동력이 아닐까? 이 생 토노레 섬은 여러 섬의 모습을 혼합시켜 놓았는데, 남미 대륙 북쪽의 바베이도스 섬을 많이 연상시킨다.

애거서 크리스티는 이 《카리브 해의 비밀》 이후에 쓴 《복수의 여신》에서도 래필 씨를 등장시켜 마치 속편처럼 구성했다. 사실 크리스티 여사는 위의 두 작품과 'Woman's Realm(여인의 왕국)'이라는 미완성작품을 합해서 3부작을 꾸밀 예정이었다. 그러나 세 번째 작품은 쓰지 못하고 세상을 떠나고 말아서 우리에게 늘 아쉬움을 남기고 있다.